U0133071

上海人民出版社

波波◎著

玛哈噶喇

引　子

　　"今天上午 10 点整,西班牙警方召开记者招待会,正式向外界宣布,他们已经找回了西班牙著名画家戈雅的名画《荡秋千的少女》。经过十几年的不懈努力,丢失的两幅戈雅名画终于被先后找回。另一幅《倒地的公驴》已被一位意大利的艺术品交易商找到。该画曾被警方认为与五年前发生在意大利乌菲齐美术馆的连环谋杀案有关。被找回的两幅画作将于不久之后在马德里的普拉多美术馆进行公开展出。"

　　"啪"的一声,绮蜜用脚把刚读完的报纸踢到了地上,她的双脚随即无力地垂了下来。此时她正坐在位于佛罗伦萨老城区公寓的窗台上,看着落日的余晖渐渐地洒在这座古城上,仿佛给它披上了一件金色的外衣。她穿着一件比身材大一号的白衬衫和军绿色的热裤,长发随意地披散在肩上。她双眉微皱,目光空洞而迷离地看着远处,看起来正陷入沉思之中。

　　"马德里普拉多美术馆",这是一个对她而言再熟悉不过的名词了。她突然想起了《玛哈》,这些年以来她做得最多的一件事就是回想他们的脸。她——玛哈的,他——克劳斯的。但是有的时候她会想不起来,仿佛他们的脸随着时间的推移渐渐地在她脑际模糊开来。她惟一记得清楚的只有两个片段,那是深深刻在她脑际的片段。她第一次看见《玛哈》时的情景。先是《裸体的玛哈》,接着是《着衣的玛哈》,那一瞬间的视觉冲击让她永生难忘。

一个美丽的女人在一刹那间穿上了衣服,然后以一种相同的姿态和笑容注视着她。当视觉的冲击消失之后,一种心灵上的冲击慢慢浮现了上来。这是一种难以言表的心情,她只感到亲切,异乎寻常的亲切,她觉得自己仿佛在什么地方见过这张脸。也许在一部老电影里、也许在某本很久以前看过的杂志上,也许是在梦里吧。

直到那天晚上,当她站在乌菲齐美术馆走廊的阴影下,看见克劳斯·菲尼克斯向她转过身来的那一刻,同时又看到挂在他身后的《玛哈》的时候,她终于明白在第一次见面以前,她从未见过《玛哈》,也从未见过克劳斯,那种莫名的亲切感源于心灵上的共鸣。至于原因永远没有必要去探究,当它来临的时候你只需感谢上帝的恩赐就够了。

绮蜜把头靠在玻璃窗上,看着窗外越来越暗的景色,从这里可以看到远处这座城市的标志——百花圣母大教堂,看到把城市一分为二的阿诺河,看到市政广场和广场边的乌菲齐宫。这些熟悉的景象在这样一个黄昏唤起了她对过去的回忆,她察觉到体内有什么东西纠缠在一起,但是时间过去太久了,她再也无法分辨,什么是快乐什么是痛苦。

第 一 章

"依我说,从一个比较全面的角度来看,还是乌菲齐更具艺术价值一些。"

"不,不,不。那完全是您的偏见。乌菲齐并不比普拉多更具艺术价值。因为您是意大利人,所以对乌菲齐不可避免地产生了更加多的偏爱。"

"你别忘了,乌菲齐藏有波堤切利和拉斐尔、达·芬奇等许许多多文艺复兴时期大师们的杰作,那些可都是珍品。"

"这些我都知道,可是您也别忘记普拉多收集有委拉斯开兹和戈雅以及埃尔格列柯最伟大的作品,还有不可忽略的鲁本斯和毕加索。就绘画风格而言,我更崇尚普拉多的藏品。"

"好吧,至少乌菲齐的藏品数量要比普拉多多吧!"

"可是我们不能简单地从数量上来划定一个美术馆的真正价值。普拉多美术馆的价值更在于藏品的质量上,我认为普拉多最值得引以为豪的是15至18世纪大师们的作品。可以说,普拉多的收藏堪称'大师中的大师'。"

"那好,为什么你不去普拉多呢。你可以直接去找他们的馆长,然后对他说,'您好,馆长先生。我是你们美术馆的画迷,我希望能在这儿找份工作。任何工作都可以,只要能让我留下。我可以做你的助手或者是秘书。我也可以做一名保安或是清洁工,我是一个全才,能胜任任何的岗位。'"

"如果我这么说能得到一份工作吗?"

"我想你能,也许你该去试试,亲爱的。"

"哦,得了,教授。您知道我是不会离开佛罗伦萨的。"

"有什么特别的原因吗?"

"当然有。第一，如果我像您刚才说的那么去做一定会碰一鼻子的灰。第二，这里有我可敬可爱的教授您啊。第三，这里有一个全心全意爱我的男人。第四，这里有举世闻名的乌菲齐美术馆。我并不想证明普拉多一定就比乌菲齐好，这之间没有什么可比性，您知道的。不过乌菲齐也有不好的地方，它无疑是全世界排队最久的美术馆，我记得我第一次去参观时排了将近四个小时的队。等我终于走进美术馆的时候，都快要累得散架了，但我还是得承认，走进去的一刹那感觉真棒。"

"我的小姑娘，也许下次你去那里时就不需要排队了。"

"为什么，您要给我一张特别通行证吗？"

"当然不是，我要给你一张那里的工作证。"

"啊！"绮蜜禁不住大叫一声，她迅速捂住自己的嘴巴，清澈透明的大眼睛足足有十秒钟没有眨过一下。然后，她试探着问道："是真的吗？教授。"

"今天不是愚人节。"

"哦，乔尔瓦尼教授，您真是太好了。我爱您，我爱您。您是怎么办到的？"

满头白发，面目慈祥的乔尔瓦尼教授说道："我没有跟你提过吗？乌菲齐美术馆的馆长是我的老朋友了。碰巧有一次我对他说，我有一位最最聪明、漂亮、优秀的学生想要找份工作，不知道他能不能帮我这个忙。"

绮蜜把食指放在嘴上示意他先别说。

"我猜他很爽快地答应了。"

"他没理由拒绝我，他相信我的眼光。"

绮蜜张开双臂向着她的老师扑了过去，紧紧地抱住身材矮小的教授。"您真是太好了，我保证我会好好干的，决不会让您失望的，什么时候能去上班？"

乔尔瓦尼教授故作沉思道："让我想想，要是你愿意，明天就可以去了。"

"太棒了，我愿意，我当然愿意。"

第 二 章

"弗朗切斯科,你说我该穿什么去乌菲齐?"绮蜜裹着一条浴巾站在衣橱前翻看着她的衣服。她的男朋友此刻正在忙着做早餐。

"什么事?绮蜜。"他喊道。

"我需要你的帮助,快来。"她又高声喊道。

弗朗切斯科放下了手中的活,走进了卧室,他在衣帽间里找到了绮蜜。

"怎么了?"

"弗朗切斯科。"她向他伸出了一只手:"你说我该穿什么去乌菲齐?我相信你的眼光。"

弗朗切斯科走到绮蜜身边,用一只手轻轻地揽住她,另一只手翻动着衣服。

"这件,这件怎么样。我们在米兰买的,你最喜欢这件衣服了,你说过它能给你带来好运。"

"不行。"绮蜜把弗朗切斯科拿出来的衣服又塞回了原位。"这件衣服太性感了,不适合在乌菲齐那种地方穿。"

"啊,我知道了,要穿套装是吗?可是你好像并没有那种很正式的套装。"

"谁说没有,这套不是吗?"

"这套,算了吧,比刚才那件也好不到哪里去。"

"可是,这是我惟一的一套正装了,决定就穿它了,以后再买更合适的吧。"说着绮蜜又从衣橱里拿出了一套浅色的西服塞进了弗朗切斯科的怀里,"给你,今天你就穿这套,颜色和我的衣服很般配。"

"可是,我又不是和你一起上班啊。"

"你忘了，晚上我们要一块儿去萨巴提尼吃晚餐，还是穿正规一点的好。好了，快把衣服穿上。第一天上班决不能迟到。你再帮我去把那双缀着蝴蝶装饰物的白色凉鞋找出来。那双鞋子配这套粉色衣服最合适了。"

弗朗切斯科故意装出一副夸张的表情说："我的天哪，你这是要去选美呐！"然后他把西服穿好，看到绮蜜穿上了她那套粉红色的套装后在梳妆台前坐了下来。她从一个漂亮的化妆包里取出六七种不同大小的刷子，接着又打开了好几个装着不同颜色色块的小盒子。他饶有兴致地看着她把它们一一摆好，然后拿起一块五角形的海绵，又从一个小瓶子里挤出一点奶油色的液体倒在海绵上，仔细地擦拭了整个脸庞。弗朗切斯科惊奇地发现女朋友的脸色马上变得柔和了，他开始能理解为什么女人对化妆品那么趋之若鹜了。绮蜜又拿起一支弗朗切斯科一直认为是铅笔的黑色的笔在眼眶的周围画了一圈，她的眼睛瞬间变得明亮深邃了。此时他的好奇心已经完全被吊了起来，说道："我一直以为像你这么漂亮的女人，化不化妆应该不会有多大的差别，今天我才发现原来再美丽的女人也应该化妆。"

绮蜜没有恶意地白了他一眼："我简直不敢相信，我们一起生活了那么多天，这是你第一次认真地看我化妆。"

弗朗切斯科为自己辩解道："那是因为你总是在化妆时关着门。"

绮蜜用拿着一把小号刷子的手挥动着表达不满："只是关着，但并没有锁上。"

"好吧。"她的男朋友用承认错误的口吻说："我只是以为，女人在化妆时是不愿意被打扰的。"

绮蜜熟练地化好了妆，看着镜子里自己娇美的模样，忍不住地笑了起来。然后，她抬起双脚扭动着脚趾头说："该穿鞋了。"

弗朗切斯科微笑地望着眼前的这双无比精巧美丽的小脚。圆润饱满的脚趾整齐地排成一列，脚底漂亮的 S 形弧线异常的迷人。同以前每一次一样,他忍不住地捏着她的小脚把玩着。

绮蜜急忙把脚缩了回来,催促道:"别玩了,快点儿吧。"说完又把脚伸了过去。

弗朗切斯科叹了口气,单膝跪地抓起绮蜜的右脚,把它塞进了一只做工细致得简直让人怀疑是否适合穿着走路的白色凉鞋里。他十分小心地系上鞋子的搭扣,生怕弄伤了她细嫩的皮肤。接着,该穿左脚了。可是,弗朗切斯科刚把她的左脚拿起来准备往鞋子里套时,绮蜜却非常突然地把脚缩了回去。然后又抬起来,挺直高举到弗朗切斯科的眼前,表情像是一个高高在上的女王面对着她的仆臣。弗朗切斯科想凑上去抓住这只不听话的小脚,绮蜜又灵活地在椅子上转了个身把脚藏到了地毯下面。弗朗切斯科只能一把抱住她的腰,不让她再次转动身体,用一只手按住那只不听话的小脚,像是在对脚说话般地说道:"看你还往哪里跑。"

绮蜜"咯、咯、咯"地笑了起来,她看着男朋友把她的脚抓起来做出一副要咬住它的样子,她知道他不会真的去咬她的脚,因此笑得更灿烂了。

终于鞋子穿好了,弗朗切斯科郑重地问道:"都准备好了?"

"嗯。"绮蜜很确定地点了点头。弗朗切斯科把她从椅子上拉起来,把她从头到脚审视了一遍,然后又从脚到头地再审视一遍,最后含情脉脉地注视着她说:"相信我,乌菲齐会为你醉倒的。"绮蜜用同样充满着浓情蜜意的眼神凝视着他,摇了摇头:"你错了,是我,我会为乌菲齐陶醉的,我确信。"

随着弗朗切斯科重重踩下的一脚刹车,菲亚特汽车嘎吱一声停在了举世闻名的乌菲齐美术馆的大门前,弗朗切斯科转头问绮蜜:"你就从这里进去吗?"

"就这里,我知道乌菲齐有员工专用的通道,可我还是想从这儿进去。祝我顺利吧。再见!"

"再见!"

弗朗切斯科把他的脸向绮蜜稍稍凑过去一些好让她能和自己吻别,同时说道:"晚上我来接你。"

绮蜜打开了车门,她朝车里的男友挥了挥手,深深地吸了一口气。转过身,踏上了乌菲齐那条著名的长廊。

第 三 章

托马斯·菲奥雷在乌菲齐干保安已经有近十年的时间了。他的工作就是每天早晨打开大门,然后晚上再关上它。在这其中的大部分时间他都得站在门口值勤。在许多人的眼里,这份工作既枯燥又乏味,可菲奥雷不这么看。每天,都有成千上万从世界各地汇集到此的游人。菲奥雷觉得观察这些在他眼前进进出出的人是件十分有趣的事情。你可以看到来自地球各个角落不同肤色不同种族的人。他们有些相互扶持着来到乌菲齐,有的则被抱在怀中来这儿参观。运气好的话,还可以看见最美丽的脸庞,当然也可能是最丑陋的。有的时候他还会试着和游人们攀谈一下。他甚至能够说不下十种语言的"你好"、"谢谢"、"再见"之类的简单问候语。

今天早上同往常一样,菲奥雷换好制服神气活现地来到了大门口,时间一到八点半他就打开了乌菲齐那道金光闪闪的大门。总是有那么多人会早早地排好了队等着开门,不过今天早上似乎人并不算太多。门一开,游人们便整齐地鱼贯而入。菲奥雷笔直地站着,用英语和意大利语向他们说"早上好",偶尔他会得到回应,就像今天早晨。

"早上好。"一个无比甜美的声音在菲奥雷的耳边响起,那是内心真正愉悦的人才会发出的声音。

菲奥雷定睛一看,一个带着一脸灿烂笑容的漂亮姑娘正要经过他的面前。他几乎没有思考就说了一句傻话:"小姐,您来参观。"

出乎他意料之外的回答是:"不,我来这儿工作,您能告诉我去馆长办公室怎么走吗?"

菲奥雷伸出一根胖乎乎的手指,"从这儿转弯一直走到底,然后穿过楼梯,办公室都在那个区域,您可以再问一下。"

"我知道了,谢谢,再见。"

菲奥雷望着她那婀娜的背影自言自语道:"买票来工作,我可真没遇见过。"

第 四 章

绮蜜很顺利地找到了馆长办公室,在办公室的外面摆放着一张气派并且古旧的写字台,在它的后面坐着一位看上去更为古旧的老年女士。

"您好,我的名字叫绮蜜,我和馆长先生约好的。"

老年女士抬起头,慈祥地对她微笑着说:"哦,是的,馆长先生正在等你,请跟我来。"她从椅子上站了起来,以让绮蜜吃惊的矫健步伐走到馆长办公室前,用力地敲了两下门,然后打开它,对着里面的人说:"打扰一下,馆长先生,绮蜜小姐来了。"

"请她进来。"

老年女士把门完全推开为她让出一条道。绮蜜看看面前深色的门框迟疑了一下后走了进去。她第一眼便看见在一个气派的皮椅上坐着一位银白色头发的男人。绮蜜弄不清楚他的大概年龄,也许四十多岁,也许快六十了吧,但总的来说他是个很英俊的男人,让她想起了电影明星保罗·纽曼。他

面目和蔼但目光锐利,眼神中闪动着绮蜜称之为智慧的光芒,不过那锐利的目光还是让绮蜜感到些许的不安。不过,当他从桌子上拿起一副眼镜戴上后,绮蜜就感觉好多了。他热情地走到她的面前,友好地伸出一只手说:"你好,绮蜜小姐,乔尔瓦尼教授和我提到过你。哇,他说得没错。"

"什么?"绮蜜茫然地望着他。

"你真是太迷人了。"

"您过奖了。"

"哪里,我很高兴有你这样一位年轻漂亮的小姐加入乌菲齐。我是馆长亚利桑德罗·维托尼罗。"

"很高兴认识您。"绮蜜被他的热情弄得有些不知所措。

"请坐下。"馆长殷勤地为她拉开一把椅了,绮蜜走过去坐好,然后紧张地弄了弄裙摆和领口。

维托尼罗馆长回到了自己的座椅上。这时那位秘书已经关好门出去了,馆长打开电话对讲机说:"请为我们倒两杯咖啡来,马蒂尔德小姐。"

"那好。"他搓了搓手继续说:"你刚刚取得了佛罗伦萨大学艺术和历史系的硕士学位,并且想要一份美术馆的工作。"

绮蜜看着他的眼睛,用她那双会说话的眼睛微笑着,仿佛在说:'是的,我非常渴望一份那样的工作。'

"那么你对欧洲的艺术史必定很熟悉了?"

"是的,那正是我所感兴趣的。"

"会画画吗?"

绮蜜略带尴尬地摇摇头说:"不,恐怕我没有这方面的天分。"

"那就让我们先来谈谈给你一个什么样的岗位吧。"

"我……"绮蜜刚想开口说出自己的想法就被维托尼罗馆长给打断了。

"这段时间以来我一直想为乌菲齐物色一位优秀的,具有良好专业知识

和文案工作能力的员工。要知道乌菲齐已经有数百年的历史了,我们的美术馆里收藏着数以万计的传世杰作。可是由于种种原因我们不能每天都向游人们全面开放所有的展馆。当然,这里面有受到美术馆展厅大小限制的原因,但这还是可以解决的。只是所有这些藏品需要仔细地整理,还有许多因为时间久远需要修复。总之,都是些外人看来琐碎枯燥的工作,但是有兴趣的话就不会觉得了。我在想,也许你可以参与这些工作。"他接着又补充了一句,"我曾经看过你写的毕业论文——相当不错。"

"嗯,对不起,馆长先生。我非常感激您认真考虑我的工作。不过,如果可以的话,我希望能做一名讲解员。"

"讲解员?"维托尼罗馆长多少显得有些惊讶。

"是的,讲解员。很多年以来我就一直渴望着能成为一名讲解员,为来这儿参观的游客们讲解那些美丽的传世珍品。乌菲齐是世界上最好的美术馆之一,我确实非常渴望在这里做一名讲解员。"说完了她想说的话,绮蜜抬起头,神情渴望地探询着维托尼罗馆长的回答。她看到馆长眼中温柔的微笑收敛了起来,他那双锐利的眼睛紧紧地盯着自己。

"如果你坚持,我可以答应你的要求,不过以你的学识和能力做一名讲解员也许有些可惜吧。我们这儿的讲解员大多是由佛罗伦萨当地政府招募的,我们很少培养自己的讲解员。但是如果你想做一名优秀的讲解员也需要好好努力。我刚才已经说过了,乌菲齐已经有数百年的历史了。你必须熟悉乌菲齐的历史,熟悉每一个展厅,熟悉每一幅画,了解所有的画家。要全面、仔细、客观、公正地向每一个参观者讲解任何一幅挂在乌菲齐里的绘画,这可不容易。"

"我会努力做到最好的,馆长先生。"

门开了,马蒂尔德小姐端着两杯咖啡走了进来,她面带着微笑把咖啡分别放在馆长和绮蜜的面前。

"非常感谢，亲爱的。请把乌尔曼小姐叫到这里来好吗?"

馆长秘书点点头出去了。

馆长端起咖啡，喝了一口润润嗓子，继续说道:"乌尔曼小姐是我的左右手。我很难给她一个确切的定位，因为她几乎能做馆里所有的工作。她给藏品编排名册，修复受损的绘画，接待参观者和重要的来宾，安排特殊的活动，联络其他的美术馆或者博物馆，甚至打扫卫生。

可是她的工作太多了，她必须有一个帮手，来减轻一些负担。我原想让你做她的助理，可是现在……不过也没关系，你可以做一名讲解员也可以同时帮助乌尔曼小姐做一些其他的工作，如果你愿意的话。"

"当然了，我非常愿意。"绮蜜抢着说道。

馆长办公室的门再次被打开了，绮蜜转过头看见了一张极其特别的脸。卡罗琳·乌尔曼的五官只能用一个字来形容——大。大大的眼睛，大大的鼻子和一张又宽又阔的嘴。不仅是五官连整个身型也十分高大，好在一切都很匀称。绮蜜站起身，乌尔曼小姐要比她高出大半个头。当她和乌尔曼小姐握手时，她觉得自己的小手简直被她的手掌包围了起来。但是真正引起绮蜜兴趣的，是乌尔曼小姐左手无名指上戴着的一枚戒指。那是一枚黄金打造的戒指，没有钻石和其他宝石的点缀。不过，做工十分精细，上面每一根装饰线条都清晰可见，流动着含蓄且诱人的光泽。这枚戒指非常的纤细，似乎和它的主人有些不太相称。不过确实吸引人的目光。

馆长站起来开始为她们做介绍。

"乌尔曼小姐，这位是绮蜜。佛罗伦萨大学艺术和历史系的毕业生，从今天起她就是我们乌菲齐的一员了。我想让她和你一起工作，她的理想是成为一名讲解员。"

乌尔曼小姐对绮蜜投去了感兴趣的目光，她仔细地打量着眼前这个漂亮的女人，猜测着她的国籍，是中国人或者日本人，也有可能是韩国人，她无法确定。无论是什么,她都承认自己喜欢眼前这张微笑着的脸蛋。不知馆长先生是否注意到了这点,但她从绮蜜的身上看到的不仅是美丽的外表,更重要的是一种淡淡的神秘的忧郁,并不明显地笼罩在她的身上。仿佛她想要隐藏,却又在不经意间流露了出来。

"这很好。"她注视着绮蜜说:"我们正缺乏出色的讲解员。"

"那好吧。"馆长对乌尔曼小姐说,"我现在把绮蜜交给你了,希望你们合作愉快。"

第 五 章

"我先带你去看看你的办公室吧。"

穿过长长的走廊,乌尔曼小姐把绮蜜带到一个房间前,她的一只手放在圆形的门把手上,像说戏剧开场白似的转过头对绮蜜说道:"这里就是你的办公室。"

她打开了门。

绮蜜瞪大了眼睛往里面看去,却发现房间出奇地暗。她注意到两扇高大的窗户上拉着厚厚的天鹅绒窗帘。乌尔曼小姐走到窗边拉起窗帘,外面的阳光格外的好。

"房间昨天就打扫好了,今天太忙了还没来得及开窗。"

绮蜜走到房子的中央环视着自己的办公室。这里并不十分宽敞,整体结构带有文艺复兴风格。虽然房顶很高却不显得生硬,上面装饰着精美的湿壁画。房间的中央,摆着一张大大的写字台。它的后面是一把又高又厚,看上去十分舒适的椅子。在花色繁复的壁纸衬托下,挨着墙面是两排木制的书柜,里面放着不少的书。

"这儿真漂亮,我真是没想到刚出校门就能拥有一间如此美妙的办公室。"绮蜜由衷地为自己感到高兴。

"这里还有更美妙的呢。"

乌尔曼小姐像变戏法似地推开了一扇贴着墙纸的小门。绮蜜这才注意到这里是一个套间。

"里面是一间更衣室。衣橱、试衣镜全都有。瞧,这儿还有专门放鞋的柜子。这些东西我用不着。"她又一次深深地看了绮蜜一眼,"我想,你会用得上的。"

"我简直不敢想象,这里会如此好。"

"这没什么,希望你的工作也能像它们一样令人满意。"

"我会努力的。"

她们俩一起走出了更衣室,乌尔曼小姐开始讲述她真正想要讲的话:"我想到目前为止你对一个讲解员的了解恐怕还只限于这份工作美好的一面。穿着漂亮的衣服优雅地站在价值几百上千万的名画前为游客们做一些简单的讲解,回答一两个无知的小问题。"

绮蜜略感尴尬地承认:"坦白说,差不多。"

"不,不,不。这里可是乌菲齐,世界上最好的美术馆之一,你想在这里工作,或者说想长久留在这里工作,你就得努力,非常努力。"

"这个我知道。"

"你得熟悉一切。佛罗伦萨的历史,乌菲齐的历史,美第奇家族的历史,甚至于每一幅画的历史。这将会是一份艰苦的工作,也许需要许多年。"

"这样太好了,至少我可以在这里呆上许多年。"

"以前来过乌菲齐吗?"

"哦,是的。我第一次来是想看看那些著名的藏品,可是没想到要排那么长时间的队,后来我又陆陆续续地来过几次,但到目前为止我还没有参观完所有的藏品。"

"是啊，有许多原因，一部分藏品我们无法公开展览。来吧，我们去展厅转转，让我为你介绍一下真正的乌菲齐。"

"乌菲齐美术馆建于 1560 年。这座建筑物最初是按当时佛罗伦萨的统治者美第奇家族的柯西摩一世的旨意建造的，用来作为佛罗伦萨公国政务厅办公室。办公室在意大利语中发音为乌菲齐(Uffizi 类同于英语中的 Office)。于是，这便成了这座美术馆后来的名称。"

乌尔曼小姐一面熟练地穿过一条走廊，一面滔滔不绝地继续往下说："把乌菲齐改造为画廊的构想源自于弗兰切斯卡一世。1581 年这里开始公开展出美第奇家族的众多艺术收藏。关心艺术是美第奇家族长期以来的人文主义使命，佛罗伦萨之所以能成为意大利文艺复兴的重地，是与美第奇家族对艺术及艺术家的关心密不可分的。美第奇家族的艺术收藏由柯西摩·伊尔·维奇欧首开先河，至于把收藏品作为教育手段而公开的人文主义构想则肇始于'豪华王'洛伦佐。他曾把美第奇家族收藏的古代及当代艺术品公开展示于著名的拉尔加离宫的庭园，并提供给年轻艺术家去学习、研究。众所周知，米开朗琪罗年轻时代就曾在这里钻研过古代雕刻。托斯卡纳公爵及大公们深知这种收藏所赢得的威信是什么，收藏数量的不断激增对他们来说另外隐含着一种政治意义。"

"而在近代随着藏品数量的不断增加和美术考古活动逐渐有系统地展开，乌菲齐的收藏品成了举世瞩目的人类文明遗产，这里成为美术史研究一大宝库。"

"大约在 19 世纪到 20 世纪，乌菲齐美术馆对数量众多的藏品进行了更为正确的学术性分类，使得美术馆更加系统化和合理化。我想你也该知道，在世界所有美术馆中，乌菲齐以其丰富的意大利文艺复兴绘画作品收藏而独具特色。"

"15世纪后期,佛罗伦萨画派最著名的画家就是桑德罗·波堤切利。可以说有关他的藏品是乌菲齐最大的骄傲,我们用差不多整整五个展厅来展出他的作品。波堤切利早年曾跟随利彼学画,他在写实传神的基础上,充分发挥了佛罗伦萨画派善用线条的传统,强调富有韵律的节奏感,在用色上也非常优美典雅。他的许多作品取材于文学作品和古代的传说,这类作品摆脱了宗教题材的束缚,可以更为自由地抒发个性和世俗情感。他的代表作《春》和《维纳斯的诞生》充满柔情与诗意,充分表现出秀丽婉约的女性美,洋溢着浓郁的人文主义精神。总之,观赏他的画你可以感受到一种梦幻般的诗意境界。然而到了晚年,由于佛罗伦萨社会的动荡不安对波堤切利的思想和艺术产生了强烈的影响,他的艺术开始向宗教情绪复归,流露出悲观与惶惑的情感。"

　　"从15世纪末到16世纪中叶。意大利文艺复兴进入盛期。佛罗伦萨是盛期文艺复兴的摇篮,意大利"文艺复兴三杰"中,达·芬奇和米开朗琪罗是16世纪佛罗伦萨画派中最杰出的代表,拉斐尔亦主要在佛罗伦萨完成其学业。乌菲齐美术所藏的《圣母领报》是达·芬奇早期的作品。而馆中关于拉斐尔的收藏最著名的无疑是《金丝雀圣母》。至于将毕生精力和满腔的热情全部倾注到艺术创作中去的米开朗琪罗,馆中收藏有他的早期作品《圣家族》,该作品已经展露出米开朗琪罗在人体塑造和体面关系处理上的才华。"

　　这是绮蜜有生以来第一次如此完整地听到关于乌菲齐历史的讲解。乌尔曼小姐转过头对着绮蜜淡淡地笑着,绮蜜看到她的脸上笼罩着一层圣洁的光辉,接着,她出乎意料地说道:"1815年《维纳斯的诞生》从皮蒂宫移到了乌菲齐。"说完这句有些莫名其妙的话之后,她把话题又转移到了展厅上。

　　"一号展厅是用于考古研究的,二号展厅展出的是乔托和十三世纪的画作。第三和第四收藏着十四世纪西耶那画派的作品,第五和第六展出了哥特艺术。第七展厅主要收藏前文艺复兴作品。第八展厅是菲利波·利皮作品的陈列室，他就是波堤切利的老师。第九收藏着安东尼奥的作品。再往下，从第十到第十四全都是波堤切利的作品。"

"看来他的主要作品都摆在这儿了。"

"差不多。再往下十五十六展厅有达·芬奇的很多作品，第二十五展厅有米开朗琪罗的作品《圣家族》，第二十六展厅有拉斐尔的《金翅雀圣母》，第二十八展厅有提香的代表作《乌比诺的维纳斯》，第四十一展厅有鲁本斯的作品群。在第四十三展厅你可以看到卡拉瓦乔的《伊萨科的牺牲》。我看今天我们就到这儿吧，你一定累了，我们有的是时间。"

可是，显然绮蜜还不打算就此结束，她请求道："乌尔曼小姐，您能带我去看看《维纳斯的诞生》吗?"

乌尔曼小姐再一次回过头，以一种略带惊讶的欣赏眼光看着眼前的女孩问道："为什么想看她?"

绮蜜发现自己很难回答这个问题，所以她便说道："因为我喜欢笼罩在那幅画上淡淡的忧伤。"

乌尔曼小姐沉默片刻后说道："跟我来吧。"

她大跨步地向前走去，最后把她引领进了一间很大的展厅里。绮蜜当然知道这里就放着那幅著名的《维纳斯的诞生》。这个时候展厅里参观者很多，她们没有走到画的跟前，而只是在展厅的中央远远地凝望着她。与此同时，绮蜜发现乌尔曼小姐似乎已经忘记了她的存在，而只沉醉于自己的天地中。

"桑德罗·波堤切利出身于一个皮鞋匠家庭。15 世纪 60 年代他进入菲利波·利皮的作坊开始学画。波堤切利善于将世俗的欢乐精神带入神话和宗教题材，以人文主义精神来阐释宗教和神话的意旨。他最著名的两幅神话绘画是《维纳斯的诞生》和《春》。"

说着，乌尔曼小姐眼神中散发出异样的光芒。绮蜜随着她的目光抬头仰望着眼前的绘画。她当然早已经看过这幅著名的作品了，可是今天在乌尔曼小姐富有感情的讲解下似乎显得有些不同了。

"像大理石一样洁白，拥有圣母玛利亚般面容的女神维纳斯站在扇贝壳上。美的理想形象维纳斯被拥抱着的西风之神塞弗由洛斯和他的情人克洛利斯吹向岸边。作为春天化身的时间女神荷来依跑向她的身边，欲将带有美丽鲜花图案的披风给她披上。波堤切利在这两名女子结构的关系上采用了传统的基督洗礼图中的基督和洗礼者约翰的关系。"

"这幅画以及《春》是波堤切利以神话为主题的代表作，是具有革命性的绘画。以与真人同等的大小描绘出宗教画以外的绘画作品，自古以来还是第一次。反映出了他新柏拉图主义的思想。这种新的哲学将古代希腊、罗马的神话看作是基督教理念的寓意，可以认为此时的维纳斯是人类的精神性和感觉性的象征。这幅洗练的杰作洋溢着深情的美感。画家以流畅而充满动感的线条描绘出人物漂浮在如同壁毯一样朴素的背景表面，仿佛她的身体毫无重力，完全体现了她女神的独特力量。"

绮蜜已经把她的注意力转到了乌尔曼小姐的身上，她用崇拜的眼神看着她说道："你真了不起，但愿我也能像你这样投入、充满感情、流畅地讲解。这幅画是多么的无与伦比。看，她脸上的神态，还有那微微倾斜的头部和忧伤的眼神，多像圣母玛利亚啊！"

乌尔曼小姐赞同地眨了眨眼睛说："是的，波堤切利把她们同化了。"最后她口气疲惫地说道："好了，亲爱的，该吃午饭了。"

第 六 章

整个下午，绮蜜从乌尔曼小姐那里借了两本介绍佛罗伦萨和乌菲齐历史

的书,在自己的新办公室里好好地研究了一番。直到她的手机响起,她才从古代历史中苏醒了过来。

她看了一眼上面的来电,按了通话键问道:"弗朗切斯科,你在哪儿?"

"我就在大门外,现在可以走了吗?"

"可以了,你等我一会儿。"

她匆匆地整理好书籍,拿起她的小包就要往外去。可是走到门口时她又改变了主意,转身打开那扇通往更衣室的门,径直走到了穿衣镜前。整理了一下已经起皱的裙子,抚了抚乌黑的长发,又从包里取出一小块粉盒仔细地在脸上拍了一层粉。然后带着美好的心情离开了办公室。在她穿过大门口时,有人喊住了她。

"对不起,小姐,你是在这儿工作对吗?"

绮蜜循着声音望去,看见眼前站着一个穿着保安制服的胖头胖脑的男人,她先是有些迷茫,然后她扬起脸向他友好地伸出手。

"谢谢你今天早上为我指路,我的名字叫绮蜜,来这儿做讲解员。"

"你好,我叫托马斯,托马斯·菲奥雷,很高兴认识你。"

透过窗户,绮蜜看见了外面靠在车旁正在等她的男友。

"恐怕我不能再和你聊了,我的男朋友正在外面等我,我们明天见。"

"明天见,小姐。"菲奥雷把手放在帽檐上向她道别。

绮蜜的脚刚迈出一步又停了下来,她转过头对菲奥雷说:"请问,每天早上都是由你打开这扇大门的吗?"

"是的,通常是的。我们有两个人专门负责打开和关上大门。每两个小时轮休一下,通常是由我早上来开门,关门时有时是我有时是我的搭档。"

"那太好了,我有一个请求,如果不让你感到为难的话。"

菲奥雷马上接了上去,"请说吧,非常乐意为你效劳。"

"是这样的,我不喜欢走员工通道。如果可以的话我希望每天早上能从这儿进入乌菲齐。"

"这没有问题,你当然可以从这儿进去。"

"难道这扇大门不是由电脑来控制的吗?"

"这家美术馆里的确是有很多东西由电脑来控制,但不包括这扇门。"

"那太好了,明早见,菲奥雷。"绮蜜带着灿烂的笑容踩着轻快的脚步迅速走下了台阶。

"你定好位子了吗?"绮蜜坐进车里首先问道。

"定好了,我要求一个安静不受打扰的座位。"弗朗切斯科一边回答着一边帮她系好安全带,随即问道:"今天你过得怎么样,还能适应吗?"

绮蜜略带兴奋地微笑着,慢条斯理地告诉他:"你简直想象不出有多好。乌菲齐太出色了。她是那么的美丽、迷人、高贵又大方。"

"我怎么听着你像在说一个女人。"弗朗切斯科打趣地看着她说。

"别打岔。"绮蜜对他挥一下手继续说:"还有那里面的人,馆长先生彬彬有礼。他可真是个好人,他答应让我做个讲解员,你知道,他原来已经替我安排了一个很不错的岗位。还有乌尔曼小姐,我已经开始喜欢上她了,还有点崇拜她。我喜欢看她讲解绘画时脸上那种专注的表情,真的很敬业,我敢说她爱乌菲齐胜过一切。"

"希望这一点你不要跟她学。"弗朗切斯科略带醋意地说。

"哦,亲爱的,不会的。我会把工作和生活分得很清楚,你大可以放心。还有,你知道吗,原来乌菲齐还有很多有意思的事情……"她就这样一直喋喋不休地说个没完,直到他们已经在萨巴提尼饭店漂亮的餐桌前坐下之后还没有停止的意思。

弗朗切斯科一边聆听着她的唠叨一边用眼睛迅速地扫视着菜单。

"想吃烤牛排吗?"他不得不打断她。

"好的。"绮蜜不假思索地回答他,"哦,不,也许我还是来份面包沙拉就行了,还有蘑菇汤。"

"还吃素。"弗朗切斯科不大满意地看着她。

"你太瘦了,还是吃牛排吧。"

绮蜜歪着脑袋对着男朋友苦笑道:"好吧,我认输了,就按你说的办,今晚你让我吃什么都行。"

弗朗切斯科对着侍者说道:"给小姐一客 T 骨牛排,一份面包蔬菜汤,开胃菜要托斯卡纳火腿和蒜肠拼盘,甜点要杏仁饼干。另外请给我来一份烤羊肉,其他的都一样。再来一瓶葡萄酒,绮蜜,庆祝你得到一份好工作,你应该喝一点儿。"

"好的,为了我的新工作。"绮蜜看起来心情好极了,笑得比蜜还甜。"我跟你说了我有一间非常漂亮的办公室吗?简直太棒了,四周装饰着颜色亮丽的壁画,而且一定出于大师笔下。我真想知道它原来的用处,也许几百年前它是某位大人物的休息室,你绝对想不到屋里面还套着一间很不错的更衣室,里面有衣橱和穿衣镜,一应俱全。对了,今天我还认识了一个叫菲奥雷的家伙,他可真是个有意思的人。他答应让我每天从前门进出乌菲齐,而不用走员工通道,这样我每天都能以一个游客的心情去工作了。"

"他不会碰巧是个英俊迷人的家伙吧。"弗朗切斯科故意说道。

"才不是呢,他又矮又胖,脑袋有那么大。"绮蜜伸出双手做了一个夸张的手势来证明这一点。"你不用为这个担心,知道吗,我现在最想的是什么?我在想等我拿到了第一次薪水,我要为你买一件礼物,一件特别有纪念意义的礼物。啊!"她用手捂住自己的嘴巴说:"我不该告诉你的,说漏了。"

"你不必这么做,绮蜜。"

"不,要的,即便不是出于爱,我也想感谢你,谢谢你这些年来给我的照顾和关心。和你在一起真的很好,我是个幸运儿。"她和弗朗切斯科深情地对视了一会儿,然后半站起身凑上前去旁若无人般地吻了她的男友,尽管他们的位子并不像弗朗切斯科所说的在一个安静的角落里。

第 七 章

菲奥雷看了看手腕上的表,差五分八点半。门口已经排着长长的参观者的队伍了,他朝他们张望了一会儿,没有发现绮蜜,然后他把视线移向别处,他看见在一辆香槟色的汽车外绮蜜正背对着他和开车的人挥手道别。很快她转过身,穿过长廊向大门走来。她今天看起来神采奕奕容光焕发。她的眼睛注视着正前方,身体的线条绷得笔直。她穿着一件夜蓝色的丝绸连衣裙,脚上穿着一双银色的高跟鞋。黑黑的长发被光滑地盘在脑后,看起来既干练又迷人。

"早上好,菲奥雷。"绮蜜主动向他打招呼。

"早上好,绮蜜小姐。"

"今天的天气真不错!啊,已经有那么多人在等着开门了。"

"是,是啊。总是这样的。你说他们都是从哪儿来的,我是指那些亚洲人,是和你一个国家的吗?"为了能和她多聊上两句,菲奥雷努力地寻找话题。

绮蜜侧过身眯缝着眼睛看着菲奥雷所说的亚洲人,然后马上转了回来说:"不,他们和我决不会是一个国籍的。依我看那些人应该是日本人。"说完她抬起手腕看了看时间提醒说:"时间到了,该让他们进去了。"

"哦,对,马上就让他们进去。"

绮蜜随着游客们一起走了进去。一进到里面人群开始散了开来,有些人看来早已有所准备,径直朝自己的目标前进。有些人则聚拢在门口的指示牌上寻找自己感兴趣的目标。

就在绮蜜准备去办公室的时候，她听见身后有人用生硬的英语跟她说话，没有转过身她就知道是那些日本游客。她听到他们在问："小姐，请问你是日本人吗？"

绮蜜否认道："不，我不是日本人，有什么需要我帮助的吗？"

她看到日本游客们似乎有些反应迟钝，就又补充了一句："我是乌菲齐的讲解员。"

这些日本游客们马上露出了会意的笑容。

"我们是来这儿参观的，但我们的时间不多，所以想先看看那些最著名的藏品。我们都不是这方面的专家，您能给我们介绍一下吗？"日本游客带着祈求的眼神看着她。

"事实上，我很乐意效劳。可是你们心里有没有什么特别想看的作品吗？"

"我听说乌菲齐藏有文艺复兴时期最著名的画家拉斐尔和波堤切利的许多作品，我尤其感兴趣的是一幅叫《春》的蛋彩画，我们都很喜欢。在我们国家的模仿秀比赛上我和他们几个还曾经参与过模仿这幅画的活动呢，所以这次来这特别想能亲眼看看这幅作品。"

"这好办，跟我来吧。"

绮蜜带着这群日本游客穿过长长的走廊进入了波堤切利的展品区域，一直朝着一幅巨大的绘画走去，她的高跟鞋踩着地面发出的节奏感极强的嗒嗒声显示了她心中的兴奋，突然她停下了脚步转过身很有戏剧性地说道："先生们，女士们，这就是波堤切利最伟大的作品，乌菲齐最珍贵的展品之一——《春》。"

日本游客们开始交头接耳起来，可是他们都不由自主地放低了说话的声音，好像他们的说话声真的会惊扰画中的人物。绮蜜耐心地等待着，直到所有的声音都停止了，展厅里静悄悄的时候，她优雅地侧过身，面带微笑地凝望着画面开始了她在乌菲齐的第一次讲解。

"《春》,作者桑德罗·波堤切利,创作于 1478 年左右。这是一幅描绘神话为主题的作品,此画是根据意大利诗人彼里西安的《吉奥斯特纳》寓言长诗中关于美神维纳斯的一段故事构思而成的。在画面的右侧,春天的西风之神塞弗由洛斯正要去拥抱克洛利斯,被塞弗由洛斯抱住后,克洛利斯变成了告知春天的花神福罗拉。在画的左侧三美神正在跳舞,墨丘利在使用魔杖驱走暗示着无知的乌云。而画面的中央描绘着维纳斯和丘比特。《春》这幅绘画通过寄托于维纳斯的人性的媒介表现了塞弗由洛斯和克洛利斯所体现出的肉感上的爱和三美神所表现出的精神上的爱,并将之引向和谐。人物从右向左的排布顺序象征情欲转变为知性之爱,而维纳斯则是促成这一转变的原因。"

"对不起,三美神是谁?"一位游客问道。

"三美神是维纳斯的侍女,在这里表示美、贞操和爱。"

"为什么这幅画要叫做春呢,是不是因为满地的鲜花。"

"可以这么说。你们看,从克洛利斯嘴中绽放出鲜花。在神话中,克洛利斯是大地的精灵,被作为春风的西风之神塞弗由洛斯抓住后变成了花的女神福罗拉。在变化的瞬间,从她的口中涌出了春天的花朵,这一神话意味着春风吹来,大地上鲜花盛开。"

"啊,原来是这样,真是太有意思了。"

"讲解员小姐,画上的丘比特为什么被蒙上了眼睛呢?"

"这个么,就我所知,文艺复兴时期绘画中的丘比特常常是被蒙着眼睛的。至于原因吗,嗯,不是有这么一句谚语吗——爱是盲目的。"

第八章

激情退去只留下平淡的生活。接下来的一段时间里,绮蜜每天都能体会

这句话的真谛。八点半弗朗切斯科会准时把她送去乌菲齐上班,她会先去给游客们讲解绘画(实际上两周后她便尝试着正式地讲解绘画了)。中午她总是和菲奥雷一起到附近一家小餐馆里吃午餐(他们两人的友谊让其他的同事感到奇怪,但绮蜜丝毫不介意),他们之间的相处没有负担,他们合得来,这就够了。然后下午回到办公室去继续她的研究工作。间或,美术馆会举行一些小型的招待会,招待一些佛罗伦萨本地或外地,或从国外来的艺术家和从事与此相关工作的客人们。绮蜜发现,乌尔曼小姐对这些活动似乎总是提不起劲来,所以馆长更愿意把组织此类工作的任务交给她,虽然她觉得自己也不是一个干这些工作的适合人选,可每次还是很乐意地做着这些工作。她不想让那些给她这份工作的人失望。

这天中午绮蜜同往常一样和菲奥雷来到了小餐馆,和他们相熟的老板为他们端上了他们平时喝的饮料。菲奥雷的咖啡和绮蜜的热巧克力,外加两个小巧的烤得很香的黄油面包。

"我想要一份海鲜炒面,给他来一客红酒炖羊肉。"绮蜜没有看菜单就点好了两个人的饭菜。"外加一小杯甜酒和一瓶矿泉水。"

老板轻轻地点点头,微笑着走开了。

绮蜜和菲奥雷都端起了摆在各自面前的杯子。绮蜜喝了一大口她的热巧克力,菲奥雷却没有碰他的咖啡,他的鼻子因为思考问题而皱了起来。

"怎么了,没有胃口。"绮蜜关心地问道。

"不。"菲奥雷索性放下了杯子。"你知道最近美术馆是不是要举行什么大型的活动,或者要进一些新的藏品吗?"

绮蜜有些惊讶地瞪了瞪眼睛,"不知道,为什么这样问。你是不是听到了些什么呀!"

"哦,不,我什么都不知道。我只是有些奇怪。昨天晚上保安部的头给我们开了个会,会上说要给美术馆加强保安措施,还要临时增加二十个人手。

所有的单人班都调整为双人班,并且增加夜间巡逻的次数。据说还要从美国引进一套新型的电脑防盗系统。我觉得很奇怪,美术馆并没有丢失什么艺术品啊!也许丢了什么我们并不知道?"

"据我所知没有。"绮蜜打断了他的话,"是不是原来的保安措施有明显漏洞?"

菲奥雷将他的大脑袋左右摇摆着努力地思考:"没有,我想不出。乌菲齐已经很久没有出过这方面的意外了。当然,除了1993年的汽车炸弹事件。"他停止了说话移开了自己摆在餐桌上的手为他的羊肉腾出一块地方来,接着说:"但那也没有造成艺术品的损失,只是炸毁了一部分的建筑。"

"如果不是丢失了什么,那么突然间加强保安措施就只有一个原因,美术馆将要收到一件或一批新的展品,并且一定是极具价值的。"

"会是什么呢?"菲奥雷切下一块羊肉塞进嘴里。

绮蜜无奈地耸耸肩,"我不知道,我怎么能知道呢,也许是……"

"是什么?"菲奥雷再次追问。

"是《蒙娜丽莎》。怎么样,我胡说八道的,吃你的午饭吧。"

然后他们把话题转移到了昨天晚上的一场足球赛上,同往常一样,午餐时间愉快而迅速地度过了。在走回办公室的路上她遇到了乌尔曼小姐,她神色凝重,脸上的肌肉绷得紧紧的。

"乌尔曼小姐,你好。"绮蜜向她走去想和她随便聊上几句。

"你好。"乌尔曼小姐停下了脚步,解开衬衣最上面的一颗纽扣说:"今天可真是太闷了。"

"什么?"

"我是说天太闷了,我觉得有些透不过气来。"

"哦,是的。天气确实不爽快,你还是回办公室休息一下吧,喝点凉水。有什么工作需要我帮你吗?"绮蜜热心地问道。

"不用了,没什么特别赶着做的事。你去一下馆长办公室,他正在找你呢。"

"好的。"

绮蜜来到馆长办公室门前。年老的马蒂尔德小姐抬起她慈祥的脸庞说:"进去吧,他正在等你。"

馆长先生正在打电话,看见绮蜜进来他面带笑容地用拿着一支笔的手指了指他面前的两把椅子。绮蜜选了一把她通常坐的坐了下来,等待着。

馆长又讲了几分钟,可绮蜜觉得时间似乎特别长。终于,馆长放下了电话。

"那好。"他说道,然后又是那个老动作,搓搓双手。

"我找你来有一件很重要的事情,知道普拉多吗?"

"普拉多?"绮蜜愣了一下。

"咳,咳。"馆长先生清了清嗓子开始准备解释。"普拉多是当今世界上最著名的美术馆之一。可以说它的名气几乎与乌菲齐不相上下。它坐落于马德里的普拉多大道,建于18世纪。那是一座古典主义的建筑,里面珍藏着三千多幅欧洲绘画史上超级巨匠的作品,比如……"

"比如委拉斯开兹和戈雅。"绮蜜的脸蛋上因为兴奋而泛着红晕。

维托尼罗馆长扬扬眉毛说:"看来我有点多虑了。亲爱的,去过吗?"

"去过,还看到了门口委拉斯开兹和戈雅的铜像。"

"怎么,你没有进去吗?"

"是的,对我来说那是一次痛苦的回忆。"

"既然是痛苦的回忆,就忘了它吧,因为你很快就有机会了。"

"难道您要派我去马德里出差吗?"

"不是的。听着,一直以来作为乌菲齐的领导者,我渴望着能和离我们并不太遥远的普拉多做一些交流。现在机会来了。普拉多美术馆向我们提议互相交换一些绘画藏品展出,让马德里和佛罗伦萨包括来这儿参观的游客们能有机会欣赏不同文化不同时代的艺术品。你看,这里是他们刚刚传真过来的,希望我们能交换展出的单子。"

绮蜜从他的手上接过一张小小的单子,快速地扫了一眼后抬起头和馆长交换了一下眼神,接着仔细地看下去,她看得很仔细,然后并不十分开心地笑笑说:"现在我知道为什么刚才乌尔曼小姐说天气很闷了。"

"什么,你说什么?"馆长故意装作听不懂。

"她一定认为普拉多的要求过分了。"

"是啊,这张单子里包括了几乎乌菲齐最著名或者最具代表性的藏品,你怎么看。"

绮蜜垂下睫毛,眼神看向别处,思索了一会儿后回答说:"我认为这是个好机会。世界上最著名的两家美术馆交流彼此的珍品,一定会产生轰动性的效应。我们可以借此机会让更多的人了解我们的美术馆。现在要做的就是看看怎么开一张单子给普拉多。"

维托尼罗馆长满意地点点头,绮蜜看出了他对这件事情的兴趣,尝试着问他:"我们现在就定吗?"

"越快越好。"

"要把乌尔曼小姐找来吗?"

馆长严肃地摇摇头,"不用了,我觉得没有必要为难她,你懂我的意思对吗?"他甩了甩手上的单子说:"依照这张单子上的数目我们也可以要求大约三十幅左右的绘画,我给你一个机会,有什么特别的偏好吗?"

绮蜜微笑着向他眨眨眼睛,然后又眨了眨,鼓起勇气说:"有。"

"说吧,亲爱的。"馆长鼓励她。

"是戈雅的《玛哈》。"

馆长皱了皱眉头,"据我所知戈雅曾画过两幅《玛哈》,一幅是《着衣的玛

哈》，另一幅是《裸体的玛哈》，你指的是全部，还是其中的一幅。"

"我当然希望能把这两幅都带来。毕竟，她们是一个整体，缺少了一幅该是多大的遗憾啊！"

"我想应该没问题，既然普拉多要求了《维纳斯的诞生》和《春》，那么我们要求《玛哈》应该不能算过分吧。"说着他拿起笔一边说一边写："《着衣的玛哈》，《裸体的玛哈》，还有呢。"

绮蜜为馆长的信任感到受宠若惊，她不大流畅地往下说："依我个人的看法，我们可以把要求的绘画集中在委拉斯开兹和戈雅两个人的身上。"

"这一点我很同意，我们所能要求的数量有限，而普拉多高质量的藏品数量又很惊人，把目标集中起来很有必要，毕竟他们是西班牙绘画史上最杰出的人物，普拉多对他们作品的收藏也十分齐全。委拉斯开兹的《腓力四世之家》(亦称《宫娥图》)、《勃列达的受降》、《纺织女》我们应该要求。"

绮蜜赞同地点点头，同时看着馆长把它们一一写好。

"还有《酒神》、《挂毯编织者》。"

"嗯，好的，我记下了。戈雅呢，还是由你来说吧。"

"除了《玛哈》我最想看的一幅画是《巨人》，另外还有《阳伞》、《1808.5.3》、《查理四世一家》、《童年》，还有《涉水少女》、《阿尔巴女公爵肖像》和《春》、《夏》、《秋》、《冬》。"

"慢点，亲爱的，我都有点来不及了，看来你对戈雅真的很熟悉。"

绮蜜不以为然地耸耸肩。

馆长写完后停下了手中的笔一本正经地说："有一幅画不是戈雅的，也不是委拉斯开兹的作品，但我觉得有必要让她来乌菲齐。"

"是哪一幅？"

"鲁本斯的《玛丽·德·美第奇肖像》。"

"玛丽·德·美第奇，当然了，这太适合在乌菲齐展出了。鲁本斯与委拉斯开兹和伦勃朗并称为十七世纪欧洲画坛承前启后的艺术大师,没有人能拒绝他的作品。"

这个时候绮蜜看上去有些不自然,就像是突然之间心事重重起来。

"馆长先生,我觉得我们这样做不太好,甚至不道德。就在我们兴高采烈地拟订单子的时候,乌尔曼小姐的心里一定非常的不好受。我看得出她爱乌菲齐、爱波堤切利的画胜过一切,而现在我们却要把她最心爱的画送走,虽然它们必定还会回来,可还是会让她伤心的。"

听完她的话,维托尼罗馆长收起了兴奋的表情,他沉吟着说道:"我能够想象乌尔曼小姐的心情。但是亲爱的,艺术需要交流,需要让更多的人去欣赏,要让普通大众去欣赏,去感受它们强大的震撼力,而不只是为我们这些与艺术有关的人服务。艾米塔什博物馆的馆长允许把他博物馆中最珍贵的绘画挂在拉斯维加斯赌场的墙壁上就是一个很好的例子。我们不能只是龟缩在自己的艺术天地里,而是需要与外界交流。"

"那么至少我们可以做些什么让乌尔曼小姐好受一些。"

"有什么好的建议吗?"

"是的。我看见在普拉多传来的那张单子上有一幅戈雅的绘画《骑马的女子》,这幅画也许是我们收藏的少数西班牙画家的作品之一。事实上,在普拉多也收藏有几幅波堤切利的作品,其中有三幅名为《老实人纳斯塔基奥的第一、二、三篇故事》,我们可以把它们也写进我们的单子里。希望它们可以缓解乌尔曼小姐心中的不快。"

维托尼罗馆长微微一笑道:"你想得太周到了。现在,亲爱的,去把乌尔曼小姐找来,我想亲自和她谈谈这件事会比较好。"

绮蜜站了起来,同时问了最后一个她感兴趣的问题:"馆长先生,这次交换藏品的活动将会持续多长的时间?"

馆长思索了一下,然后不动声色地回答她:"一个月。"

第 九 章

零点时分,乌尔曼小姐穿着一身纯黑色的衣服走进十号展厅,此刻,她的心情不会比参加一次葬礼要轻松多少。今天对她而言确实不容易度过。十几个工人正在这里拆下展厅里的几幅绘画。这个展厅在接下来的一个月将会显得寂寞空旷,被拆下后的画将在天未亮时通过某种秘密的方式运送出去。一想到这些绘画将被打包,送上前往西班牙的车,她的心就像被揪住般的痛,她不愿意去想象这一刻的发生,所以宁愿亲自来看。

与此同时,在二号展厅里,维托尼罗馆长正在有条不紊地指挥着工人们拆开一幅幅已经先期抵达的普拉多藏品。他兴奋而自如地穿梭在一幅幅在他面前打开的画中。

这可真是些旷世杰作,太美了,简直无法用语言来形容。感谢上帝,这些画被公开展出后乌菲齐将受到全世界的关注,即将到来的一个月将是我担任馆长以来最辉煌的时刻之一。乌菲齐和普拉多的联姻,想想吧,该多么的让人激动。我要举办一个盛大的招待会,还要邀请各界的名流来为这次活动增辉。我需要一个帮手,一个漂亮、聪明又懂艺术的人为这些活动制造气氛。她可以为那些懂或是不懂艺术的尊贵客人们讲解这些绘画,介绍乌菲齐并和他们增进联系。这确实是一个好机会,再没有比绮蜜更适合的人选了。

一个工作人员打断了他的遐想:"对不起,馆长先生,您看在这里放文字说明好吗?"

维托尼罗馆长看着那块凹进去的墙壁,为难地说:"放在这里光线可能有点问题,让我们再想想吧。"

另一个工作人员又问道:"这两幅画要挂在一起吗?"

馆长看了一眼工人所说的那两幅画,笑了,"是的,她们当然要挂在一起。不过,别着急,还是先等一会儿,由绮蜜小姐来决定最后的位置。"

绮蜜在清晨时得知,昨天夜里从普拉多运来的绘画已经安全抵达乌菲齐了,她怀着激动而又兴奋的心情早早地赶来,虽然离开门还有些时间,但在入口处她就已经看见菲奥雷和他的身边站着的一个皮肤晒得很红身材壮硕的家伙了。

"菲奥雷,你有了新伙伴了。"她朝他微笑着走去。

"早上好。是的,他叫维克托,新来的。听说以前练过健美,瞧他那体格。"菲奥雷龇了龇牙。然后他又把注意力转回到绮蜜身上,"绮蜜,今天早上你可真……"他一时不知道该怎样表达,他本想说真不同,但还是决定开个小玩笑:"真像个运动健将。"

绮蜜微笑着看看自己身上的运动型牛仔裤和白球鞋说:"听说普拉多的画,昨天晚上都到了。我想今天我得帮忙布置展厅,确定画的位置什么的,总之有好多事要做,穿这个会方便些。昨天我一整天都心神不宁地担忧着那些画,谢天谢地,总算安全到达了。一会儿,还要去跟普拉多确认一下我们的画安全送达了吗。我得走了,今天中午我不和你一起吃午餐了,再见。"

她挥挥手,快步朝里走去。

"你跟我来,绮蜜。"

乌尔曼小姐紧紧地抓住正向二号展厅走去的绮蜜的手臂,用力地把她拉进自己的办公室。

"你坐这儿。"

她把绮蜜使劲地推进一把扶手椅里,然后焦急地在她的面前来回踱着步,脸上的肌肉因为绷得太紧而显得异常明显,双手不停拨弄着手指。

"出了什么事吗?"绮蜜关切地问她。

"他们不能这样,必须阻止这一切,必须,要出事了,我知道会出事的。"

"会出什么事?"绮蜜不明白她的忧虑从何而来。

"阻止他们夺走《维纳斯的诞生》,或者,或者别的。"她断断续续地说着,似乎语无伦次。"我知道,他们正在等待机会,他们要夺走她。"

绮蜜担忧却又无奈地向她解释道:"你先镇静一下乌尔曼小姐,听我说,不会有事的,我可以向你保证。馆长先生说过会采取最严密的措施来保证这些艺术品安全运达普拉多,并且在一个月后再把它们安全地送回来。你不必过分紧张。"

"不,你不明白,他们有办法,他们会偷走她的。我知道,他们会的,他们就要来了。这些画会在运输途中突然地消失一幅,然后你就再也见不到了,永远也别想再见到她。"

"这是不可能的,你太忧虑了,放松些。想想吧,从普拉多运来的那些画,你该去看看,会让你心潮澎湃的。"

"不,我不去,我不能去。一想到我们是用什么代价把它们换来的,我就受不了。绮蜜,帮我个忙,你去找馆长,让他别把《维纳斯的诞生》送走。我已经去找过他了,可他不肯听我说,他拒绝了我,你去找他,他会听你的话,他喜欢你。去吧,就说他可以送走乌菲齐的任何一幅画,但别送走《维纳斯的诞生》,我们可以用,用《诽谤》代替她。"她用无比期盼的眼神看着绮蜜。

"乌尔曼小姐。"绮蜜心平气和地说道:"我不能去找馆长谈这些,就是去了也没有用。我们和普拉多是有合同的,如果现在拒绝把《维纳斯的诞生》送走,结果不只是断送了我们和普拉多的这次合作机会,更重要的是毁坏了乌菲齐的声誉,我们决不能这么做。你难道愿意看到乌菲齐名声扫地吗?"

乌尔曼小姐绝望地闭上眼睛,瘫坐在椅子里。

"你不愿意,你不愿意对馆长说。"

绮蜜难过地看着她,站起来走到她的身边用手扶住她的肩膀,好像是在给她勇气般地说道:"你太悲观了,乌尔曼小姐,一切都会好起来的。我们不会失去《维纳斯的诞生》。就算有人想打这次活动的主意也不会把目光盯在《维纳斯的诞生》上。你好好想想,这十年来国际盗窃艺术品组织的目光都放在那些价值高,但是画幅小的作品上,《维纳斯的诞生》太大了,他们夺不走她的。"

她又朝乌尔曼小姐调皮地眨眨右眼,用力地摇了摇她的肩膀说:"没事的,别担心。"

慢慢地,乌尔曼小姐苍白的脸上恢复了一些红晕,她渐渐松开了紧紧抓住椅子的双手,疲惫地说道:"但愿一切都像你说得那样,什么也不会发生。"

第 十 章

二号展厅里工人们仍然在继续着从凌晨就开始的工作,对他们而言把画展开放进画框实在不算什么难题,更何况并不需要为这些价值连城的绘画加盖什么玻璃罩子之类的东西。主要的问题是如何把每一幅画放到一个恰当的位子上。几位佛罗伦萨大学绘画艺术系的专家和跟随画一起到来的普拉多的客人正在参与这项工作。当然了,这么多人和这么多的名画聚集在一起安全是个大问题,展厅的每个角落,包括外面的走廊上到处都是西服笔挺,耳朵上带着微型耳机,让人一眼便能认出来的保安人员。

在所有这些形形色色的人中有两个卷发的面色疲惫的工人站在两幅巨大的油画面前,互相看了对方一眼。其中的一个说道:"嗨,我说鲁比,知道吗,画上的这两个人真像。"

另一个回答说:"你真是个笨蛋,这本来就是一个人吗,只不过一个穿着衣服一个没穿。"

"她们是一个人吗?"他不大相信地凑上前去看,"可是表情看起来不大一样吗,为什么不把她们挂起来?"他退回来的时候问。

"不知道,馆长说要等一个人来决定安放的位置。"

"难道说这两幅画有什么特别的地方。"

"那当然,她们是西班牙画家戈雅的杰作。"

"你知道她们?"

"笨蛋,这是《裸体的玛哈》和《着衣的玛哈》。"

另一个人挠挠头皮懊丧地继续说:"她们很出名吗,我怎么没听说过。"

"所以你只配搬她们。"

"你不是也和我一样吗。"他不高兴地咕哝着。

"我跟你可不一样,研究这些画是我的业余爱好。想不想听听我对这两幅画的讲解。"

"请吧。"对方摆出一副无所谓的样子来,不过这对于急于表现自己的人来说毫无作用。

"咳,咳。这两幅画是西班牙绘画大师戈雅的两幅相同题材的肖像作品。作于1798年,不过年份并不重要的。这是戈雅肖像画中技巧极为精彩的姐妹之作。他在创作的过程中大胆引进了古典主义画家风格和17世纪绘画巨匠,也是戈雅前辈的委拉斯开兹的技巧,运用了鲜明的色彩对比和响亮效果,并且超越了前代大师们的成就。总之这两幅躺着的妇女肖像给戈雅带来了极大的声望。"

"《着衣的玛哈》穿着一件紧贴着身体的衣服,束了一条玫瑰色的腰带,外套黑色网格的金黄色外套,红褐色的暖调背景使一切显得热烈奔放。"

"《裸体的玛哈》背景相对沉静和阴暗,她的头比较大腰却很瘦小,脚非常小巧,这是这两幅画共同的特点,再配以美妙的眼神、卷发、微笑以及特殊的手势后，使得画中的女人个性突出。"

"鲁比你还真行啊！"

讲解者得意地朝他的同伴抬了抬下巴。接着从他们身后传来了鼓掌声，他们一起转过了身，其中一个问道："你是谁？"

来人上前几步说道："我的名字叫绮蜜，是这个美术馆的讲解员。"

"哦，是吗，那么你就是那个来确定这两幅画位置的人了，你想怎么放，是摆在一块还是分开放。"

"都不是。"

"都不是？"

"根据古代的传统挂法，这两幅画不应该是并排挂的，而是应该上下挂。所以，我们就尊重一下传统，把它们上下挂以营造一种像是在看一幅画的感觉，只不过在一瞬间画中的女人穿上了衣服，让观看者产生一种奇妙的感觉。哦，天呐，看她是多么的美丽啊！我真没想到我们的第一次见面会在这样一种情况下。"

绮蜜低头凝视着《玛哈》的脸，眼中已经泪光盈盈，她哆嗦着嘴唇说道："看她的胭脂、她的表情、她的头发、她的衣服、她的姿态还有她的……"

她伸出手颤抖着向前而去。

"绮蜜，亲爱的，你在这儿呢，我到处找你，确定好位置了吗？"

绮蜜把手缩了回来懊丧地说："是的，馆长先生，定好了。"

"那太好了。"他把绮蜜拉到一边，"看着这些都安全抵达乌菲齐我可真是高兴啊。再过几天它们就要正式向公众展出了，但在展出之前，也就是在后天，我要在这儿举行一个小型招待会，邀请的都是一些社会名流、艺术家、还有几个画商和艺术鉴赏家。我要把你介绍给他们。"

"我非常愿意，不过，乌尔曼小姐会来吗？"

"我想她会的，为了乌菲齐。"

"那可太好了，我非常希望她能来。"

"我希望明天你能打扮得漂亮点。"

"我会的。"

绮蜜向馆长做了OK的手势，就急匆匆地走出了展厅。这真是一种奇妙的经历，就在几分钟之内，她觉得心跳突然加快了起来，她急需去喝一杯让自己平静下来。

她走进美术馆的小酒吧对侍者说道："有咖啡吗？我需要一些让自己镇静下来的东西。"

"那么。"侍者慢吞吞地说着："也许你最好来一杯白兰地，咖啡通常使人更加兴奋。"

"那就给我来一杯——白兰地。"在说话的同时她已经开始感到腋下有汗湿的感觉了，可是她不明白自己怎么会这样紧张。

侍者把一小杯白兰地放在了绮蜜的面前，她端起来皱着眉头喝下一口马上喊道："我的上帝。"接着她吐着舌头把酒又推回到了侍者面前："恐怕我喝不了这个，还是给我一杯水吧。电话在哪里？"她接着问道。

"在左边，吧台的尽头。"侍者马上就回答了她。

绮蜜一面朝电话走去一面自言自语："必须得做点什么，我都快紧张得发疯了。"

第十一章

弗朗切斯科把双腿搁在办公桌上，先是左脚搁在右脚，然后又调换了位子，显得无所事事。他高声对屋外的人说道："有谁能告诉我今天有什么新闻吗?"

一个整个身体都隐藏在一张报纸后面的人回答了他:"有一条新闻,警长。听着,全欧洲最负盛名的两大美术馆,佛罗伦萨的乌菲齐美术馆和马德里的普拉多美术馆正在举行一次为期一个月的藏品互换展出活动。据悉,两家美术馆都将分别拿出彼此最具价值的馆藏品作为交换。其中包括乌菲齐美术馆收藏的波堤切利的《维纳斯的诞生》和《春》以及普拉多美术馆所收藏的委拉斯开兹的《宫娥图》等许多的佳作,这将是一件轰动整个艺术界的大事。"

"警长,你的女朋友不就是在乌菲齐美术馆工作的吗。"

"是的。"弗朗切斯科想了想说:"可是我没有听她提起过这件事。"

"这不奇怪。"这个人窃笑着,"也许她觉得你对艺术一窍不通,所以懒得跟你说。"

"嗨,不是我出生在佛罗伦萨就一定充满艺术细胞的。"弗朗切斯科愤愤不平地说道。

"嘿嘿。"这个人一边笑一边收起了报纸,打开了一份卷宗。

"警长,这是这两个星期以来对泽马里亚的电话窃听记录,没有问题了,我们已经掌握了确凿的证据可以让检察院提起诉讼了,这个诈骗犯的好日子到头了。"

一个小麦肤色身材高挑梳着一个马尾辫的年轻女警官把一个文件袋放在了警长的面前。他马上把脚从桌子上挪开坐好,打开文件袋取出里面的报告看了起来。

"你干得不赖,索妮娅,好极了。"

他迅速抬起头看了面前的下属一眼,又回到了报告中。

"谢谢你的夸奖,警长。我很高兴你能让我独立处理这件案子。"

"那是因为我知道你有能力独立办案,慢慢来,你会成为最优秀的探员。"

"如果我想成为最优秀的,那就得有机会侦破一些大案。而不是总是追着这些只会欺骗老人钱的愚蠢的骗子。"

弗朗切斯科冲她扬扬眉毛,苦笑着说:"索妮娅,如果我们整天忙得不可开交去侦破各种大案的话,对于佛罗伦萨来说可不是一件好事。这样吧,如果你觉得很无聊,下午我们一起去调查那件偷车案。"

"好的,我没问题。"

这个时候,桌上的电话响了起来。索妮娅比弗朗切斯科更快地拿起电话。

"你好,这里是警长办公室,请问找谁?"

"笨蛋,当然是找警长了。"这句话是绮蜜心里的话,她当然没有说出来。

"请问弗朗切斯科在吗,我是说托尼警长。"

"他在。"

索妮娅把电话直接递给了弗朗切斯科,他接过了电话。

"是我。"绮蜜确信他能够听出自己的声音。

"你好,亲爱的。怎么你这会儿给我打电话,有事吗?"

"是的,实际上没什么特别重要的事。我只是觉得不大舒服。"

"嗨,怎么会这样,今天早上出门的时候还一切都好。你要我去你那里吗? 我现在就过去好吗,然后我们一块儿上医院。"

"好的,弗朗切斯科。我要你来,不过我不想去医院,我不需要去医院。我就想出去走走,下午你有空吗?"

"好的,午饭之后我就来,等着我。"

他放下电话,歪着脑袋无奈地对索妮娅说道:"看来这个偷车案得由你独自办了。"

"那好吧。"

她故意把语调拖得长长的,然后接过弗朗切斯科递给她的资料离开了警

长办公室。

第十二章

　　绮蜜在小餐厅里要了份简单得不能再简单的午餐,可她却吃得非常少。午餐之后,她又漫无目的地在乌菲齐里到处转了一圈。在瓦萨利回廊上看了一会儿画和阿诺湖的风景,最后踱回了办公室。

　　她不是一个把一切都整理得井井有条的人,她的办公室已经有近一个星期没有好好收拾过了。她的办公桌上躺着十来本资料和书籍,办公桌下面横七竖八地躺着一堆鞋子,她拥有许多双鞋子,却又不好好收拾。一件新买的外套正挂在她的椅背上。她看着自己凌乱的办公室叹了口气,拿起她的外套打开更衣室的门,进去找了个衣橱把它挂好,然后就听见外面有人在喊她的名字。

　　"绮蜜,你在吗?"

　　更衣室的门被推开了,乌尔曼小姐走了进来。

　　"你在这里啊,我还以为能在二号展厅找到你。我刚从那里来,看来都准备得差不多了。他们现在正在安装热磁共震系统、报警铃和新的安全门,你的脸色真差。"

　　"是的,我知道今天早上我的脸色不好看。化妆都掩饰不了,乌尔曼小姐,今天下午我能请假吗?我想出去……吸一点新鲜空气。"

　　"当然可以,你吸了太多的艺术气息过浓的空气了,不过我真没想到。"她用一种不露痕迹的幸灾乐祸的口吻说:"我以为这会儿只有我才会精神紧张呢。"

绮蜜像是有一个星期没见男友般地扑进了他的怀抱，然后把脸蛋贴在他的胸口上紧紧地抱住他。

"噢，弗朗切斯科，弗朗切斯科。"

弗朗切斯科用手托起她的下巴说："我来了，亲爱的，你需要我，我就来了。"

"今天真是太糟了，早上我去上班的时候还一切正常，就是觉得脑子里乱哄哄的，好像有好多事情要干呢。可是一过了九点就好像一切都不一样了，我心跳加速，身上直冒冷汗，再也无法静下来工作了。"

"真的不需要去医院吗?"弗朗切斯科试探着问。

"不，我想不用，实际上，我想让你陪我去买双鞋。"

"那就上车吧。"

在绮蜜把身体转向车里的一刻，弗朗切斯科朝着天空苦笑了一下。每一次当绮蜜觉得紧张的时候她都会要求他陪她去买一双鞋。比如，毕业考试的前一天。一双漂亮的新鞋能让她的心情马上愉快起来。

佛罗伦萨的皮具工业闻名世界，在城市西北方向的圣罗伦兹教堂附近有许多规模不大但品种丰富的皮具加工坊和皮具店。绮蜜最喜欢来这里买鞋，除了这里有她熟悉的小店和熟悉的工匠外，最主要的原因是通常只有在这儿她才能买到真正适合她的鞋子。

"今天想买什么样的? 有打算吗? 还是只是随便看看，看到称心的才买。"

"我想买一双白色的或者银色的缎子面鞋子，鞋面上还要用金色的丝线绣出的花纹。"

"哦，这样的鞋子可是不好找啊。"

"今天上午在你办公室的女人是谁?"她非常突然地向他问道。

弗朗切斯科愣了愣，五秒钟后他才对这个问题有反应。"你是说索妮娅

吧,她是新来的。"

"她干什么?"

"和我们一样,抓各种各样的坏人。"

"干得好吗?"

"应该说她干得不错。她是那种,嗯,那种刚从学校毕业,对自己的未来充满希望和自信,很有野心或者说抱负的人,总希望能碰上个大案子好一展身手。"

"每一个刚踏出校门的人都是希望在自己的事业上能有所作为的,我也刚从学校毕业,我能理解她的心情。你的口气太吹毛求疵了。"

"也许吧。不过说真的,你和她可不是一类人。"

"我不和你讨论这个问题了,跟我进来。"

绮蜜拽住弗朗切斯科的胳膊,把他拉进了一间门面不大而且光线也不太充足的皮具店。这是一间专门经营女式皮具的小店,整个店面的风格整洁明了,让人一目了然所有的货物。靠左是各式各样的皮鞋,靠右是各式的女用皮包、背包和钱包。在店面的中央挂着零零散散的几件皮衣。小店没有专门的售货员。一个亚洲人坐在收银处,另外一个四十多岁的中年工匠被好几个顾客围着。他正在帮这些顾客拿着的皮具烫金字和各种不同的古怪图案。

绮蜜漫不经心地在店里随意走了一圈,看了几款精致的挎包,又拉了拉几个随意摆在地上的手工缝制的牛皮旅行用箱包。接着又转到了皮鞋柜前粗粗审视了一番,最后当她看见围着工匠的客人们都离开后便走上前去。

这位工匠认出了绮蜜,他微微一笑走进了里面的工作室,几分钟后返回时,他的手中多了一本漂亮的烫着金字的牛皮面子的笔记本。他把本子交到了绮蜜手中,她只看了一眼就马上露出了笑容。弗朗切斯科一直坐在店中摆着供客人试穿鞋子时坐的沙发里，他看见绮蜜从口袋里拿出一张 5 欧元的纸币交给了那个亚洲人就兴冲冲地向他跑来了。

"瞧，这是给你买的。"绮蜜在他身边坐下来说。

"真是漂亮。"他由衷地看着牛皮面子说道。

"我选了很久。还记得我说过要送你一件礼物吗，我一直在考虑送你什么，直到上个周末我去米兰时看到了这个，Gucci 最经典的式样，男女适用非常大方。"

"在米兰买的？"弗朗切斯科的声音里充满了不解。

"这簿子是在米兰买的，我把它送到这儿来是请这家店里的工匠为我烫这些金字。"她用手指着皮面上的金字说："这个是这家小店的特色，手工非常地道而且价钱低的惊人。"

弗朗切斯科定了定神，开始仔细看着皮面上的字。给弗朗切斯科是用意大利语烫的，下面的几个字他不认识但是他知道那是汉字，绮蜜的母语。

"这些字是什么意思？"他用手指着那些汉字问。

绮蜜依偎着他调皮地笑着，伸出一根细细的手指点着字道："一个幸运的女人赠。"

弗朗切斯科也笑了，他柔声说道："如果你是一个幸运的女人，那么我就是个更加幸运的男人。"

情人间赠送礼物时最美妙的一刻到了，绮蜜暂时摆脱了上午奇怪的紧张情绪，认真地审视着她帅气、男子汉味十足的情人。弗朗切斯科也用充满感情的双眼注视着他美丽、干练，可还稚气未脱的心上人。

他最喜欢看她的眼睛，那里面有一如他第一次看见她对自己微笑时流露出的娇媚而稚气的眼神。所以当绮蜜伸出手抚摩他的眉毛和眼睛时，他有些迫不及待地希望她把手挪开，好让他继续看着她的眼睛。可是当绮蜜放下她的手后她眼中稚气的微笑不见了，取而代之的是一种闪烁不定的焦虑。他用自己的右手握住绮蜜的左手,用另一只手搂住她的腰,坦率又恳切地说:"你有心事,告诉我吧。"

绮蜜低下头不愿意他看见自己眼中更多的忧虑,声音悲切地说:"我们走吧,我会告诉你的。"

他们手拉着手沿着法恩扎大街慢慢地往前走着,有十多分钟他们没有进入任何一家店铺,也没有说过一句话。

"今天早上我看见她了。"她突兀地说道。

"你看见了谁?"

"《玛哈》。"

弗朗切斯科努力在大脑中搜索着有关这两个字的信息,他确信曾经听说过,可是一时之间……

"就是那幅我曾说过很喜欢的画,事实上是两幅,她们是姐妹画。"

"哦,对。"

"这真是一种奇怪的感觉,当你对一幅画痴迷了那么多年之后,终于看见了实物时候的那种感觉。我对她很陌生,我甚至觉得有些害怕,有一种不祥的预感,我觉得我还没有完全看透它。我曾经很多次在头脑里想象着我们初次见面的时候会是怎样的情形。"

绮蜜闭上眼睛再一次投入想象之中。

"那应该是在马德里的普拉多美术馆,我穿着素雅的裙子戴着你送我的心形项链,在一个阳光明媚的早上走进普拉多。而她,《玛哈》则应该被高高地挂在墙上。

绮蜜睁开双眼从想象的世界中醒来,"可是今天早上当我走进二号展厅的时候,一切是那么的不同,让我措手不及。"

"她没有你想象中的美吗?"弗朗切斯科傻乎乎地问。

"不,她很美,就像我想象中的一样美。今天早上当我走进二号展厅,里面放着几十幅从普拉多运来的绘画。而我，第一眼就看见了她。她还没有被挂好，就那么随随便便地靠在墙边，我向她走过去看着她。她和我靠得是那么近，我从没想到我们能离得那么近，如果她有生命，她一定可以听到我的心跳声。她应该和我差不多高，也许比我还要高一些。她是那么的美，那么的与众不同，在整个展厅里只有她才能真正吸引我的注意力。要不是馆长先生把我叫醒，我几乎忍不住想要去摸摸她。"

她再一次闭上双眼伸出了一只手，就好像《玛哈》就在她的面前。但是她的样子让弗朗切斯科十分担忧。

"不知为什么，多年来我一直期盼着和她相遇的一刻，可当那一刻真的到来时我又变得很紧张，甚至感到害怕和神经质。"她的双拳紧紧地攥着。

弗朗切斯科心疼地拉起一只她紧攥着的手，忧伤却又无助地问："我能为你做些什么？"

绮蜜睁开眼睛抬起头看着他说："陪我去乌菲齐，去看看她吧。"她知道她的要求不会遭到拒绝的。然后，她稍稍转过头下意识地扫了一眼身边的橱窗补充说道："也许，你可以先为我买下它。"

在她的双眼注视下是一双红色的皮鞋，除了鞋底，整个鞋身都雕刻着镂空的花纹。一只闪闪发光的银制托盘盛着它，安静地躺在橱窗里。

第十三章

这是几个月来的第一次，绮蜜从员工通道走进乌菲齐。大门早已关闭了，从外面看一切都是那么的寂静，几盏路灯散发出并不强烈的光线，把夜晚的乌菲齐笼罩在一种神秘的气氛下。

通过惟一开放的通道他们俩来到了大厅，在那里绮蜜和弗朗切斯科遇到

了两个正在巡逻的保安。绮蜜并不认识他们，在出示了工作证和弗朗切斯科的警徽之后他们才得以进入二号展厅。里面已经布置完毕，只等着迎接明晚第一批幸运的参观者之后就可以向公众展出了。

现在，在这座 16 世纪的建筑物里装载着几十幅 18 世纪的杰作。这的确是一种有意思的组合，不知是绘画给建筑增加了光彩，还是建筑给绘画增添了韵味。弗朗切斯科兴奋地望着四周，对他而言一切都是那么的陌生而又新鲜。

此刻绮蜜的心里只有玛哈。她拉起弗朗切斯科的手径直来到玛哈面前。屋里的灯光有些暗淡，但勉强还能看得清楚。她已经被高高地挂了起来，就像绮蜜过去想象中的一样。现在，她由下而上地注视着她。他们就这样一言不发地看着《玛哈》，足足有十分钟，他们甚至连身体都未动过一动。直到绮蜜觉得累了，把身体向弗朗切斯科身上靠了一靠，他才像找到了救命稻草似的迫不及待地说道："这两幅画确实很好，很美。"

"几乎完美无缺。"绮蜜并不看他，像是自言自语。

弗朗切斯科把视线从画上转移到了绮蜜的脸上，却看到了一个他不认识的绮蜜。她脸上痴迷和沉醉的表情让他觉得不快，他急于想要改变她的注意力。

"告诉我，绮蜜，你为什么这么喜爱这两幅画。"

"我不知道，弗朗切斯科。我无法回答，喜欢就是喜欢，没有什么为什么。"

她突然懊丧地垂下头又迅速地抬起说道："我现在觉得好多了，我们回家吧。"

弗朗切斯科拉起她的手走在前面带路，室内昏暗的光线成了最好的屏障。但是这并不重要，因为室内的光线再如何的明亮，弗朗切斯科也无法看到绮蜜心中的失望。

第十四章

　　绮蜜穿着一件式样简洁的黑色小礼服慢慢走进了贝尼尼宫酒店的大堂。因为生性低调,又是去参加一个她不认识的人举办的酒会,所以她刻意把自己打扮得朴素些。黑色的礼服,黑色的鞋子,黑色的手袋还有一头乌黑的长发随意地披在肩头。除去左手手臂上戴着的一块银制古董表,没有任何其他的装饰物了。

　　今天下午的酒会举办得相当隆重,来参加的客人们几乎站满了大堂的每个角落。

　　"没想到会有这么多人来看这幅《倒地的公驴》。"绮蜜一面这样暗自想着一面后悔没有和馆长、乌尔曼小姐一起来。最起码,她不会在一开始就处于一个谁也不认识的尴尬境地。

　　"请问你就是绮蜜小姐吧?"

　　一个非常亲切的声音出现在绮蜜的耳畔,但是有一丝精明和世故掩藏在了下面,接着绮蜜就看见了问话的女人。

　　"你好,我就是玛丽安·桑托罗夫人,这次酒会的主办人。"她友好而大方地向她伸出了手。

　　玛丽安·桑托罗夫人是一个六十多岁的贵夫人。她穿着一套深绿色的套装,戴着一副硕大的绿宝石耳环,脖子上的金链子底端缀着一块绿宝石坠子。两只手臂上各戴着一只镶嵌着宝石的纯金雕刻花纹的手镯,十只手指中的一半戴着各种各样的宝石戒指。

　　绮蜜看着这个珠光宝气的女人感叹着:对美丽的追求当然是不可抵挡的,但也得有个度。巴罗克是高雅美好的,洛可可就是无聊媚俗的了。

接着她向她伸出了自己小巧细嫩，没有任何装饰物的手，同时说道："您是怎么知道我的名字的，夫人。"

"哦。"她很有戏剧性地在面前做了一个两手分开的动作，然后说："当然是乌菲齐美术馆的馆长维托尼罗告诉我的。他把你描绘成了一个没有翅膀的天使。当然了喜欢你的还不止他一个人，那位古板的乌尔曼小姐也赞美了你，这可是十分难得的。所以刚才你一走进这个大厅我就猜想这一定就是那位漂亮的绮蜜了。"

"我很荣幸您请我来参加您的酒会。"

"这没什么，其实我对你也很感兴趣。而且我还听说你对戈雅的绘画十分着迷，是这样吗？"

这个问题绮蜜觉得有些难以回答，不过她认为没必要和陌生人解释什么，所以就用恰到好处的轻松口吻回答说："可以这么说。"

玛丽安·桑托罗夫人上前热情地挽住她的手臂说："那么现在就让我带你去看看那幅几年前被窃的戈雅名作《倒地的公驴》吧。"

那幅画自从被秘密运抵贝尼尼宫酒店后就一直挂在大堂里的一间小型休息室内。除非是今天受到邀请的客人，否则就连住在这里的那些身份高贵的客人和饭店本身的工作人员都没有机会来欣赏。

现在休息室里的沙发上正坐着几位身份高贵的客人。不过他们似乎更加热衷于彼此间的聊天。既然已经看过了那幅被窃的名画，接下来自然是该联络一下老朋友们的感情了。在画前站着的只有乌菲齐美术馆的馆长和他那位出了名能干的助手乌尔曼小姐。

"瞧，维托尼罗馆长，我把谁带来了。"桑托罗夫人又用她那特别富有感染力的声音高声说道。

馆长循着声转过头，微笑着说："你终于来了，绮蜜。"

乌尔曼小姐也冲着绮蜜谨慎地微微一笑。

"这就是《倒地的公驴》,好好看看吧。"

绮蜜早就知道这幅画了,但在此之前就连一张关于它的图片也没有见过。这幅画的创作背景十分的有趣。阿尔巴女公爵的坐骑,一头公驴倒在了地上,两位仆人正惊慌失措地将公爵扶起来。

"这幅画很有意思。"这就是绮蜜对这幅名作的惟一评论了。然后她把话题转向了别处。"我听说这幅画是在马德里被窃的,同时失窃的还有另外几幅名画,其中包括戈雅的另外一幅作品《荡秋千的少女》,那幅画还没有被找到吗?"

话刚说出口,绮蜜马上觉得气氛不同了。玛丽安·桑托罗夫人脸上刚才还自然温柔的笑容现在看起来是那么的僵硬,维托尼罗馆长不停地转动着他的眼珠子,乌尔曼小姐却带着若有似无的恶狠狠的表情一会儿看看桑托罗夫人一会儿看看馆长。还是见多识广的桑托罗夫人最快恢复了过来,她伸出手,指着绮蜜略带俏皮地说:"你可真是个小天使,什么都能想到。几年前,戈雅的这两幅作品和另外几幅名画在马德里被窃真是轰动了整个艺术品界。因为这些画的价值估计为几千万美元。为了找回这些被西班牙政府列为国家艺术珍品的绘画,西班牙警方可是费尽心机。这些画的主人甚至打算高价悬赏,以找回它们。"

"可是您是怎么找回这幅画的呢?"绮蜜指着《倒地的公驴》问。

"亲爱的姑娘,窃贼盗取名画的目的只有一个——钱。"

"难道是您赎回了这幅画吗? 可据我所知目前在国际艺术品黑市上还没有戈雅绘画的交易。"

"不,从窃贼那里赎回画作不能算是艺术品的交易。如果窃贼把画倒卖给了某个私人收藏者或者专门从事黑市交易的中间商,那当然可以称作黑市交易,可是现在窃贼想把这些画还给画的原主人,但是需要支付一笔数额巨大的钱款。"

"那就是通过绑架绘画来勒索画主了。"

"差不多。但这次窃贼勒索的是保险公司。为了免于支付数目惊人的保险金,保险公司同意支付这笔勒索款。我从事艺术品的买卖已经有二十多年了,我熟悉这个圈子里的很多人,不久前通过另外一个中间商,窃贼找到了我,让我帮助他们完成他们想要的交易。"

"这样做难道不犯法吗?"绮蜜一脸迷惑地问。

"可以说是有那么一点点不正常,但是西班牙警方也明白目前最重要的不是抓住偷画贼,而是如何找回艺术瑰宝。"

"难道就不能想些办法通过交易来抓住他们。"

桑托罗夫人摇了摇头说:"这几乎不可能。他们都很专业也很狡猾,只要有一点点的风吹草动,那么我们就再也见不到那些绘画了。"

"原来是这样。噢,桑托罗夫人,既然窃贼们让您赎回了《倒地的公驴》,那么也许用不了多久他们也会来找您谈另外一幅《荡秋千的少女》呢。"

玛丽安·桑托罗夫人不无得意地耸耸肩说:"也许吧。"

"那可真是太好了,名画物归原主。"绮蜜兴高采烈地说着,突然她重重叹了口气说:"物归原主又能怎样呢?我们还是不能常常见到它们。要是那些画能长久地挂在普拉多美术馆让大家参观该有多好啊。"

绮蜜说这句话是无意识的,桑托罗夫人看着馆长的眼神也像是无意识的,而维托尼罗馆长和乌尔曼小姐的对视更像是无意识的。可是空气却在一秒钟内冻结了起来。绮蜜不知道自己说错了什么,但是为了弥补自己的过失,也为了缓解气氛,她只好继续说道:"最近几年,国际上盗取艺术品的案子好像越来越多了,不是吗?"

"是啊,西班牙、俄罗斯、瑞典、法国、美国,偷窃名画的案子无处不在。"馆长也感叹道。

"幸好乌菲齐还没有出现这种事情。"绮蜜又大感安慰地说着。

"是啊,乌菲齐还没有遇见这种倒霉事,可是也要小心啊,说不定哪一天歹徒们就会把他们的目光转移到著名的乌菲齐了。"桑托罗夫人意味深长地说。

她的话触动了绮蜜,她拉住维托尼罗馆长的袖子紧张地问:"馆长先生,我们给普拉多送去的那些藏品,不会在路上发生什么意外吧。"

馆长先生微微皱着眉头轻拍她的手背安慰道:"不用担心,不会出意外的。来这儿之前我已经收到了普拉多传来的他们已经安全收到货物的邮件。"

"啊,让我想想。乌菲齐这次给普拉多送去了什么。好像有《春》,有《维纳斯的诞生》,真是不惜代价、倾巢而出啊! 但愿这些波堤切利的传世杰作都能安全地返回乌菲齐。"桑托罗夫人用开玩笑的口吻对馆长说道。这个时候,乌尔曼小姐有些唐突地插了进来:"对不起,桑托罗夫人,对不起,馆长先生,我想我在这里呆的时间够长了,我该回美术馆了。"

"好吧,那我们一起回去,还有好多事情要准备呢。好吗? 绮蜜。"在得到了绮蜜的肯定回答之后,维托尼罗馆长从西装口袋里拿出一张印制得相当精美的请柬,恭敬地送到桑托罗夫人面前。

"明晚八点,请您务必来参加乌菲齐美术馆的招待会。"

"您将在那里见到普拉多美术馆的精华。"绮蜜站在馆长的身后,笑意盈盈地补充着说。

桑托罗夫人伸出手,优雅地接过了请柬快速地扫了一眼,然后扬起头十分满意地回答说:"我一定会去的。"

第十五章

为了接待馆长的贵宾们,乌菲齐美术馆破例提早闭馆。工作人员们非常

客气却又态度坚决地请走了最后几个迟迟不肯离去的参观者。然后大门在保安人员的注视下缓缓地关上了。每个人就自己分内的事行动了起来。保安人员在美术馆的各个角落巡视着，确保没有人还滞留在美术馆内。所有的探头都打开了，三位尽职的工作人员时刻注视着闭路电视的屏幕。清洁工在做最后的清洁工作，从市内著名饭店定好的冷餐和服务员已经准时赶来了。

在所有的事情里乌尔曼小姐好像对他们最感兴趣。来来回回地盘问了好几遍，提的问题无非也就是那几个："你们是哪个饭店的？具体是什么工作？干了有多久了？今晚都负责些什么工作？"

馆长先生在自己办公室的试衣镜前对自己做着最后的审视，今天他特意穿了一套相当高级的西装，那是一套灰色条纹的纯羊毛西服，再配上一条金色领带，看上去的确风度翩翩。他从口袋里摸出一把很小的梳子，轻手轻脚地梳理了他脑袋上已经数量不太多的头发。当他怀着一个小姑娘装扮好自己准备去赴初次约会时的心境走出办公室的时候，他觉得自己的心已经欢快地就要飞起来了。

而乌尔曼小姐在盘问了那些她眼中的生人之后慢慢地走回了自己的办公室。她虽然并不期待这次招待会，可是作为乌菲齐的重要一员，也不能让人一眼看出她对今晚的招待会的轻视。七点四十分她最后一次整理了衣服，重新盘了头发，又补上一点妆，并且整理一下自己纷乱的思绪。今晚将会来不少的客人，她必须冷静。她拿起杯子为自己倒了一点酒，一饮而尽，然后走出自己的办公室去敲隔壁绮蜜办公室的门。

"是谁？门没锁，请进来吧。"

隔着两道门，她听见绮蜜的声音从里面的更衣室里传了出来。她依着绮蜜的话走了进去，当她推开更衣室的门时看见绮蜜正站在镜子前面拉着裙子上的拉链。听见声音转过头对着乌尔曼小姐甜蜜地一笑，即便乌尔曼小姐是个女人，她也不禁为眼前的景象所动容。

"我的上帝，今晚你真是太美了。"

她伸开双臂以一种要上前拥抱绮蜜的姿态说道。

绮蜜不好意思地低下头，红着脸说："我做了很精心的打扮，希望你不会认为我很虚荣。"

乌尔曼小姐表情热烈地走向前去，从后面帮助她拉好了长长的拉链，同时说道："才不会呢，你美极了，今晚你将是招待会的焦点。"然后她拉起绮蜜的手说："来吧，我们该去前面了，客人们该来了。"

大门已经被关上了，只有一扇小门打开着迎接馆长的贵宾们。两个身材高大表情严肃的保安守在门边，他们会仔细审查每一张请柬，任何的伪造品都逃不过他们的眼睛。

几位心急的客人等不及到八点便提前到达了。他们甚至没有和站在二号展厅门口迎接他们的维托尼罗馆长多寒暄几句便贪婪地观赏起了展厅里的绘画。

绮蜜挽着乌尔曼小姐一起走向馆长，她用眼睛扫了一眼门口，没有找到菲奥雷，紧接着，她就在离自己几码远的地方看到了他。她朝他微微一笑，停下了脚步，乌尔曼小姐没有停下，她继续向馆长走去。菲奥雷也看见了她，他向她走去，然后不自在地松开一点领带，带着惊叹地目光看着她。

"今天，你可真是光彩照人。"他把目光先后停留在她身上露肩的印花礼服裙和她涂得绯红的嘴唇上。

绮蜜低下头看着自己身上的长裙和脚上穿着的红色皮鞋，然后高兴地说道："你也是，今天看起来非常精神。"

菲奥雷不好意思地摸了一下身上的西服回答说："我很少穿得那么正式，全都是为了今天的招待会。"

"你今晚干吗?"

"我负责在这里巡逻，注意看有没有什么异常情况。"然后他压低了声音说："今天晚上对乌菲齐很重要，头儿说过绝对不能出什么差错。"

绮蜜把手放在菲奥雷的肩头柔声说道："放松一点，不会发生什么事的，别太紧张了。"

"但愿一切都能顺利。"菲奥雷拍拍自己的额头，然后结结巴巴地、非常扭捏地问道："绮蜜，今晚招待会结束之后你的朋友会来接你吗？"

绮蜜皱起了眉头："我不太清楚，因为我不能确定招待会几点才结束，他让我给他打电话来着。"

"那么，也许，晚上我可以送你回家。"菲奥雷终于把他想说的话说了出来。

"你不值夜班。"

"不值。"

"那好啊，我很乐意坐你的车回家，我们是朋友嘛。"绮蜜向他调皮地眨了眨眼，"现在我不能再和你聊天了，我必须要到二号展厅去了。"

"啊，亲爱的，今晚你可真迷人呐。"维托尼罗馆长亲吻着乌尔曼小姐的面颊，同时赞美着她。

乌尔曼小姐的表情没有馆长先生那样的热烈，她只是淡淡一笑说："这句赞美您应该留给绮蜜。"

馆长没有接过她的话，而是拉起了她的手感激地说："你能出席今晚的招待会真是太好了。我原以为你会埋怨我组织了这次活动而不愿意来呢。"

乌尔曼小姐用平淡的口吻说："我虽然不赞成，但是可以理解您的心情。毕竟，我们都爱乌菲齐。"

这个时候，一对衣着华丽派头十足的老年夫妇走了进来，他们是考古博物馆的馆长及夫人。德拉瓦索馆长面色红润、精神十足。他一开腔，那洪亮

的嗓音震得整个大厅发出"嗡、嗡"的回声。

"我的老朋友,维托尼罗,你可真行啊,在乌菲齐展出普拉多的藏品,我真妒忌你,老朋友。"他用他那双肥厚的手使劲地拍打着维托尼罗馆长的肩膀,好像他不那么做对方就无法感觉到他有多少的妒忌。

"怎么?"他皱一下眉头,"难道没有新闻界的朋友们吗,这可是一件大事。我的一个刚从西班牙来的朋友告诉我,马德里现在可是在大肆宣扬那些乌菲齐的珍品。他们甚至派出了工作人员骑着自行车在街上派发宣传手册。有些报纸还称这次活动为本世纪欧洲最伟大的艺术品交流活动。不知道他们会把《维纳斯的诞生》挂在哪里,我可真想去看一眼呐。"

然后,非常突然地,他把身边的妻子一把拉到维托尼罗馆长的面前介绍说:"这是我的妻子,阿莱娜。"

与她的丈夫相比,这位馆长夫人发出的声音简直就可以忽略不计。在她和维托尼罗馆长和乌尔曼小姐打过招呼后就被她的丈夫拉进了二号展厅,直到他们走了很远,还能清楚地听见德拉瓦索馆长在用他那洪亮的嗓音向妻子做着关于委拉斯开兹的介绍。

"我很奇怪今晚你没有请一位记者来,难道你想让这次活动保持低调吗?"乌尔曼小姐也说出了她的疑惑。

"会让他们来的,但还没到时候。今天的活动是对外保密的,他们的到来只会给我增加麻烦。"这时他注意到了向他款款走来的绮蜜,这一次,他用赞美的眼神而非语言表达了他的欣赏,因为又有一名客人到了。

绮蜜也看到了这位客人,她加快了脚步向他走去,然后以一种让任何男人看了之后都会嫉妒的亲热姿势拥抱住这位客人,并且丝毫不顾及自己嘴上的口红,就在他的脸上重重地吻了一下。

"我亲爱的教授,真没想到你也会来。"

维托尼罗馆长在一旁微笑着对她说:"我想给你一个小小的惊喜。"

那位矮个子的老教授眯起眼睛喜滋滋地看着他的学生说："我可不是来看画的,我来这儿只是为了看我漂亮的小姑娘的。"

绮蜜亲热地挽着他的胳膊,从他的西服上袋里抽出装饰用的手帕,一边替他擦去脸上的口红印一边说道："我们有多久没见面了教授,两个月了吧,也许更长。我真想您,一会儿我们好好聊聊,我带您去看《玛哈》。"她兴奋地眨着她漆黑的大眼睛把手帕反过来折好,再次塞进那只口袋中。

这个时候她的身后传来了一阵清脆的高跟鞋踩着大理石地面的声音,随着这声音一起到来的是一种尖厉的女高音。

"这不是我昨天见过的小天使绮蜜吗,今天你打扮得可真是迷人呐,我要是男人今晚就决不离开你半步。"玛丽安·桑托罗夫人走到绮蜜面前用手托起她的下巴,"我可真是妒忌你这张漂亮的脸蛋啊!"

她这种露骨的赞美让在场的所有人都很不舒服,绮蜜更是不自然地皱起了眉头,她厌恶高声说话的人。维托尼罗馆长急忙有礼貌地反驳她说道:"桑托罗夫人,今天晚上妒忌这个词被用得太多了,我们还是说点别的吧。"

桑托罗夫人做作地露出惊讶的表情,她瞪着双眼夸张地说道:"是吗?"然后她拉起维托尼罗馆长的手意味深长地说道:"您的乌菲齐拥有太多让人嫉妒的东西了,也许在不久的将来乌菲齐还会让全世界再嫉妒一次的。"

听完她的话维托尼罗馆长的脸上再也不能保持一贯的镇定了,他咧开嘴干巴巴地笑了两声然后说:"您又在跟我开玩笑了,桑托罗夫人。"

"您就是找回了被窃的名画《倒地的公驴》的那位著名的画商玛丽安·桑托罗夫人吧。"乔尔瓦尼教授用不敢相信的表情打量着眼前这位打扮得像只花孔雀般的女人,然后看看他的老朋友,那表情好像在说:"真没想到你把她也请来了。"

桑托罗夫人高傲地俯视着眼前这个小老头,"我就是玛丽安·桑托罗,请

问您是?"

"他是我的大学教授朱丽安·乔尔瓦尼教授。"

"您好,教授。"桑托罗夫人伸出了她珠光宝气的手。

乔尔瓦尼教授握住她的手,感慨地说:"我和您的丈夫弗朗索瓦·桑托罗先生曾是非常好的朋友,我们志趣相投。他去世的时候我没能去向您表示哀悼,真是太遗憾了。过去,我们总爱在一起探讨一些有趣的话题。"

"我想起来了。"桑托罗夫人激动地说:"我的确听我死去的丈夫提起过您,他非常尊敬您,崇拜您,今晚您一定得跟我谈谈您对我丈夫的看法,他跟您提起过我吗……"

他们手挽着手缓缓地向展厅深处走去。

"唉。"

"唉。"

维托尼罗馆长和乌尔曼小姐都发出了一声叹息。馆长捋捋他的头发,端起一杯酒,喃喃地说:"世界上的事多么奇妙啊!"

"对不起,馆长先生,我离开一会儿去打个电话。"

馆长看了一眼绮蜜,回答说:"去吧。"

绮蜜忽然觉得馆长十分疲惫,他太累了,为了这次活动。可她什么也没说就离开了。

维托尼罗馆长喝了一口酒,看着身边的乌尔曼小姐,也给她拿了一杯,然后说道:"来,乌尔曼小姐,我们在一起共事快十年了吧,我们一起经历了许多事,我想敬你一杯,不,我们应该干一杯。"

"为了什么?"乌尔曼小姐问。

维托尼罗馆长转动着眼珠子想了想后,举起杯子说:"为了乌菲齐永远都是全世界艺术迷们心中的圣地。"

"当然是的,这一点您不用担心。"

第十六章

绮蜜回到了自己的办公室,脱下鞋子,这双鞋是第一次穿,她必须承认实在是不舒服。把双脚放在冰冷的地板上,这让她感觉好多了。

她拿起电话拨通了号码:"弗朗切斯科。"

"几点来接你。"电话那头的人问道。

"不用了,弗朗切斯科。我的一个同事答应招待会结束后送我回家,你不用来接我了。"

"会很晚吗?"

"我不知道,也许吧。客人们还没到齐呢。我得走了,你不用等我了,早点休息吧。"

"再见,亲爱的。"

"再见。"

绮蜜放下电话,把脚再一次放进那双窄小的皮鞋里,返回二号展厅。在她刚穿过走道时看见在二号展厅的门口一位客人正在和维托尼罗馆长和乌尔曼小姐寒暄着。他个子很高,侧身对着绮蜜。黑黑的头发遮住了他的脸,绮蜜看不清他的长相。她故意停下脚步想等这位客人进入展厅以后再过去。又过了一会儿,他终于和馆长客套完了,转过身,完全背对着绮蜜朝展厅里面走去。绮蜜也迈开步子走向馆长先生。

馆长一眼就注意到了绮蜜,他提高嗓门大声说道:"请先等一等,菲尼克斯先生,让我来为你介绍一下这位绮蜜小姐。"

克劳斯·菲尼克斯转过身和正好向他的方向走过来的绮蜜四目相望。

毫无疑问,克劳斯·菲尼克斯长着一张动人心魄的脸孔,那的确是一张西方的脸孔，但又似乎带着东方的韵味。不熟悉他的人往往会觉得他是一个敏感的人。他总是喜欢蹙着眉头露出一副一个年近不惑之年的男人应有的成熟感。可是当他笑的时候一切就都不一样了，有的只是孩子般的笑容，纯净的笑容。

维托尼罗馆长介绍道："绮蜜，这位是克劳斯·菲尼克斯先生。菲尼克斯先生是美国人，他是一位著名的画家，最近在欧洲各国巡游。菲尼克斯先生，这位是绮蜜小姐，乌菲齐美术馆的讲解员。"

"很高兴认识你。"

绮蜜向克劳斯·菲尼克斯伸出手。但是出乎所有人的意料，克劳斯·菲尼克斯没有握住那只向他伸来的小手，而是把它托了起来送到唇边轻轻地吻了吻她的手背。他看着绮蜜，对馆长说："馆长先生，请允许我说，这位小姐是我在乌菲齐美术馆见到的最迷人的艺术品。如果说展厅的墙壁上挂着的都是艺术大师们的杰作，那么她——就是上帝的杰作。"

他的话让馆长先生和乌尔曼小姐无言以对，他们三人同时把目光对准了绮蜜，却发现她好像走神了，完全没有听见克劳斯·菲尼克斯的话似的。她的双眼是盯着克劳斯·菲尼克斯所站的方向，只是不是他的脸，而是越过了他的肩膀看向他身后。

克劳斯·菲尼克斯顺着她的眼神转过头，朝那儿看去，他看见远处挂着两幅画，两幅戈雅的画。

"你在看什么，小姐？"他问绮蜜。

绮蜜收回了她散发出去的眼神和心绪，把注意力放回到克劳斯·菲尼克斯身上。用甜美圆润的声音问道："菲尼克斯先生，这是你第一次来乌菲齐吗？"

"不是，我来佛罗伦萨已经有好几个月了，这期间我来过几次乌菲齐。"

"那么普拉多呢？"

"不,我还没有去过,事实上西班牙是我的下一站。"

"那么,菲尼克斯先生你真是幸运,因为你将在乌菲齐听到对普拉多藏品的讲解。"

"我太荣幸了。"

克劳斯·菲尼克斯伸出手,掌心向上伸到了绮蜜面前,几乎没有考虑,绮蜜便把她的一只手放进了画家的掌中,他们手牵着手一起走进了二号展厅。这不是绮蜜第一次走进二号展厅,也不是她第一次去看《玛哈》。可是今晚,当她伴着克劳斯·菲尼克斯一起走进二号展厅的时候,她的心中有一种惴惴不安的感觉,仿佛将要踏过一个虚幻的门槛进入另一个世界,在那里,《玛哈》将不再是原来的《玛哈》,而她也不再是原来的她。

第十七章

"告诉我小姐,你为什么会在这里工作。"

"这有什么问题吗?"绮蜜瞪着迷惑不解的眼睛问道。

"是什么让你离开祖国,离开父母朋友来一个遥远的国度生活的,你是一个留学生吧。"他停顿了一下,以一种不肯定的口吻说道:"或者是移民?"

"哦,不,我不是。其实高中毕业的时候我还只是一个对未来充满迷茫的学生,那个时候流行出国留学,我也加入了这个队伍。鬼使神差我选择了一个并不太了解的艺术史专业。这是一个很胆大的选择,因为很可能我在毕业之后会找不到工作,不过我很幸运,我的大学导师为我找了这份工作。对我来说能够在像乌菲齐这样的地方工作就是实现了人生最大的梦想,我真该感谢上帝。而且更加幸运的是在我开始了对艺术史的学习之后,我渐渐爱上了我所学习的内容。"绮蜜用手拍拍胸口,表情无比满足。

"那么你有特别钟爱的画家和作品吗?"

绮蜜想了想利索地回答道:"我最钟爱的画家是戈雅。菲尼克斯先生,您是如何评价委拉斯开兹和戈雅的,我很想听听像你这样的专业画家对他们的看法。"

"你是在考我吗,小姐。"

"才不是呢,我只是想听听您如何评价您的前辈同行们的。"

克劳斯·菲尼克斯被她的话逗乐了,这让他看起来更像是个孩子,他带着孩子般纯净的表情,但实际却十分认真地说道:"现代的评论界有这样一种普遍的看法,那就是现代绘画艺术已经落寞,现代画家无论如何努力也不可能超越前辈大师们了,我虽然并不完全赞同这种过于悲观的看法,但还是得承认像委拉斯开兹和戈雅这样的大师恐怕很难再出现了。毫无疑问,他们俩是西班牙绘画史上最杰出的人物,委拉斯开兹是个纯粹的现实主义画家。他作画时只是把他亲眼目睹的东西如实地画下来,以艺术加工的形式展现在观众的面前,在他的笔下,想象是不存在的,这是他最大的特点。"

"而戈雅可以称得上是现实主义的奠基人和浪漫主义的先驱。"绮蜜接过他的话题说了下去。

"完全正确。"画家对她微微一笑。

他们在一幅戈雅早期作品《童年》前停了下来。驻足观看了一会儿后,克劳斯·菲尼克斯继续往下说:"我觉得戈雅在作画时并不完全在表现他所看到的。他首先是准确深刻地理解人物的个性,然后再去发现最典型的,能够表现人物性格的姿态、手势和习惯性动作等等。有的时候,他并不重视被描画对象的比例和透视上的正确性,而更注重于表情,特别是眼神等内心世界方面,我认为这是他的特殊才能。你看这幅画上的孩子的眼神和表情,描绘得非常细致。这幅画虽然是戈雅的早期作品,还未达到他后来那种细腻深刻的高度,但这幅画却给人一种真诚、朴实的自然之美,你说呢?"

克劳斯·菲尼克斯注意到绮蜜并没有把注意力放在画上，而是全神贯注地看着自己，美丽的脸上挂着通常恶作剧得逞后的笑容。

"你在笑我吗？"

这一次绮蜜笑出了声音，她把手放在嘴上想让自己尽快安静下来。

"我不是在笑你，我只是突然意识到我们好像互换了角色。你成了讲解员而我成了听众。我得承认这种感觉真不错。"

克劳斯·菲尼克斯绅士地鞠一鞠躬说："我很乐意为你效劳，小姐。"

绮蜜伸出一只刚才还被她咬在嘴里的手指，指向画面上的孩子说："虽然这个孩子非常天真可爱，可我还是更偏爱那幅画中的主角。我喜欢描绘安详、宁静场面并且视觉反应简单的肖像画。"

绮蜜拉起克劳斯·菲尼克斯的手直接穿过几幅画，来到了《玛哈》面前，对他说道："我们退后几步看。"

克劳斯·菲尼克斯十分会意地攥紧她的手，他们一起往后退了三大步以便有足够的视线空间能够同时欣赏两幅《玛哈》。

"这两幅姐妹作品可以算作是戈雅最著名的作品了。在他所生活的那个深受罗马天主教影响的西班牙社会，描绘裸体女人身躯几乎是不可能的，之前只有委拉斯开兹在国王的庇护下才画了《镜前的维纳斯》，戈雅的这幅《裸体的玛哈》在构思、技巧和制作上的处理都是对天主教堂禁令的挑战。画中对人物眼神、卷发、微笑及她那特殊手势的描绘都十分的美妙，你说呢？"

克劳斯·菲尼克斯结束了他简单的评论把注视着《玛哈》的眼神对准了绮蜜，却发现她又走神了。

"你在听我说吗？"他问道。

"什么？"绮蜜精神恍惚地看着他，眼神中一片空白。

"你走神了，小姐，就像我刚才对馆长先生说你是乌菲齐最迷人的艺术品时一样，你没听我说话。"

"哦，是的，我非常抱歉，我只是看画看得入迷了。"

"可是你两次都在看这两幅画，它们对你有特别意义吗？"

"你为什么这么问，就因为我多看了它几眼。"

"不是，当你在看其他的画像时你的眼神是欣赏，可当你看这两幅《玛哈》时，你眼神中的那样东西变了，变成了痴迷。就好像这幅画不是戈雅的作品，而是出自于你的手，也许这样说更合适一些，当你看着这幅画时你看的不止是《玛哈》，更是在看你自己。"

绮蜜用奇怪的眼神盯着克劳斯·菲尼克斯的面孔，好像她想透过这张脸看透他的心。虽然此刻他们的周围站着不少人，虽然此刻二号展厅里闹哄哄的。可是绮蜜几乎什么也看不到听不见，她的灵魂仿佛已经离开了身体，游离于只属于她和克劳斯·菲尼克斯之间的《玛哈》的世界，过了很久才重回到她的身体中。

她用一种豁然开朗的奇怪口吻说道："你刚才说我看着《玛哈》的时候不仅是在欣赏一幅画而是在看我自己。这么说真有意思，很多年了我一直在寻找自己为什么会对这两幅画另眼看待的原因，我一直觉得她很眼熟很亲切。不过我们并不相像啊！"

"你对一个人一张脸产生亲切的原因并不一定就是他和你长得像，也许只是出于一种心灵的共鸣吧。"

绮蜜听着他的这番话，然后抬起头看着画家的脸，嘴里喃喃地重复着他刚才的话："心灵的共鸣。"她低下头沉默了一会儿然后又抬起头看着面前的两幅《玛哈》说道："我见到了真实的她们。"

"既然你喜欢这两幅画，那为什么以前不去普拉多看看呢？"

他听到绮蜜发出一声叹息，"不知道，仿佛我越是喜欢她们就越没有胆量去看她们，我在担心见到实物的时候所有美好的想象都会化为泡影。如果没有这次活动我也许还是不能亲眼看看她们。"

"那么你满意你所看到的《玛哈》吗？"

绮蜜轻轻地点点头，然后泪水突然从她的眼睛里流了出来，那里面包含着只有她自己才知道、只有克劳斯·菲尼克斯才能理解的欢乐和痛苦。克劳斯·菲尼克斯默默地看着她，然后靠近她一点儿，用手轻轻地揽住她的肩膀，慢慢地把她拥入怀中，从头至尾他没有说一句安慰的话，只是用不间断的轻柔的拍打她背的动作传递着他的关心和理解。

过了很久，绮蜜从克劳斯·菲尼克斯的怀中退了出来，她一边擦着脸上的泪水一边愧疚地说："对不起，菲尼克斯先生，我并不想破坏你的心情。"

"没关系，我能理解。"画家十分平静地说道。

绮蜜用那对红肿的眼睛再次看着《玛哈》，幽幽地说道："1792 年，戈雅在圣菲尔南多皇家美术学院上做报告时说道：'绘画是没有规则可言的。'他希望学生们能够自由地发挥他们的艺术天分，而不是依附在新古典主义学校的教条中。这是我最欣赏他的地方。即便是在生命即将结束之前，他仍然是个新技术的开拓者。就算没有这两幅《玛哈》，我也会是他的追随者。菲尼克斯先生，你呢？"

"我？恐怕我不能做任何人的追随者。但有一句话你说得对，绘画是没有规则可言的。"

绮蜜盯着他的眼睛，带着脸上还未散尽的哭态妩媚地笑了起来，"这话不是我说的，是戈雅说的。"

然后，她抬起一只脚，想往前几步。可是当她放下脚的时候，她却像触电般地抽动了一下身体并且倒向一边。

"啊。"

画家以最快的速度上前扶住她。

"怎么了？"

"我的脚，不，是我的鞋。我为了今晚的招待会新买的鞋子好像不太适应我的脚，好疼啊。"

画家盯着她的红鞋看了一会儿说："小姐，你不该穿这种让自己痛苦的鞋子。"

"先生，难道你不懂吗，穿着令人极度不舒服的高跟鞋给人一种被禁锢的凄惨之美。虽然明知会受苦，但女人们还是对高跟鞋趋之若鹜。因为它能让脚看起来更加小巧，即便是在当今社会，女人们仍然对宽大的平底鞋有着天生的恐惧。"

画家苦笑出了声，然后扭头向四周望去，他看见在靠近门口的地方有专供人们休息的区域，就对绮蜜说道："来吧，我们去那里休息一下。"

刚一坐下绮蜜就把刚才让她疼得叫出声来的红鞋脱了下来，用手揉着已经疲惫不堪的脚。接着她看到了在小脚趾旁有一个新磨出来的水泡，她用手指轻碰了一下又疼得叫了起来。

"很疼吧。"画家关切地问。

"没什么，常有的事，我已经习惯了。"绮蜜不好意思地把脚向后缩去，不想让克劳斯·菲尼克斯看到她的脚。可是他已经在她的面前蹲了下来，伸出手把那只正想往裙摆下躲藏的右脚给拽了出来，轻轻地按摩着。

突然，他的目光变得很奇怪，他抬起头看了一眼绮蜜，又低下头看着她的脚，接着转过身看向《玛哈》。然后他对着绮蜜意味深长地说道："也许我知道你为什么那么喜欢《玛哈》了。"

绮蜜眯着眼睛以无法辨别真伪的迷惑眼神看着画家，语气中带着异样的兴奋："是什么？"

"每一次当你面对《玛哈》的时候你的心里也许会产生一种共鸣，这种共鸣的产生一定有我所猜想的原因，你们都拥有一双与身体不成比例的小脚。"

绮蜜眼神迷离地看着克劳斯·菲尼克斯说："你所说的是连我自己都没注意到的细节,菲尼克斯先生,你的观察力令人恐惧。"

　　"虽然我不太愿意承认,可有的时候我确实相当敏感,尤其是对于那些我感兴趣的人和事。"

　　"那么你是对我还是对《玛哈》感兴趣呢?"绮蜜突然之间大胆了起来,甚至出乎她自己的意料。

　　画家没有回答她的问题,他又抛给她一个奇怪的问题,"告诉我小姐,你有恋足癖吗?"

　　绮蜜几乎被他的这个问题逗乐了,她以少有的大胆暧昧眼神盯着对方,以一种故意营造的轻微鼻声问道:"如果我说有呢?"

　　画家迷人地微笑着,他向她凑去,近得可以感觉到彼此鼻间的气息:"好极了,因为我也有。"

　　绮蜜轻笑着,翘起嘴角又问:"从什么时候开始的?"

　　对方回答道:"就从看到你的脚时开始的。"

　　绮蜜不知道他的话是出自真心,还是在逗她。不过,她惊奇地发现原来自己如此喜欢这种众目睽睽下的互相挑逗,那种感觉太刺激了。她继续说道:"脚是最下端的性感。我们不可以随意暴露自己的身体,尤其是我这种从小接受儒家文化熏陶的女性。但是,随着时代的变迁,现在我们可以随意地暴露自己的脚。尤其对女性而言,它的意义非凡。所以我认为,对于脚而言,袜子是最可恶的东西,鞋子可以增强脚的魅力。但是袜子,除了遮挡住脚的迷人之处外,毫无用处。也许只有当我们想要收敛起自己的魅力时才应该穿上袜子。"

　　画家把嘴凑到绮蜜的身边耳语道:"说得不错。"

　　然后他放开她的脚,托起她的手又一次放到唇边亲吻后坦白地说:"对您,小姐。我突然意识到您是如此美妙的一个女人,我很想邀请您做我的模特,让我为您画一幅肖像画可以吗?"

"像《玛哈》那样的?"

"像《玛哈》那样的。"

"我会考虑的,不过请你先为我做另一件事,去楼上我的办公室为我拿一双合脚的鞋子吧。办公桌底下有好几双,哪双都行。"

"我很乐意效劳。"

克劳斯·菲尼克斯马上把手伸向绮蜜的左脚把另一只鞋子也脱了下来,然后他拿着这双精致漂亮,却并不舒适的小小的红鞋离开了二号展厅。和他一起向外走去的还有另外几个人,当然与克劳斯·菲尼克斯的目的地不同,他们的目的地应该都是去洗手间的。

第十八章

当玛丽安·桑托罗夫人和乔尔瓦尼教授一起看着克劳斯·菲尼克斯走出了展厅之后,桑托罗夫人发出了一声长长的感叹:"这是多么棒的一对啊!"然后她又把注意力放到了教授身上。

"亲爱的乔尔瓦尼教授,我的丈夫是我所认识的人中对艺术品最有热情的一个。我记得许多年前,当他购买了我们的第一件收藏品,一幅伦勃朗的自画像时他曾经对我说过:'玛丽安,虽然我不是借此发家的,但我希望以此作为我事业的终结。'"

乔尔瓦尼教授会意地点着头,他很清楚他的这位朋友早年的经历并不光彩。他出身贫寒,是他们大家庭中许多孩子中的一员,甚至连他的父亲有时也弄不清楚他排行第几。为了不像他的父亲那样一辈子为填饱肚子而努力,他离开了家乡去了北方的大城市。凭着他的聪明才智和胆大妄为的个性,很

快就在一些能够接受他这样出身的人的行当中崭露头角，并且取得了权利和财富。直到有一天，当他对自己的财富已经麻木到了只是某个数字后面的一串零时，他决定要干一些真正让自己高兴的事情。他很快就想到了艺术品收藏以及与之相关的生意。这实在是一个相当不错的主意，既能够满足自己的兴趣又能够赚到相当高的利润，最最重要的是，在他看来这的确是一件相当风雅的事。为了迅速提高自己的艺术品位和鉴赏能力，他开始刻意地接触一些与之相关的人。而乔尔瓦尼教授因为其在业界的声誉，自然成了他非常想要结交的朋友。

乔尔瓦尼教授当然对他的这位朋友的过去有所耳闻，可是他却始终抱着这样一个态度，既然警察都不找桑托罗先生的麻烦，那我又有什么必要因为某些传闻而拒人以千里之外呢。他想起了桑托罗先生每次和他谈论起一件心仪的艺术品时脸上那无与伦比的表情。无论他是否真的懂得那些东西真正的艺术价值，他都是一名最最殷诚的艺术朝圣者，而乌菲齐就是他心中的麦加圣地。虽然很久以前他就不住在意大利了，可是每年为了会见他的这个老朋友，也为了回来呼吸呼吸乌菲齐的空气他还是会回到佛罗伦萨的。在他死后，他的妻子完全继承了他的事业，同他一样她也对艺术品交易十分感兴趣。乔尔瓦尼教授让自己注意这里面的区别。是对艺术品交易而非艺术品感兴趣。

"我听说，您刚刚找回了被盗的戈雅名画《倒地的公驴》。"教授把话题又一次引回到了开始的时候。

"是的。"桑托罗夫人不无得意地说道："您真该去贝尼尼宫酒店看看那幅画，当然，现在它已经被护送回西班牙了。那可真是一幅完美的画作。戈雅不愧为一位世界级的艺术大师。他对作品的掌控简直令人惊叹。"

乔尔瓦尼教授微微一笑说："看来您对戈雅也是推崇的，那么您一定很高兴来参加今晚的招待会了。不知您是否想过自己收藏一幅戈雅的画作呢?"

"教授您在开玩笑吧,你我都知道,现在在国际市场上还没有戈雅作品的交易。"

"抱歉,我并不了解这一点。不过,"教授的表情突然神秘了起来,"在黑市上呢,不是还有另外一幅《荡秋千的少女》没有被找回吗?没准这会儿,它正躺在某位国际大买家的家庭收藏室里呢!"

这个时候乔尔瓦尼教授看到桑托罗夫人精明的脸上显露出了一丝恐惧的神色,但同时在她的眼底却又露出了一丝通常只在杀人犯的眼中才有的寒意。

这足以让老教授胆战心惊了,他取出一块手帕故意打了一个喷嚏,然后尴尬地笑笑说:"看起来展厅里实在是有点冷了,我得去找个暖和一点的地方呆着。瞧,我的学生在那里,也许我该去和她呆上一会儿。您来吗?"

桑托罗夫人已经完全恢复到了常态,她热情地挽起教授的手臂说道:"当然了,我也觉得有点冷。况且,我很愿意和那个可爱的姑娘聊聊。"

乌尔曼小姐一边在二号展厅里踱着步,一边喝着她今天晚上的第三杯酒。她不胜酒力,可今天她需要依靠酒精来麻痹自己,好让自己不再去想那些被送往普拉多的画。不过,既然木已成舟那就趁着这次机会和一些老相识联络一下感情。她在展厅里兜了一个大圈子,不为看画只为和站在画前的人们聊天。这时她听见身边响起了洪亮的声音,她知道那是考古博物馆的馆长正在高谈阔论。她的嘴角露出一丝淡淡的笑容,叫住了一位正经过她身边的侍者,把手里的空酒杯放在他举起的托盘上,又拿起一杯浅红色的鸡尾酒,然后拿着它走向那对差异巨大的夫妇。

"德拉瓦索馆长,您在说些什么呀。"

"乌尔曼小姐。"德拉瓦索馆长中断了他的夸夸其谈,礼貌地向乌尔曼小姐点点头。"我正在向我的妻子解释委拉斯开兹所创作的这幅《酒神》,瞧,这幅画多么的质朴多么的自然，没有一丝一毫的矫揉造作。我敢说这幅画中除了酒神是被美化的角色外，其他的人物都是真实的。"

"说得不错，您的见解果然深厚。"乌尔曼小姐言不由衷地赞赏道。

德拉瓦索馆长得意地哈哈大笑了起来，而他的妻子却一脸冷漠似乎对他的话毫无兴趣。

乌尔曼小姐扭过头从展厅的最里面向外望去。她看见维托尼罗馆长正在她的不远处和两位市政府的官员兴奋地谈论着什么。乔尔瓦尼教授正在仰头观赏着一幅绘画，桑托罗夫人站在他的身旁。在入口处绮蜜独自坐在沙发上，她双脚赤裸地踩在地板上。真是一对漂亮的小脚，以前怎么从来就没有注意到呢，她暗暗想着。

她把手中的鸡尾酒一饮而尽。然后向馆长夫妇告别，转身去找酒保，决定去喝她今晚的第五杯酒。同时她觉得，今天晚上自己和委拉斯开兹笔下的酒鬼很相似。

与此同时，维托尼罗馆长也成功地从两名不懂艺术却要附庸风雅的政府官员身边脱身。他走到展厅中央，看着今晚这间光线明亮的让人有些眩晕的展厅，觉得心满意足。有那么一瞬间他有些后悔没有请上几个记者来记录下今晚的成功。此时此刻，他觉得突然很有一种表达自己想法的冲动，他不禁好笑地摇一摇头，感到自己现在的心情就像是一个考试得了高分的小学生急着回家向父母炫耀。当然为了某些特殊的原因他不能请新闻界的人来，但是明天他已经准备好了面对镜头和话筒。到那时他将在自己的办公室里向来自全世界的记者宣布一个重要的消息，今晚他已经从那两名政府高官的口中得到了一个他很想确认的消息。不，先等一等。也许不止一个，对了，应该是两个。

他不禁又一次为自己的英明决定而自豪——乌菲齐和普拉多。这是一

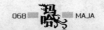

首在两座优秀的美术馆里完成的协奏曲,精彩而令人难忘。我将证明,所有的声音都可以找到合适的归属,只要那是艺术的声音。

突然,他的心里掠过一丝担忧。是某种不祥的预感吗?看着满屋的珍品,虽然他知道这些绘画已经上了上亿欧元的保险,可是他还是无法驱走那似乎是瞬间到来的忧虑。更让他担心的是,那些此刻正挂在普拉多的属于乌菲齐的藏品,他已经开始盼望着一个月能快点过去,但愿不要出什么事。

他抬起脚向展厅外面走去,更确切地说是向保安部走去,他必须要干点什么好让自己安心,对于一个博物馆或者美术馆而言,安全永远都是第一位的。

第十九章

"昨晚怎么样?"

当弗朗切斯科开着车行驶在罗曼门大街上时,他向绮蜜打听昨晚招待会的情况。

"什么,你说什么。"绮蜜正在想心事,没有听清楚他的问题。

"我问你昨晚的招待会怎么样?"他又问了一遍。

"啊!"绮蜜如梦初醒,"好啊,非常好。"然后她闭上嘴,没有了下文。

"发生了不愉快的事?"弗朗切斯科试探着又问。

"没有。"绮蜜斩钉截铁地否定道。

"那你这是怎么了,我还以为你会像只小鸟那样唧唧喳喳地把昨天晚上的事跟我说个遍呢。是不是太累了。"弗朗切斯科腾出右手轻抚一下她的脸颊。

绮蜜顺势把一直看着窗外的头转向他,疲惫地一笑说:"是的,我累极了,

但我不想影响你的情绪。"

"当然没有,亲爱的。"

他们的车正好开到路口,红灯亮了。弗朗切斯科踩下刹车,然后探身在绮蜜的额头上轻轻地一吻。就在这时,他的手机响了起来,弗朗切斯科微微皱了一下眉头把手伸进衣兜里取出了手机。

"你好。"

"是我,索妮娅。"他的助手果断的声音从电话那头传了过来。

"有事吗?"

弗朗切斯科觉得有些不妙,这个时候索妮娅怎么会打电话给他,除非出事了。

"你在哪儿?"他的助手反问道。

"在罗曼门大街。"

"是在去乌菲齐的路上吗?"

"是的。"

"你,不是一个人吧。"

弗朗切斯科警觉而迅速看了一眼绮蜜,然后回答说:"是的。"

"送女朋友去上班?"

"对。"

接着电话那头的声音忽然停顿了一会儿,好像索妮娅正在考虑该怎么说下去。

"发生了一件事。"

"什么事? 是案子。"

"是的,恐怕是的。"

"索妮娅,怎么回事? 到底发生了什么事,为什么吞吞吐吐的。"

"警长,等你到了乌菲齐再说吧。"

"乌菲齐?"弗朗切斯科实在不明白怎么回事,可是对方已经挂断了电话。他不自觉地把头转向绮蜜,发现她也正在紧张地看着自己。

"出事了吗?"她的声音听起来微微发抖。

"没,没事。"

"那你为什么会说乌菲齐,难道。"

"别担心。"弗朗切斯科拉起她的手放到唇边,但并没有亲吻它,"不会有事的,不会有什么大事的,否则,索妮娅会在电话里直接告诉我。"

绮蜜无奈地点点头,挣脱了弗朗切斯科的手,她把自己的双手放在膝盖上,双眼再次注视着窗外,直到他们抵达乌菲齐她都没有改变过这个姿势。

第二十章

乌菲齐美术馆是一个引人瞩目的地方,自从 1560 年开始建造起,它已经吸引了数以万计的人们的目光,尤其是它正式作为美术馆向普通人开放以后。可是无论人数如何庞大,他们的目的大多相同,参观里面内容丰富的艺术藏品。但今天早晨来到乌菲齐的人们的目的却有一些复杂。

不可否认绝大多数都是冲着这次千载难逢的机会来一睹普拉多的珍贵展品的。也有不少不知底细的参观者一早排着长队为了看一眼著名的《维纳斯的诞生》。另外还有一大群原本为了报道艺术交流活动,结果却发现了更大新闻素材的记者们。但是,在人群中最为扎眼的要数佛罗伦萨的刑事警察们了。

副局长莫吉是在早晨准备上班时接到电话的。当时他正在穿鞋,听见电话铃响咒骂着跑去接电话。

"我是莫吉。"他用很重的语气先确认自己,言语中透着权威。

电话那头传来了一个年轻女人果断的声音。

"早上好,局长。我是刑事科的探员索妮娅·莱恩。我刚在值班室接到从乌菲齐美术馆打来的报警电话。"

局长先生的心马上咯噔了一下,乌菲齐恐怕是整个佛罗伦萨他最不愿意听见有事发生的地方了。随着欧洲文化旅游竞争的日益激烈,像乌菲齐这种在世界上颇有影响力的美术馆对于佛罗伦萨乃至整个意大利都显得弥足珍贵。他本人虽然对艺术毫无兴趣,但是他还是从铺天盖地的报导中听说了乌菲齐美术馆正在和西班牙马德里的普拉多美术馆举行一次交换展览彼此最珍贵的藏品的活动。刚得知这个消息的时候他简直气得火冒三丈。他们(那帮美术馆的家伙)是不是都疯了,交换展出彼此的藏品,还是最珍贵的,难道他们就不知道这么干有多危险吗? 不知道有多少艺术品偷盗者又要开始蠢蠢欲动了。难道他们就没有考虑过这些艺术品在运输途中可能遇到的意外吗?

"见鬼,到底发生了什么事?"他粗声粗气地吼道。

"尸体,您没听清楚吗,他们在乌菲齐发现了一具尸体。"索妮娅重复了她刚才说过但局长没有听见的话。

"艺术品有没有被盗窃啊?"

"不知道,报案的人没有提到这个。"

"那么你还等什么,快点去啊! 难道还要等着我去布置一切吗?"

"对不起,我没有解释清楚,我已经派人封锁了现场,我自己也就快到乌菲齐了。"

"干得好,等等,你通知弗朗切斯科警长了吗?"

"不,还没有。"

"为什么,你应该第一时间通知他的。"

"可是,还有一个问题,我觉得……"

"小姐,我不喜欢和吞吞吐吐的人打交道,有什么请你直说。"莫吉粗鲁地打断了她的话。

"弗朗切斯科警长的同居女友是乌菲齐的工作人员。"

"是吗?"她的话让莫吉吃了一惊,但是他并没有让索妮娅感觉到这一点。

"那又怎么样?"他反问道。

"不怎么样,就是想让您知道一下。"索妮娅平静地回答他。

索妮娅·莱恩,看来我得好好注意一下这个姑娘,不简单的女人。

"听着,小姐。我要你现在马上去向警长报告。嗯,另外如果在你协助弗朗切斯科警长调查的过程中发现他有什么不合规矩的做法,告诉我。"

"好的,局长先生。"索妮娅挂断了电话双眼看向车窗外,乌菲齐就在前方了,她的脸上露出了一丝狡黠的笑容,机会来了。她可不打算按照局长说的马上打电话给警长,她必须先看过尸体,之后才能这么做。

第二十一章

绮蜜刚走下车,就被眼前停着的十多辆警车和数十位架着摄像机、手拿话筒和录音设备,守候在美术馆门外的记者们吓呆了。弗朗切斯科把车随便停在路边,然后上前搂着她的腰慢慢地推着她往前去。

"别怕,有我呢。"他试图安慰绮蜜。

可是绮蜜突然挣脱了他的拥抱,发疯似地拼命向里跑去。在入口处,一位警察拦住了她的路。

"对不起,小姐,你不能进去。"这个面部肌肉紧绷的警察说道。

"让我进去,我是这里的讲解员。"

"不行，没有局长的命令任何人都不能进出美术馆。"

"让她进来，科斯米，她是警长的女朋友。"

警员科斯米思索着这句话的含义，他不明白索妮娅警官为什么要这么说，警长的女朋友就可以随意出入案发现场吗？最后他还是让了步，让绮蜜进入了乌菲齐。绮蜜看了一眼索妮娅，没有任何表示就跑向二号展厅，在那儿也有两名警察守着入口，但是绮蜜并不需要进去，她只要在门口看一眼就放心了。

索妮娅静悄悄地走到她的身后问："你在看什么，绮蜜。"

绮蜜惊讶地转过头看着面前的年轻女人："你怎么会知道我的名字，我不认识你。"

索妮娅和蔼地微笑着回答说："你是不认识我，但我知道你。我经常听弗朗切斯科警长提起你。"

"那么，你就是索妮娅。我们曾经在电话里交谈过，对吗？"

"是的，能告诉我你刚才在看什么吗？"

"没什么，只是看看画。乌菲齐出了事，我很担心这些画被盗，谢天谢地，一幅也没少。"

"你很在意这些艺术品吗？"

绮蜜瞪着双眼看着索妮娅，觉得她的这个问题很奇怪："当然，我在这儿工作。"

"那么你为什么首先关心二号展厅的绘画，据我所知它们并不是乌菲齐的藏品。"

"它们的确不属于乌菲齐，是普拉多美术馆的藏品。可是如果说普拉多的藏品在这里展览期间丢失的话，会给我们的美术馆带来很大的负面影响，我难道不应该首先关注一下这些绘画吗？"绮蜜回答的语调硬邦邦的，显然已经对男友的助手失去了好感。

索妮娅仍然保持着她和蔼的微笑："现在让我们去你的办公室聊一聊好吗？"

绮蜜很不情愿地点点头，同时用眼角扫了一眼门口，弗朗切斯科怎么还没有进来？她故意放慢脚步向前走着。到目前为止，弗朗切斯科的这位女助手还没有告诉她究竟发生了什么事，但是不管情况有多糟糕，她都希望和男友一起面对。

"绮蜜。"他总算也进入了乌菲齐。

"弗朗切斯科。"绮蜜像见到救星般地准备向他跑去。

"对不起，警长。莫吉局长说了，让你到了之后马上去馆长办公室，从这里上去左拐在三楼，他很着急。"

很明显索妮娅不打算让他们在一起知道发生的事情。弗朗切斯科叹着气看着可怜兮兮的绮蜜，无奈地向馆长办公室走去。看到他离开，索妮娅对绮蜜说："我们去你的办公室谈谈吧。"她说话的口气就好像她要把对方带去一间审讯室。

走进绮蜜的办公室，索妮娅径直走到窗前猛地拉开了厚重的窗帘和塑料的百叶窗，刺眼的阳光射了进来，绮蜜无法适应地迅速背过身去。

"把百叶窗拉上，太亮了。"绮蜜抱怨道。

索妮娅转过身看了看正用手挡住双眼的绮蜜，又拉上了百叶窗。然后她拖了把椅子到绮蜜的身边说道："坐下吧。"接着她自己走到办公桌旁，身体斜靠在上面俯视着面前低着头神情忧郁的女人。

她确实漂亮，索妮娅想。即使现在，她明显的睡眠不足又心事重重，可看起来却带有一种特殊的忧伤之美，感觉像极了波堤切利笔下的女性。若是波堤切利在世，也一定渴望拥有如此合适的模特。不仅是脸长得美，她的身材比例也是那么的协调。她有多高，大约165厘米左右吧，应该和我差不多。她的目光从绮蜜的脸上往下移动，脖子很细长，这让她抬起头时更加挺拔修长。贴身的毛衣下显露出的锁骨和圆润的肩膀又为她增添了一丝性感。两只手臂的骨骼圆圆扁扁十分可爱,双腿修长,既没有僵硬的肌肉也没有累赘的肥肉。当索妮娅把双眼移到了绮蜜的脚踝以下的部分后就完全被吸引住了。拥有漂亮双腿的女人很多,可是拥有如此完美双脚的女人并不多。无论是其脚底迷人的S形弧线,还是裸露在外面的脚背上细嫩无瑕的肌肤,还有那些排列整齐的脚趾,都让索妮娅深深着迷。不过她很快就发现了一点不正常之处,这双脚太小了,小得几乎和它主人的身材不成比例,索妮娅断定自己从来都没有见过有哪个成年女性长着如此小巧的脚。她不住地轻摇着头,开始感到绮蜜的神奇,甚至觉得她身上有一种与众不同的,像魔鬼般媚人的东西,迷惑着身边的每一个人。

她狠狠地甩甩头把自己从这种奇怪的情绪中引领出来,还有正事要做呢,她提醒自己。

"咳。"她咳嗽了一声仿佛是在告诉绮蜜她要开始了。

"昨天晚上乌菲齐举行了一个招待会。"

"是的。"绮蜜终于抬起了头。

"为什么举行的?"

"为了二号展厅的那些画。不久前我们和马德里的普拉多美术馆达成了协议,进行一次交换展览彼此藏品的活动,那些画就是为了参加这次活动而送来的。"

"我听说乌菲齐送走了《维纳斯的诞生》和《春》。"

"是的。"

"那么普拉多呢,普拉多送来了什么?"

"主要是委拉斯开兹和戈雅的作品。有《勃列达的受降》、《1808.5.3》、《腓力四世之家》还有《玛哈》。"

"《玛哈》,两幅都送来了吗?"

绮蜜略微惊讶地看着眼前精明能干的刑事女警,在她的眼里警察都是些对艺术一窍不通的家伙,就像弗朗切斯科。

"是的,着衣的和裸体的,两幅都送来了。"

"啊,是这样。"索妮娅微笑着点一点头。

"美术馆原定于今天起正式向公众展出这些绘画,不过馆长先生打算让一些艺术界和学术界的朋友们先一睹这些画的风姿,所以就举办了昨天的招待会。"

"那么昨天晚上来的人多吗?"

"送出去的请柬一共是三十五张,不过有一些客人带来了伴侣,所以实际到场的人数可能有五六十个吧。"

"那些人你都认识吗?"

"不,我来这儿工作不久。实际上昨晚来的客人大多数我都不认识。"

"你认识的都有谁?"

"我的大学导师乔尔瓦尼教授,还有一个名叫玛丽安·桑托罗的女人,我就认识他们俩。"

"能说说你是怎么认识那位桑托罗夫人的,好吗。"

"其实在昨晚之前我只见过她一面。前天她在贝尼尼宫酒店举行了一次酒会,我和馆长、乌尔曼小姐有幸被邀请参加,我们就是在那里认识的。"

"既然那之前桑托罗夫人并不认识你,那她怎么会邀请你去参加她的酒会呢?"

绮蜜耸耸肩:"我不知道,也许是维托尼尼馆长告诉她我喜欢戈雅的作品吧,而桑托罗夫人在酒会上展出了一幅几年前被盗的戈雅作品。"

"你喜欢戈雅的作品?"

"是的,我喜欢戈雅。"

"那么你也许更适合在普拉多美术馆工作吧。"

绮蜜又耸耸肩，轻松的回答她："生活就是这样，不能指望万事如意。"

　　"说得对。告诉我绮蜜，昨天晚上你穿着什么出席的招待会，我猜想你一定打扮得很美。"

　　绮蜜深深地看着索妮娅，越来越不明白她的用意，这让她非常不安。

　　"我穿得是一条印着花卉图案的雪纺绸的礼服裙。"绮蜜结结巴巴地回答着。

　　索妮娅又提出一个令她惊讶的要求："我能看看那条裙子吗?"

　　绮蜜叹口气，她累极了，不想再和她玩什么智力游戏，只希望一切都能早点结束。她从椅子上站起来打开更衣室的门回头对索妮娅说道："裙子就挂在里面，进来看吧。"

　　绮蜜打开昨晚她挂裙子的那扇衣橱的门，里面只有一套西服和那条裙子。绮蜜把它连着衣架一起拿了出来，交给站在她身后的索妮娅。

　　"瞧，就是这条。"

　　索妮娅伸出手接过这条轻如蝉翼的裙子，用一只手的手背感受着它的质地，感觉就像是被云在亲吻，舒服极了。

　　"漂亮的裙子，很配你。"

　　说完，她想把裙子交还给绮蜜，但是就在她放下左手，裙摆向下飘荡的时候她注意到裙子上有一摊污迹，很大，但不明显。只有在白色的纱绸上才显现了出来。她用手托起这块污迹说："这儿弄脏了。"

　　绮蜜看了一眼回答道："是的，昨天晚上我和乌尔曼小姐坐在一起，不知是谁碰了谁一下，结果我们都把酒洒到了自己的身上，我们只好一起去洗了一下，不过没什么效果，看来得送到洗衣店去了。"

　　"是该送去，这么漂亮的裙子就这么毁了太可惜——那么。"她停顿了一下，若有所思地问道："鞋子呢?"

　　绮蜜挂好裙子一脸茫然地看着眼前的女警，"什么鞋子?"

"就是昨晚你穿的,昨晚你穿得是哪双鞋?"

绮蜜看起来更加迷惑了,这让索妮娅十分感兴趣。难道她已经记不起昨天穿得鞋子吗?还是,有其他的原因呢?可是,绮蜜马上就说出了答案,她低下头看着脚上正穿着的白色凉鞋说:"就是这双。"

她的话好像让索妮娅大吃一惊,她甚至不能自控地往后退了一小步,满脸狐疑地问:"真的?"

"我为什么要骗你?"绮蜜坦率地说。"昨晚招待会刚开始那会儿我穿得的确不是这双白鞋子,而是一双新买的红皮鞋。"

绮蜜注意到索妮娅的脸色这时平缓了下来,好像她现在说的才是她真正想要听的。

"可是。"她继续说下去,"可能是第一次穿的缘故,我觉得很不舒服,所以在招待会的中段我换了现在脚上穿的这双白鞋。"

"是这样。"索妮娅满意地点点头,然后她提出了一个更奇怪的问题:"那么现在这双红皮鞋在哪里呢?"

"这个么。"绮蜜皱起了眉头,不知是她无法理解索妮娅的问题,还是无法回答,好半天她才喃喃地说道:"我想应该就在这间办公室里。"

"应该就在,你不能肯定吗?"

绮蜜摇摇头。

"昨晚不是我自己回办公室换的鞋子,而是别人替我来换的。"

索妮娅一扬眉毛:"是谁?"

"是一位美国画家,我们昨天在招待会上认识的,是他替我换了鞋子。我想应该就在这里,他不会把它们乱放的。"

说着,绮蜜又一次打开衣橱的门在里面搜索那双红鞋,可是并没有什么鞋子的踪迹。接着,她返回到外面的办公室。在办公桌下随意摆放着好几双鞋子,她蹲下身体在那里面寻找着她的红鞋。

索妮娅默默地注视着她做这一切,然后,当绮蜜差不多完全钻到桌子下面去的时候,她用古怪的声调说道:"不用找了,绮蜜,我想你找不到那双鞋子了。"

绮蜜马上从桌子底下钻了出来,虽然她的身体正在向上站立,可是她的心却在开始往下沉。

第二十二章

弗朗切斯科一边向馆长办公室走去,一边在心中默默计算着警方出动警力的数字。从在门口维持秩序的,到把守各个出口的,以及站在楼道里的人数,总共不少于三十个吧。看来警察已经暂时取代了美术馆本身的保安人员。这让他为自己将要知道的,发生在乌菲齐的案情更增添了一份担忧。很顺利地,他找到了馆长办公室。一位他认识的警员正站在馆长办公室的门口,他看见了弗朗切斯科马上为他打开了门。他走了进去,看见他的上司正在馆长办公桌前对着对讲机吼叫着。

"见鬼,我才不管你用什么办法呢。我要你赶快,不,最多在十五分钟内把他们都给我轰走。另外,说话小心点,别中了圈套。"

他重重地把对讲机按在桌上,嘴里继续嘀咕着:"这帮该死的记者,哪儿有坏事哪儿就有他们,真是一群苍蝇。"

弗朗切斯科很想对他说哪儿有好事他们也会出现。就像今天,他们本来来这里是为了报导一件艺术盛事的。

在离办公桌不远的沙发上坐着一男一女两个人。那个女人身材高大脸色灰暗,眼睛和面庞略微有些浮肿,仿佛刚哭过,或者没睡好。旁边的男人面目温和,但却显露出一种精明的特点,看得出,他也正沉浸在巨大的烦恼中,但还是尽力地安慰着旁边的女士。凭直觉,弗朗切斯科就知道他是这间办公室的主人。

"弗朗切斯科,你总算来了,快过来,有大麻烦了。"

莫吉局长从办公桌前站了起来,指着沙发上的女人对他的警长说道:"今天早上,这位乌尔曼小姐在她的办公室里发现了一具尸体,现在我们可以确认这具女尸就是昨天晚上来乌菲齐参加招待会的一位客人——名字叫玛丽安·桑托罗。现在……"莫吉局长在乌尔曼小姐的对面坐下说:"把早上你发现尸体的经过讲一遍吧。"

弗朗切斯科也在沙发上坐了下来,眉头紧锁地看着这位大名鼎鼎的乌尔曼小姐,这位在绮蜜口中无所不能的女士现在看起来也很脆弱。

她的手罩在嘴和鼻子上面,深深地吸了一口气然后吐出一口气。在她吐气的时候她放下了手,仿佛是把脆弱给掩藏起来把勇气吐出来。

"今天早上大约七点半左右,我比平时早一些来上班。"

"为什么要比平时早来?"莫吉局长问道。

"因为今天是为期一个月的马德里普拉多美术馆的艺术品在乌菲齐展出的第一天。我估计会有很多的参观者前来,所以我想早点来以便把各种准备工作做得充分一些。"

"你有没有发现别的同事来得比你更早吗?"

乌尔曼小姐摇摇头说:"没有,除了值班的保安没有人来得比我更早了,至少我没看见有人比我更早了。我特意去大门那儿看看情况,确定已经有许多人在排队等候开门了。"

"提早一个小时来等开门?"莫吉的语气好像不相信乌尔曼小姐的话。

维托尼罗馆长为他解释道:"这很正常,局长先生。乌菲齐是世界上最著名的美术馆之一。每天她都要接待成千上万来自世界各地的游客。即便没有这次交流活动,也会有许许多多的游客起大早前来乌菲齐排队参观像《维纳斯的诞生》这样的乌菲齐的镇馆之宝。那种场面不会比人们赶去卢浮宫看《蒙娜丽莎》有所逊色的。"

莫吉局长一面点着头一面回忆着刚才他进入乌菲齐时看见的长达数十米的排队参观的队伍。不禁感叹到自己已经在佛罗伦萨生活了五十来年,可算上这一次才是他第二次来乌菲齐美术馆。有些人近在咫尺却从没想到要进来看一看,而有些人却不远万里的赶来只为在这儿呆上几分钟,有意思。

"请继续说下去吧,乌尔曼小姐。"

"到了乌菲齐之后我就直接去了我的办公室。打开门,就看见有一个女人躺在地上。我凑上前去看,发现这个人已经死了,马上我认出了她就是昨天晚上来乌菲齐参加招待会的桑托罗夫人。我吓坏了,直接从办公室里跑了出来。还好,馆长先生来得也很早。"

维托尼罗馆长接着往下说:"当时我刚到美术馆,就看见乌尔曼小姐惊慌失措地跑出来,说她的办公室里有一具尸体。我简直无法相信,那个人就是我们的一位客人桑托罗夫人,接着就马上报了警。"

"那么昨天晚上的招待会是几点结束的?"

"大约十一点左右。"

"难道说这位玛丽安·桑托罗夫人在招待会结束后没有离开乌菲齐,她没有向你们告别吗?"莫吉局长目光锐利地紧盯着眼前的两个人。

"不,没有。有些客人在离开时向我们告别了,有些则没有。再说,在招待会进行的过程中我曾经出去过两次。"维托尼罗馆长坦白地说。

"你干什么去了?"

"一次是去办公室给我妻子打了一个电话,另外一次我去了保安部检查了一下安全工作,当时我有一点紧张,为了安全问题。"

"我能理解,不过看来你们的安全工作搞得并不好啊。"莫吉局长感叹道。

"美术馆的保安人员往往更关注于藏品的安全,谁能想到会发生这种事情。"

"乌尔曼小姐你呢,你离开过展厅吗?"

"当然,我去过洗手间。我想昨天晚上二号展厅里的任何人都可能离开过。我和馆长先生都没有注意桑托罗夫人。我想她也许是在我不在或者不注意的情况下离开的。"

"很显然,桑托罗夫人昨天晚上并没有离开乌菲齐。该死,总该有什么人看见她了吧。昨晚她都和谁谈过话。"莫吉局长怒气冲冲地说。

"在招待会刚开始的时候她一直都和乔尔瓦尼教授在一起,后来我,馆长先生、绮蜜、菲尼克斯先生,还有乔尔瓦尼教授和桑托罗夫人曾经坐在一起聊过一会儿天,但时间并不长,不久之后我们就相互分开了。"乌尔曼小姐回忆着。

"这个乔尔瓦尼教授是什么人?"

"他是佛罗伦萨大学艺术系的教授。"弗朗切斯科不经意地说了一句。

"你认识他吗?"莫吉局长好奇而意外地把头转向他。

"他是我女朋友的大学教授。"弗朗切斯科觉得很尴尬,但这时他也只能承认了。

"是绮蜜吗?"乌尔曼小姐惊讶地问他。

"是的。"弗朗切斯科冲她淡淡一笑。

这个时候馆长办公桌上的电话铃响了起来。莫吉局长马上站起身来,维托尼罗馆长也站了起来,他拉了拉身上似乎有点皱巴巴的西服,平静地对莫吉说道:"让我来接吧,外面一定乱套了。"

弗朗切斯科问他:"乌菲齐今天还会开馆接待游客吗?"

维托尼罗馆长表情无奈地摇摇头,悲哀地说:"恐怕不行了。"说完他走到办公桌边拿起了电话。给他打电话的是保安部的主管马赛罗·菲奥雷,他焦急而无措的声音表明了他现在的心情有多糟。

"馆长先生,你说吧,该怎么办。排队的游客越来越多记者们也都不肯离开。他们催促着为什么还不开门。"

维托尼罗馆长看了看手上的表,现在是八点三十八分,离开门的时间已经过去八分钟了。必须赶快解决这个麻烦。他对着话筒大声说道:"马赛罗,听着。让你的人都回到各自的岗位上去,千万不能有一点点的放松,但也不要过于紧张,看来今天我们得让那些游客们失望了。"他本想说我马上就来,但是转念又想到两位警察还在他的办公室里,并且看来没有马上离开的意思。他用眼角瞥了一眼乌尔曼小姐,心中盘算着该怎么办,但是乌尔曼小姐马上就心领神会了。她摸了摸自己微微有些肿胀的脸站起身说:"还是让我去吧。"

"你,还行吗?"维托尼罗馆长不太放心地问道。

"我没事。"乌尔曼小姐轻轻地说。"馆长先生。"她突然想起一件很重要的事情:"我们该闭馆几天呢?"她看似是在问馆长,实际是在探莫吉局长的口气。她看了一眼莫吉局长,想着这个老头不会让我们一直等到他们破案之后才开馆吧,可是莫吉局长并没有发表任何的意见。

"你说呢?"维托尼罗馆长听懂了她的意思并配合她反问道。

他们四目相对了一阵后,乌尔曼小姐缓缓说道:"我想一天足够了。"

"我也这么想。"维托尼罗馆长欣慰地说,同时送上感激的一瞥。这一次,乌尔曼小姐真的要走了,弗朗切斯科礼貌地站起身来,莫吉局长却没有那么做,他只是冷冷地用眯缝着的眼睛看着她离开。

在乌尔曼小姐离开了办公室之后,莫吉局长却立刻就站了起来,他对弗朗切斯科说:"走吧,我带你去看看尸体。"

"尸体还没有被弄走。"

"在送去尸检之前我想让你先看一看。很有意思啊!"接着,他转过身用一种类似于命令的口吻对维托尼罗馆长说:"馆长先生,请你为我们准备一份昨天晚上出席招待会的所有人员的名单。"然后他不放心地又补充着说："我是说所有,包括客人还有他们的伴侣,服务人员,保安人员和美术馆的工作人员,所有的人。看来我们要打一阵交道了。"

对此,维托尼罗馆长深信不疑。

第二十三章

乌尔曼小姐的办公室窗帘拉得紧紧的,灯却开得很亮,置身于这样一间房间让人感觉像是在黑夜。这里没有通常在案发现场总会存在的恐怖气氛,也没有人们想象当中的血腥味,只有一个用粉笔画出的人体轮廓痕迹,非常刺眼地出现在这间被整理得井井有条的办公室正中央的地板上。

弗朗切斯科蹲着身体仔细观察着粉笔的划痕后问道:"尸体被发现的时候不是面朝上的吧。"

"是的,脸朝下,几乎是趴在地上的。"莫吉局长点起一支烟。

"怎么死的?"

"初步估计是窒息而死。没有明显的外伤,脖子上也没有被勒过的痕迹,让人奇怪的是,在尸体上我们没有找到一点儿挣扎的迹象。如果这个人是被闷死的,那么我们应该可以找到她试图挣扎的证据,但是没有,她死得很平静。"

"也许她被闷死的时候已经失去了知觉。"弗朗切斯科说道,"头部没有被钝器砸过的痕迹吗?"

莫吉局长吐出一口烟,摇头说:"没有,我说过了没有任何的外伤。"然后他意识到了自己的这句话并不严密,他扬一扬眉,看了一眼放在一边已经装进尸体袋中的尸体说:"我是说没有任何可以致命或致晕的外伤。"

弗朗切斯科从地上站了起来，表情疑惑地看着局长："那么还是有外伤的了？"

　　"是的，我刚才说了尸体很有意思，就是指这个。我以前从来没有见过这种情况，真是不可思议啊。"

　　"什么情况？"弗朗切斯科催促着。

　　莫吉局长把手里的烟放进嘴里狠狠吸了一口，把烟头扔在地上，用脚踩灭。然后走到尸体旁开始拉尸体袋上的拉链，"你瞧，弗朗切斯科。凶手看来并不打算让被害人受多大的苦，这位桑托罗夫人很有可能是被事先麻醉了，然后用一个枕头之类的东西给闷死的。尸体被发现的时候她身上的穿戴十分完好，她佩戴着的价格高昂的珠宝也经由两个以上的人证实没有缺少。但是让我们非常迷惑的是，她的身上确实是少了一件东西。"莫吉局长的手突然停了下来，而此时桑托罗夫人的大半个身体已经出现在了弗朗切斯科的面前。

　　"什么东西？"

　　"她的鞋子。"

　　弗朗切斯科简直不敢相信自己的耳朵："你是说有人对这个女人身上的珠宝视而不见，却只是偷走了她的鞋子。"

　　"可以这么说，也可以不。因为凶手又为她穿上了另外一双鞋子，一双很明显并不属于她的鞋子。"

　　突然，莫吉局长把尸体袋上的拉链一下子拉到了底，弗朗切斯科放眼望去，觉得胸口像是被什么东西给狠狠地撞了一下。他看见，他给绮蜜买的那双红色的鞋子正穿在玛丽安·桑托罗的脚上。

　　"你说什么！"绮蜜盯着索妮娅的眼睛，觉得她所说的不可思议。

　　"你的耳朵没出毛病，绮蜜。你的红鞋被发现穿在玛丽安·桑托罗的脚上，并且她死了，就死在你的同事乌尔曼小姐的办公室里。"

"就在隔壁。"

"是的，就在隔壁。"

绮蜜抬起头恍恍惚惚地说："可是这怎么可能呢？"

"有什么不可能的呢？"

"我不知道，桑托罗夫人她怎么可能会死呢！"绮蜜还是很难接受这个事实。

"我们也不知道，但是一定会弄清楚的。"

"可是这还是不可能。"这一次绮蜜的语气肯定了许多。"我见过桑托罗夫人，知道她脚的大小，她不可能穿得上那双红鞋的。那鞋太小太窄了，我穿着都嫌紧，她根本就不可能把脚塞进那双鞋子里。"

索妮娅冰冷的脸上闪过一丝让人琢磨不透的笑容，她慢慢地说道："她是做不到，可有人替她做到了。"

"我不明白你的话。"

"凶手，切掉了她的一部分脚趾，这样她就能穿上你的红鞋了。"

"上帝。"绮蜜掩面叫了起来，"这太可怕了。"

"事实上你的鞋子很漂亮，如果你还想要再看它一眼的话，尸体现在就在隔壁。"

对于索妮娅的挑衅绮蜜很气愤，但是她不想在索妮娅的面前流露出恐惧。虽然感觉天旋地转，她还是支撑着向外走去。她伸手扶着墙壁寻求一点支撑，可是大理石墙面刺骨的冰冷透过手指传到了她的身上，让她禁不住地颤抖起来。虽然两间办公室只是相距几步路，可是绮蜜却觉得异常漫长。

乌尔曼小姐的办公室没有上锁，绮蜜把手放在球形的门把手上深深地吸了口气转动了一下把手。门开了，绮蜜向内望去，只第一眼，她就看见了她的红鞋和穿着她红鞋的那双还留有血迹的双脚，还有整具玛丽安·桑托罗的尸体。

"弗朗切斯科。"她绝望地发出一声很微弱的叫喊,向站在尸体旁的男友伸出一只手,就昏倒在了地上。

弗朗切斯科把绮蜜抱到一张后背高大的椅子上用手轻拍着她的脸,把她唤醒。

"绮蜜,醒醒,醒醒,绮蜜。"他呼唤着。

"这样没有用警长,你得用点力。"索妮娅靠着门框说道。

弗朗切斯科回过头狠狠地瞪了她一眼责备道:"你不该让她到这儿来的。"

"是她自己想来看看她的红鞋的。"

"莱恩小姐。"莫吉局长干咳了一声命令着说道:"我想你该去外面看看情况怎么样了,请你出去的时候把门锁上。"

"那好吧。"索妮娅无所谓地耸耸肩。她没有表示异议,只不过出去时重重的关门声显露出了她对局长在如此关键的时候把她剔除出去的不满。

绮蜜终于在弗朗切斯科温柔的呼唤声中慢慢地苏醒了过来,她努力地回忆起刚才的情景,然后面带恐惧地看着不远处的尸体。虽然现在尸体袋的拉链已经完全拉上了,可是一想到桑托罗夫人就躺在那里面,还是让她心中直发颤。

"好些了吗?"弗朗切斯科轻抚着她的秀发温柔地问。

绮蜜努力挤出一丝微笑点点头。

"你不该到这儿来的。"

"对不起。"绮蜜不自觉地低下头轻声说:"我影响你们的工作了吧。"

"不,事实上我正想请你来,小姐。"莫吉局长斩钉截铁的声音从弗朗切斯科的身后传来。

绮蜜和弗朗切斯科同时向他望去,两个人脸上的表情都是带着同样的疑惑。

绮蜜咽了一下口水问道:"我能为你做什么?"

莫吉局长走到绮蜜的跟前,蹲下,声音尽可能地温和。因为他几乎从不这样,因此显得十分做作:"小姐,你能为我们做很多,比如告诉我昨天晚上都发生了些什么事。因为我觉得被害人桑托罗夫人并非死于一次蓄谋很久的谋杀,而是被某个人一时的冲动而杀死的,昨天晚上在乌菲齐一定发生了什么事,让那个人起了杀心并且这么干了。"

绮蜜倒吸了一口冷气:"会是谁呢?"

"会弄清楚的,但是我们需要你的帮助。告诉我昨晚发生了什么,尽可能详细些。"

"可是昨晚来这里的人太多了,我该说谁呢,说我自己吗?"

"不。"莫吉局长摇着头:"我要你说的是维托尼罗馆长和乌尔曼小姐。"

"你怀疑他们?"

莫吉局长站了起来,脸上露出他所习惯的冷酷表情,这反而使他看起来更自然:"我亲爱的小姐,我怀疑所有昨天晚上来过这里的人,尤其是乌菲齐美术馆里的人。"

这一次绮蜜显得非常平静,她抬起头看着身材高大的莫吉局长说:"这里面也包括我对吧。"

"我还不能把你从怀疑人的队伍中排除掉。"莫吉局长回答得很坦白。

"那么我所说得你都能相信吗?"

"这个我们会做分析的,你只需要把你所见到的都说出来就可以了。"他停下来,想了想后又说道:"再说,我虽然还不了解你,但是我并不认为你是一个能把自己的漂亮鞋子套在死人脚上的人。弗朗切斯科。"他喊了一声站在一边的警长。

虽然不大愿意,但是弗朗切斯科还是从口袋里摸出了纸和笔,他准备开始做记录。莫吉局长也拉了一把椅子在绮蜜的对面坐了下来。

绮蜜闭上眼睛回忆着昨晚的情景,出乎意料的是首先出现在脑海中的景象是那位美国画家克劳斯·菲尼克斯。菲尼克斯先生纯净的笑容给她忧愁的心中吹来一丝快乐。不自觉地,她的嘴角和整个脸部肌肉开始向上弯曲。但她马上就控制住了自己,并且把克劳斯·菲尼克斯的身影暂时搁到一边。弗朗切斯科正在给自己找椅子,没有注意到她脸上细微的表情变化,但是这一切却没有逃过莫吉局长如老鹰一般锐利的观察力。

"我实在想不出昨天晚上有什么不正常的事发生过,维托尼罗馆长和乌尔曼小姐就更谈不上了,一切都很正常。招待会举办得非常成功,主客都很满意。被请来的客人可以说大部分都是对艺术很有见地的人,所以招待会始终充满了高雅的艺术氛围。招待会大约从八点开始,在刚开始的十五分钟左右我一直都和馆长先生和乌尔曼小姐在二号展厅的门口迎接客人。"

"这期间你们一直呆在一起吗?"

"差不多吧,后来等到桑托罗夫人来了之后,我离开了一小会儿回自己的办公室给弗朗切斯科打了个电话。"说着绮蜜朝着男友看了一眼。

莫吉局长也朝他看去,弗朗切斯科点了点头。

"你们都说了些什么?"

"没什么,电话只打了两三分钟,我告诉他晚上不用来接我了,我会搭同事的车回家。接着我就马上返回了二号展厅,维托尼罗馆长正在接待一位美国来的画家。交谈中我们了解到彼此都对戈雅的画很感兴趣,所以我就带着这位画家进入二号展厅里去参观了。我想在那之后一段时间里维托尼罗馆长和乌尔曼小姐应该还是在门口接待客人。大约一个多小时之后,我曾经四处张望寻想找我的大学导师乔尔瓦尼教授,结果我看见他正在和桑托罗夫人讨论着什么话题,教授在欧洲艺术史和绘画鉴定方面都是专家。我还看见馆长正在和两个市政厅的贵宾聊天,乌尔曼小姐则和考古博物馆的馆长和他的夫人呆在一起。"

"在这之前的一个多小时之内你都没有注意过他们俩人吗?"

"没有。"绮蜜摇着头说。

"那么这段时间里你都在干什么呢?"

绮蜜看着莫吉局长低下了头,长长的睫毛笼罩着她的眼睛,"我一直都和那位画家在一起谈论戈雅的绘画,没有注意其他的人或事。"

"难道一整个晚上你都和这位画家呆在一起,就没有和别人交谈过吗?"莫吉局长开始不耐烦起来。

"也不能这么说,招待会的尾声,菲尼克斯先生,就是那位画家、乔尔瓦尼教授、桑托罗夫人、乌尔曼小姐、维托尼罗馆长还有我曾经坐在展厅的休息区里闲聊过一阵子。可是时间并不长。维托尼罗馆长说要去给妻子打个电话先离开了,接着桑托罗夫人说要去洗手间,然后我和乌尔曼小姐也去了那里,等我回到二号展厅的时候教授说要先走了,接着是菲尼克斯先生,最后我回到了自己的办公室换下了礼服后就和答应让我搭车的同事一起回家了。"

"在你回办公室的时候展厅里的客人还多吗?"

"几乎没剩几个了,在这段时间我也没有看见维托尼罗馆长和乌尔曼小姐。"

"那么说在你去洗手间之前是你最后一次见到桑托罗夫人,对吧。"

"是的。"

"那好,现在让我们说点别的吧,你丢了一双鞋子。"

"这个警方已经都很清楚了,不用再找我求证什么了。是的,我的一双鞋子掉了,不过刚才我看见它正穿在桑托罗夫人的脚上。"

"我听你的同事乌尔曼小姐说昨天晚上你曾经穿过这双鞋子。"

"没错。一开始我是穿着它的,我觉得它和我的礼服很相配。可没想到的是,几分钟以后我就感到了不舒服,太紧了,我觉得脚被挤得很疼。"绮蜜低头看了看自己的双脚,然后把它们向前挪了一点。因为穿着凉鞋莫吉局长和弗朗切斯科可以看到她的两只脚的小脚趾旁各贴着一块胶布。

"你是在什么时候换上第二双鞋子的?"

"大约一个小时以后。"

"既然一开始就觉得不舒服为什么过了那么久才换呢?"

"我是想如果可以的话我就坚持一个晚上,毕竟那是一双非常漂亮的鞋子。"

"可是你为什么最后还是换了鞋子呢?"

"因为实在疼得受不了了呀。"

"所以你就离开了二号展厅回到了自己的办公室去换了鞋子,对吗?"

绮蜜摇着头:"不。"

弗朗切斯科停下了手中的笔疑惑地问道:"那又是谁为你去换的鞋子呢?"

绮蜜看着他犹豫了一下说:"菲尼克斯先生。"

"那个美国画家。"

"是的。"

弗朗切斯科沉默着低下头把绮蜜所说的写在了笔记本上。绮蜜一直看着他,希望他能再抬起头看看自己,可是弗朗切斯科却像是知道她的心思似的故意不肯抬起头来。

莫吉局长再一次向绮蜜发问道:"小姐你在招待会快结束时返回办公室换衣服的时候有没有发觉红鞋不见了?"

"没有,我根本就没有注意,已经很晚了,我只想早点回家去,根本就没有留意那双鞋子。"

"啊,是这样。小姐不知道你是否想过,我们遇到的是一位十分有趣的凶手。看起来他似乎很想让桑托罗夫人穿上你的红鞋,可是实在是很可惜,桑托罗夫人的脚太大了根本无法穿上你的小鞋子,所以他就切掉了她的一部分脚趾,这样桑托罗夫人就能穿上那双漂亮的鞋子了。你认为凶手为什么要这么做,这会是凶手杀人的动机吗?”

绮蜜觉得这位局长和刚才的索妮娅一样,都喜欢提一些无聊的怪问题,她冷淡地耸耸肩道:“我怎么能知道呢,也许这一切都是一个变态杀手所为,他杀死桑托罗夫人只是因为他不能忍受她长着一双大脚。”

“绮蜜小姐。”莫吉局长气呼呼地打断了她的话。“你不觉得这样说太不合理了吗?有谁会为了别人长了一双大脚而去杀人呢?”

“我不知道,是你问我的,找出真凶是你们警察的事。”

“那好,你觉得乌尔曼小姐会是那个凶手吗?”

“你在怀疑她。”绮蜜把眼睛睁得又大又圆,露出诧异的表情。

“别忘了尸体是在这里被发现的。”

“那又怎么样,这样就能说凶手是乌尔曼小姐了?”

“不能。”

“哈。”绮蜜突然笑了起来,“如果说有谁是因为长了一双大脚而该死的话,那么乌尔曼小姐是最该死的那个。”

“什么意思?”莫吉扬起了眉毛。

“局长先生,等你下次见到乌尔曼小姐的时候好好看看她的脚你就明白了。不过,依我看你们完全没有必要在这一点上过分纠缠,我不认为有人会无聊到这种地步,这非常不合逻辑,除非——”

“除非什么?”莫吉局长感兴趣地把身体向前凑去。

“除非还有第二次,第三次,甚至第四次谋杀的发生。”

“你认为还会有吗?”

绮蜜露出了一副天真的表情:“我不知道,也许有,也许没有。”

莫吉局长失望地向后靠去,叹了口气,突然他皱着眉头问道:"什么味道?"

绮蜜在椅子里转动了一下身体,摸了摸自己的鼻子说:"是麝香,乌尔曼小姐喜欢在办公室里点香。我的办公室里也有一个现在流行的精油灯。"她用手指着办公室里一个古色古香的木柜说:"不过乌尔曼小姐喜欢古老的香熏方法,那个柜子上摆着的,样子像是一对佛手的红木香炉是一个中国清朝时期的古董。把香支放在底座上点燃它,烟就会从两手之间的指缝中间冒出,她就是用它来熏香的。不过这种味道……"绮蜜又皱了一下她的鼻子说:"老实说,我不喜欢。"

莫吉局长又点起一支烟,一边吸一边说道:"我也不喜欢。"

第二十四章

莫吉局长的办公桌上放着两份报告。一份是法医刚刚为他送来的尸检报告,另一份是乌菲齐美术馆的馆长提供的昨天晚上参加招待会的所有客人以及工作人员和保安人员的名单。

他蹙着眉头看着坐在他面前的弗朗切斯科和索妮娅,举起尸检报告说道:"这是十分钟前送来的尸检报告,看看吧。"他把报告扔到了弗朗切斯科的面前。弗朗切斯科稍稍翻看了一下,又把它递给了索妮娅,然后说:"这和我们的看法基本一致,被害人死于窒息,除了脚趾上的外伤,身体的其余部分都没有发现有外伤,可是问题是被害人死前到底有没有被麻醉过呢?如果没有,那么为什么我们没有发现有挣扎的痕迹。如果有,为什么法医在尸体上什么都没找到。"

"这的确是个难题,另外说一下凶器,已经确认了,就是发现尸体的那位乌尔曼小姐办公室里的一只靠垫。法医已经在被害人的口中找到了和那只垫子相同的化纤成分，可是另外一件凶器还没有找到。"

"另外一件凶器，你是指那把切下被害人脚趾的刀吗？"索妮娅问莫吉。

"我们的人已经仔细搜查过那间办公室了，可是一无所获。而且不仅那把刀毫无踪影，就连那些被切下的脚趾也不见了，难道凶手把它们带走了。"

"也许是作为战利品。"弗朗切斯科说出了他的看法。

"如果真是这样，那么凶手就是个不折不扣的变态狂。"

"也许不是那么回事，只不过是故弄玄虚罢了。"

"鞋子，鞋子呢？上面没有留下什么证据吗？"

莫吉局长摇摇头说："没有，什么也没留下。按照正常的推理这双鞋子最近几天一共只有三个人接触过，绮蜜小姐、美国画家、还有就是凶手，当然前提是前两个人不是凶手。可是鞋子上没有留下任何人的指纹，鞋子被仔细并且彻底地擦拭过了，任何物理样本都没留下。"

"局长，现在我们该怎么办。"索妮娅问道。

"先别去管那些凶器了，依我看，如果凶手有意要带走它们，那么我们找到它们的可能性非常低。在我看来还得从昨天晚上参加招待会的人开始调查。"他用手指了指办公桌上的名单继续说道："这张单子上面一共列出了七十八个人，其中五十六个是客人，十二名保安，五名被雇来为招待会服务的饭店服务员，五名美术馆管理人员。凶手就在这七十八个人中间，我们得尽快找到他。"

"七十八个人。"

"我看没必要，我们可以先把调查重点放在那些最有嫌疑的人身上。"

莫吉局长瞪着眼睛看着弗朗切斯科说："详细说说看。"

"依据经验我们应该先把调查的范围定在招待会当晚和她接触过的人，以及最后见到她的人身上，这样就可以把这张名单上的范围缩小很多。"

莫吉局长用手指敲打着桌面大声说道："这当然是个不错的选择。先从昨天晚上最后见到桑托罗夫人的人开始调查，应该是维托尼罗馆长、乌尔曼小姐、乔尔瓦尼教授、那个美国画家，还有你的女朋友。"他故意这么说，想让弗朗切斯科意识到问题的严重性。

莫吉局长声音低沉了下来，他斟酌着该怎样把话说得更加婉转一些："因为绮蜜小姐的缘故，你在这个案子中会显得有些尴尬，弗朗切斯科，为了你自己也为了这个案子能早日水落石出，我希望你能——坚持公正。"

"我明白你的意思，局长，我知道该怎么做，你可以对我完全放心。"

"那好极了，我当然相信你。"莫吉局长从他的椅子上站起来说："那就去干吧，希望你们尽快找到凶手，解决这个大麻烦。"

弗朗切斯科和索妮娅也站了起来向门口走去，在离开局长办公室之前，索妮娅转过头，却意外地发现莫吉局长正在用意味深长的眼神看着自己。

第二十五章

索妮娅漫步在优美如画的佛罗伦萨大学校园内，思绪慢慢地回到了几年前。至今她都弄不明白自己为什么放弃学习艺术而下了做警察的决心。可能是在那段时间里她看了过多的警匪片，但更像是有什么人在她的脑子里告诉她该如何做选择，反正她选择了，并且丝毫不为当初的选择而后悔。可是今天，当她为了调查一件谋杀案来到儿时曾经向往过的充满浪漫情调的大学时，却感到自己被一种熟悉而温暖的情怀所包围。

乔尔瓦尼教授答应在下午三点钟，他的一节大课结束后见她，她特意早点来，倒不是怕他后悔不想接待她了，而是想给自己一个弥补遗憾的机会。

乔尔瓦尼教授的课放在一间半圆形的大型阶梯教室里上，来的大多数都是十分年轻的新生。因为身材过于矮小，教授非常厌恶站在讲台后面授课，他喜欢站在讲台的前面让自己肥胖的身材靠在宽大结实的讲台上。另外一件让他厌恶的事就是写板书，还是因为个子太矮，即使他再怎么费劲地把手举高，他的板书通常只能写在黑板的下半部分。当然现在对于他而言这已经不构成问题了，因为有了投影仪，他可以事先把资料保存在电脑上，然后在需要的时候利用投影仪把它们投影在黑板上。教室的每一块黑板上都已经装上了那种可以收缩的投影布。不过今天这块布的作用注定不大，因为只有两张照片需要展示给他的新学生们看，他怀着紧张而兴奋的心情期待着这初次的相会。

他站在讲台前环视了一下眼前的一百多名学生，突然把右手放在胸前，像一个18世纪的绅士那样给大家鞠躬，同时说道："小姐们，先生们，下午好。欢迎你们来上我的课。"

他滑稽的动作和语调让在场的学生哄堂大笑，他也跟着学生们一起大笑了起来，"我喜欢听到笑声，欢迎你们笑。"突然他用手指着前排的一个学生问："请告诉我你的名字。"

这位男生十分高兴地说出了自己的名字："我叫朱利亚诺，教授。"

"好，那么请你告诉我什么是经典艺术品，朱利亚诺。"

"嗯，经典艺术品就是那些历经了数百甚至上千年的时间锤炼，始终受到人们喜爱和欣赏并且崇敬的艺术品。"

乔尔瓦尼教授点点头又问："那么是否可以这么说，经典艺术品就是那些摆在博物馆或美术馆里，被保存完好的、或者是能在拍卖行里卖出大价钱的艺术品，对吗？"

"嗯。"朱利亚诺犹豫了，他想说是，可凭直觉他知道教授的意思是相反的。随着他的思索教室里鸦雀无声，好像乔尔瓦尼教授把这个问题抛给了在座的每一个学生。

然后,教授淳厚的声音在这间能制造出回声的教室上空盘旋起来:"我有一个学生曾经这样说过,艺术是十分主观的东西,对于一件艺术品的欣赏不应该受到它的名声、年代、作者的限制,关键是你是否发自内心的喜欢,能否和你的心灵产生共鸣。她还给我举了一个非常有意思的例子,她说,这就和爱情一样,爱一个人很难说出具体的原因,只需要一种感觉,一种从心底自然而生的感觉,只要有了这种感觉你便会不由自主地受制于它。任何想要去寻找和探究原因的人都是愚蠢的,因为一万个人就会有一万个不同的理由,并且它们通常都隐藏在你心底的最深处,无须刻意地探究只需遵从它就行了,世界上所有的事都是这样,爱情只是其中的一项。就像她总是爱说,绘画是没有规则可言的。"

　　"现在我再把这种观点移到艺术欣赏观上来,我知道每个人心底都有一种对自己未来所从事职业的声音,一种代表着主观和感性的声音。我希望在座的每一个人至少在艺术欣赏及再创造上都能遵从自己心底的声音,而不是总想着能否得到其他人的认可,不要受制于外界有形或无形的压力。下面我想让大家看看这两张图片。"

　　说着他打开了投影仪,随即两张照片被投影到了黑板前面的白布上,紧接着教室里一阵骚动,大家交头接耳地谈论着这两幅摄影作品。坐在教室后排的索妮娅也仔细地审视着这两张让她觉得似曾相识的照片。

　　从第一张照片的画面看,四个青年女子身穿着臃肿的西服套装以一种冷漠、目空一切的神态昂首阔步地走来,而在下面一幅照片中她们又以全裸的身姿以与前一幅照片中完全相同的神态和步态走来。

　　乔尔瓦尼教授给了大家很长的时间来品味这两幅作品,然后他的声音再一次响起:"这两幅摄影作品是一个名叫赫尔穆特·牛顿的摄影家发表在1981年法国版的《时尚》杂志上的,名字叫做《她们来了》。通过这两幅照片中的女性重复的神态和步态以及对于女性身体前后不同的处理,牛顿给出了一种特别的心理悬念与视觉震撼，让人感觉到一种莫名的紧张和兴奋。《她们来了》中的女性形象显得冷漠、孤傲、矜持，完全沉浸在自己的情怀中与观众似乎缺乏交流，甚至有一种抗拒感。与传统的理性化的女性形象相比，她们没有了往日的甜美柔顺，而是以一种咄咄逼人的气势，挑衅、进攻、扩张的姿态走向世界。我不想以一种时装摄影的审美观来评价这两幅作品，我自己也不是这方面的行家。只想以一个普通欣赏者的角度告诉大家，我之所以喜欢这两张照片是因为我觉得她们是一次经典艺术和现代艺术的美妙结合。牛顿用他自己的方式对古代经典艺术品所进行的一次再创作，不仅是他个人的成功也是现代摄影艺术的一次革命。"

朱利亚诺举起了他的手。

"请说，新同学。"

"为什么您说这两张照片是经典艺术和现代艺术的结合呢？"

乔尔瓦尼教授哈哈大笑了起来："难道你没有似曾相识的感觉吗？她们就没有让你联想到什么吗？在座的有哪一位可以告诉我这两张照片的原型是谁？"

"玛哈。"一个既响亮又干脆的声音从教室的后排传来。

乔尔瓦尼教授看了一眼回答他问题的索妮娅，用手指做了一个打响的动作继续说道："玛哈是戈雅创作的最为妩媚动人的女性形象。看过这两幅作品的都该明白她们之间既是那么的相同又是那么的不同。应该说正是通过《着衣的玛哈》和《裸体的玛哈》这两幅经典名作，牛顿才挖掘出了他心底最美的声音。在座的每一位同学，当你们走出大学校门的时候，你们中的有些人也许会成为一名画家、一名雕塑家、一名艺术品修复者、一名艺术史学家或者只是一名普通的图书管理员。但无论是什么，我希望你们都能遵从自己心底的声音，因为只有遵从了自己心底的声音，才能发现既而发掘自己能力之所在，最终找到自己的心灵家园。"他停顿了一下，最后说道："再次感谢大家来上我的课。"

教室里响起了雷鸣般的掌声,索妮娅也跟着学生们一起不由自主地鼓起掌来。几分钟后,当教室里的学生们都已经走得差不多的时候,索妮娅从她的位子上站起来向乔尔瓦尼教授走去。

"乔尔瓦尼教授,我就是今天上午给你打电话的索妮娅·莱恩,我们现在可以谈谈吗?"

教授关上他的电脑,眯起眼睛颇为惊讶地看着索妮娅说:"你不就是刚才回答我问题的那个人吗?我还以为你是一个学生呢。莱恩小姐,我们就在这里谈吧。"

说着,他走到教室座位的第一排为自己找了个位子,索妮娅挨着他的身边也坐了下来。

"你一定是来调查关于桑托罗夫人的事吧。"

"您已经知道了?"

"是的,今天早上乌菲齐美术馆的馆长打电话告诉了我这件事,我就猜想你们一定会来找我的。"

"因为您是最后见到她的人之一,所以我们必须找您了解情况,您和被杀的桑托罗夫人是老朋友吗?"

"不,恰恰相反,昨天晚上是我和桑托罗夫人的初次见面。"

"天呐,可我听说昨晚你们像老朋友那样交谈了很长时间。"

"说的没错。因为我们有一个共同的话题,玛丽安·桑托罗的丈夫弗朗索瓦·桑托罗,他是我的一位老朋友。我们一起回忆了关于他的一些往事,还聊了聊与昨晚的招待会有关的艺术话题。反正就像是普通的社交圈里人们通常做的那样,尽量寻找一些能把我们联系到一块儿的话题。我得承认桑托罗夫人很健谈。"

"你们都谈了哪些有关艺术的话题,是和普拉多有关的吗?"

"差不多吧,还谈到了一幅几年前被盗的戈雅名画《倒地的公驴》。"

"我听说它已经被找回来了。"

"是的,听说这幅画被找回的过程相当神秘。可是画主对于能找回这幅画已经是谢天谢地了,所以根本不打算追寻这后面一些耐人寻味的细节问题了。"

"乔尔瓦尼教授,桑托罗夫人有没有向你提起另外一幅被盗的作品《荡秋千的少女》。"

"她没有,我曾试图把话题引向那个方向,可是桑托罗夫人非常敏感,她很聪明地就把话题给扯开了,我没有机会向她打听另外一幅被盗作品的下落。"

索妮娅聪颖的双眼不停地转动着,她的头脑中在思考着下一个问题。接着,她用沉重而严肃的口吻说道:"乔尔瓦尼教授我有一个非常重要的问题,您认为昨天晚上发生在乌菲齐的可怕的罪行是一个变态凶手的所为吗?"

然后她瞪大了双眼紧盯着教授的脸,生怕错过了任何一个他脸上最细微的表情变化。

最初的几秒钟乔尔瓦尼教授的脸上没有任何的表情变化,然后他蹙起了眉头显得无法理解她刚才的话。"变态凶手,你为什么这么说。"

索妮娅笑了起来:"您还不知道吗？凶手切掉了桑托罗夫人的一部分脚趾,然后给她穿上了一双您的学生绮蜜的鞋子。"

"切掉她的脚趾,这是为什么?"

"为了让她能穿上绮蜜的鞋子。"

"我简直不能理解。"

"教授,难道你从未注意过你的学生长着一双多么小巧的脚吗?"

乔尔瓦尼教授不喜欢她提问的方式,他严肃地回答说:"我和绮蜜在一起的时候需要关注的东西有很多,比如她的好学和聪慧,但不包括她脚的大小。"

索妮娅又一次不合时宜地笑了起来:"教授看来您真的很喜欢这个学生呢。"

"可以这么说。事实上是我为她找了现在的这份工作,她是我从教多年来最聪明、可爱和热爱艺术的学生。为了让她高兴,也出于一点点私心我帮助她留在了这个城市。"

索妮娅嫣然一笑,不无嫉妒地说:"她可真是走运啊。"然后她又一次调整话题:"教授,请仔细想一想昨天晚上在招待会进行的过程中桑托罗夫人一共离开二号展厅几次。"

"让我想想。"乔尔瓦尼教授果然是认真地回想着,然后非常肯定地回答说:"我想应该是两次,第一次是在招待会开始之后的一个小时左右,她说要去补妆并去了大约十分钟。第二次是在招待会结束前不久她也离开过,可是因为几分钟后我就回家了,所以不知道她是什么时候返回二号展厅的,更不知道她又是什么时候最后离开的。"

"很显然她虽然离开了二号展厅却没能走出乌菲齐。那么您呢,您离开过几次。"

这时乔尔瓦尼教授宽厚地笑道:"亲爱的警官小姐,昨天晚上除了离开美术馆回家去,我没有走出过二号展厅一次。"

索妮娅神色黯然地站了起来,打算结束这次让她并不满意的问讯工作。可是在她正准备离开的前一刻,乔尔瓦尼教授给了她最后一点忠告。

"警官小姐,几年前玛丽安·桑托罗从她的丈夫那里继承了数额庞大的遗产和他生前所从事的艺术品交易生意,据我所知,在他进行那些数目庞大的交易活动时并不总是踩着法律的准绳行走的,并且非常有可能桑托罗夫人也把它们一并继承了过来,所以我觉得警方也许可以从这个方向找找线索,变态凶手,听起来太不可思议了,并且显得滑稽和愚蠢。"

索妮娅真诚地感谢道："谢谢教授,今天您让我收获良多。"在她走出这间半圆形的教室时她清楚的感觉到,如果说来的时候她还毫无头绪的话,那么在她将要离开的时候,她的心里已经有了一个前进的方向。

第二十六章

佛罗伦萨的城市风貌还保持着中世纪的样子,好像几百年来从未改变过。生活在这里有时会让人产生一种时光交错的感觉。克劳斯·菲尼克斯的工作室就位于老城区的奇维里纳大街,那儿离威尔第剧场非常近。说是工作室,其实就是他原来住的地方,几个星期前他在郊外租了一套风景怡人的小型别墅,市区的房子就用来堆放一些杂物和还没有来得及搬到新居的画作。他不愿意在自己世外桃源般的新家接待警察,所以就选择了这里。

现在时间还早,画家就沿着威尔第大街慢慢地逛着。这条大街的两边开着许多不太出名,但却别具风格的小店。他一边漫步,一边欣赏着小店橱窗里那些独特而又精美的陈设。大约走了十几分钟,他停在了一间门面不大的服装店前,很显然里面卖的都是女装。克劳斯·菲尼克斯站在门口又停顿了一会儿,然后推开了店门。门后挂着一串风铃,门一打开就会响起一阵悦耳动听的铃声,这铃声既清脆又响亮,足以让昏昏欲睡的人立刻精神大振。就在这曲风铃交响曲演奏到尾声的时候从小店里一块门帘后面钻出来一个人。他看上去相当年轻,上身穿着一件皱巴巴的罗宾汗衫,下身是一条已经褪色的牛仔裤,但肯定是某个大品牌的经典款型。他的皮肤白皙,可是却一脸的倦意,头发也很凌乱。他用手抚平自己的头发,然后带着腼腆的微笑问道:"您好,想要点什么?"

克劳斯打量了一下这位年轻的店主,然后又扫视了店里的陈设。小店的

衣服不多,但每一件都很别具一格,这正是克劳斯喜欢的风格。

"这些都是你设计的吗?"他问道。

年轻的店主轻松地耸耸肩:"是的,不但是我设计的,并且每一件都是我亲手缝制的。"

克劳斯又认真地打量了一番这个年轻人,这一次眼神中增添了欣赏。"很不错。"他赞扬道。

"谢谢。"年轻人有些不好意思地低下头。然后他走到衣架前随手拿起一件上衣问:"你想要点什么,我这里衣服不多,并且每一件只有一个尺码,但我接受定制。不过我不做男装。"

画家看着他笑道:"没关系,事实上我看上了那条裙子。"他的头朝橱窗方向转了过去。

年轻的店主马上绽放出了笑容:"你说的是那条红色的裙子吗。我给你拿下来看看吧。"说着他便上前打算把这条裙子从模特身上扒下来。

克劳斯阻止了他:"不用拿下来,我还想再做一点改动,设计图在吗?"

"在,在,请等一下。"年轻人又跑回到桌子前面打开抽屉,在里面一阵乱翻。"啊,在这儿。"说着他把那张裙子的设计图交给了画家。画家看了一会儿后对年轻人说道:"请给我一张纸和一支笔。"

"桌上就有,请随便吧。"

克劳斯半趴在桌子前把那张设计图放在一旁,一边画一边解释说:"瞧,你原来的设计是吊带露背的,我想改一改。"

他只用了两三笔便在纸上熟练地画出了一个女人的身型,然后开始画裙子:"我不要露背,至少不需要露出整个背部。但要露出肩膀,就像这样。裙子的长度也不用那么长,合适的长度是到脚踝,得把脚露出来。另外不要用那种纱作料子,我想要的是丝绒,可以吗?"他画完后看着店主问。

"哦,可以,没有问题。"年轻人随意地甩着头。

"这是尺寸。"克劳斯在图样的旁边写下了几个数字,然后把这张纸交给店主。

年轻的店主咽了一口口水问道:"还有别的要求吗,比如说颜色。"

克劳斯微笑着摇摇头说:"没有了,我就要那种颜色,绛红色,红的就像勃肯地的葡萄酒。"

店主也轻松一笑:"那好吧,我会认真做好的。请写下您的姓名和联系方式,裙子做好以后我会通知您的。"

当克劳斯写好了联系方式后他突然非常好奇地问:"您是给您的太太做的吗?"

"不。"克劳斯放下手中的笔说:"是给我的模特。"

"模特?"店主的脸上浮现出崇敬的神色,他那对因为困倦而失色的双眼突然之间像夜晚的星星那样明亮了起来。

"您一定是位画家吧。"

克劳斯点着头说:"我是个画画的。"

年轻的店主用仰慕的眼神看着克劳斯:"您知道我曾经在佛罗伦萨美术学院学习绘画,我也梦想着成为一名画家。不过,"他突然又有些不好意思起来:"有人说想成为画家你就得有挨五十年饿的本事,我得养活自己,所以就开始搞服装设计并且还开了这家店。"

克劳斯把手放在他的肩膀上鼓励道:"你干得很不错,坚持下去你一定会成功的。"

年轻的店主看着自己被画家拍过的肩膀开心地笑着,他的脑中忽然闪动出一个好主意。

"先生,您想不想再要一双鞋子。我不收钱,我可以用做裙子剩下的料子做鞋面,我过去在鞋厂当过学徒,手艺不算太好,但还行。"

克劳斯一边向外走去一边说道:"不用了,小伙子,她赤着脚时才是最美丽的。"

一阵风铃声又响起,克劳斯已经离开了这家小店。

画家打开房门,一股久未有人住的房子常有的怪味向他袭来。他皱一下眉头,走进客厅打开了窗户,然后在窗沿上坐了下来。从这里俯瞰整座城市,佛罗伦萨显得异常迷人。城市中矗立着的一座座具有历史意义的建筑物,壮观而又辉煌。屋顶的图案勾勒着隐没于市中的小巷的走向。四周小山环绕,宁静而又和谐宜人。粉色、陶土色、石头灰与橄榄和柏树的绿构成了城市的色彩。这整窗的景色既熟悉又美丽,也许正是这一窗的景色才让他选中了这套公寓。他从窗台上下来,走到一个摆在窗前的画架前,上面还架着一幅画。克劳斯想起来了,这是他搬家前不久开始动笔的一幅新作,他拉下画布,审视着他的最新作品。

一个多月以前艾米莉就是坐在这让克劳斯为她作画的。她那充满自然光泽的红发随意披散在肩膀上,身上只穿了件朴素的白色麻布裙子,披着一块有一种正在往下滑的趋势的黑色披肩。这身衣服是他选择的,在刚开始动笔的时候他觉得这套衣服和她身后的景色是那么的和谐,可是现在情况有些改变了,但他一时之间还找不出究竟哪里不对劲。他突然有一种拿出画笔和颜料重新创作的冲动,可是门铃响了。

弗朗切斯科按照说好的时间来了,不知是他故意还是别的什么原因,时间竟然刚刚好,一点儿不早一点儿不晚。站在门前,他觉得自己的心怦怦地跳得厉害,想要伸出手按门铃却好像没有力气把手抬起来,手心里居然还在出汗。他把手放在外衣上狠狠地擦了擦,然后闭上眼睛不顾一切地猛按了两下。门开了,弗朗切斯科终于见到了这位他特别想见却又似乎害怕见到的美国画家。

"请进吧,警官先生。"克劳斯友好地把他请进屋来。在他意料之中的,弗朗切斯科脸上闪过一丝诡异的表情。

"对不起,我刚搬了家,所以这里很乱,而且什么都没有。否则我可以请你喝一杯,请坐吧。"他为弗朗切斯科拉来了一把看起来很舒适的扶手椅。弗朗切斯科一屁股坐了下去,忽然间他发现整间屋子就只有这一把椅子。因为克劳斯又走到窗沿上坐了下来。

"那么,好吧,你想跟我说些什么?"画家摊开手掌问道。

弗朗切斯科把手伸向他的衬衣纽扣,他原打算解开一颗扣子的,却发现他已经解开两颗了。他摸索着第三颗扣子,最后还是扣上了一颗。他干咳了一声后说:"我很抱歉来打搅你,但是发生了一些事我们必须找你了解些情况。"

画家随便地耸耸肩膀:"这没什么,我十分愿意配合警方,究竟发生了什么事?"

"是昨天晚上的事。"

"昨天晚上,你是指乌菲齐。"他的眉毛一扬,有礼貌地表示惊讶。

"是乌菲齐。"

"天呐,难道有画被盗了吗?"

"不。"弗朗切斯科摇摇头:"比那还要糟,有人死了,是被谋杀的。"

画家几乎从窗沿上跌落了下来,他大喊道:"上帝,是谁? 不会是乌菲齐,乌菲齐的人吧。"

弗朗切斯科看着结结巴巴的他又一次摇摇头:"不是。我知道昨天晚上在乌菲齐举行了一次聚会,去那儿的宾客大部分都是与艺术有关的人士,你也是其中之一,对吧。"

"我是。"

"被谋杀的人是一位艺术品交易商,名字叫玛丽安·桑托罗。你认识她吗?"

"不,我不认识。昨晚之前我从没有见过她,也没有听说过她。"

"是吗?"弗朗切斯科扬起了一道眉毛:"据说她在艺术品界可是个响当当的人物啊,你是刚来意大利的吗?"

"谈不上刚来,有几个月时间了。"

"那么还是请你谈谈昨天晚上的情况吧,请尽量详细。"

克劳斯点着头回忆并且整理着思路:"请柬上印着的招待会开始的时间是八点,我去得比较晚,大约是八点十分左右吧。用来展出那些普拉多绘画的是美术馆的二号展厅。维托尼罗馆长和另一位乌菲齐的管理人员,她的名字我想应该是乌尔曼,他们就站在二号展厅的门口迎接来宾,我和他们打了招呼并且和他们稍微聊了一会儿。"

弗朗切斯科突然打断了他的话:"接待你的就只有他们两个吗?"

"一开始是的,后来当我准备进入展厅的时候维托尼罗馆长突然叫住了我,结果他又为我介绍了另一位乌菲齐的工作人员,是一位讲解员。"

"她叫什么名字?"弗朗切斯科明知故问。

"叫绮蜜。是一位华裔姑娘,她的出现相当令人意外,你知道她就这么突然地出现在我面前。"克劳斯笑了起来,表情像是正在回忆昨晚的场景。

"然后呢?"

"然后?"克劳斯微笑着看着弗朗切斯科:"然后一整个晚上我都和她呆在一起,也许只分开过几分钟。"

"为什么分开。"

"第一次是因为她的脚被一双新鞋挤得很疼,所以我替她去办公室换了一双鞋子。"

"鞋子。"弗朗切斯科喃喃地说着。

"是的,鞋子,一双红色的皮鞋,漂亮但不舒适。"

弗朗切斯科回想起了绮蜜站在橱窗前盯着这双红鞋看时的欣喜表情,那时候他也认为这双鞋子简直太美了,可是他没想到它被穿在脚上时会不舒服,更没想到它会被发现套在桑托罗夫人的脚上,他感到很后悔,觉得自己真不该为绮蜜买下它。他甚至隐隐约约地感到如果没有买这双鞋,这场谋杀也许都是可以避免的。

"第二次。"

克劳斯·菲尼克斯的话打断了弗朗切斯科的思路。

"你说第二次,怎么样呢?"

"第二次是因为她去了一趟洗手间,时间很短。你瞧,这很简单。"

弗朗切斯科看着自己的鞋尖,微微有些发愣地说:"除此之外你们一直在一起吗?"

"完全正确。"

"和被害者桑托罗夫人有过交谈吗?"

"有过。招待会的尾声,绮蜜想要和她的大学教授聊会儿,我们就在门口休息用的沙发上坐了一会儿,然后桑托罗夫人也来了,又过了一会儿馆长先生和乌尔曼小姐也走了过来,我们大家坐在一起聊了有近半个小时吧。我就是在这个时候和桑托罗夫人随便交谈了几句。"

"你是在几点离开乌菲齐的。"

"大约十一点左右,教授最先提出要走的,然后是我,我本想送绮蜜小姐回家,可被她拒绝了,所以我就自己回了家。"

弗朗切斯科点点头,到目前为止,克劳斯·菲尼克斯的回答非常简洁流畅,没有显示出任何不自然和值得怀疑的地方。不知为什么,他觉得自己似乎是在渴望着这位画家能露出一点破绽或者表现出一些惊慌的举动,但是他没有。弗朗切斯科依稀感觉到自己是在吃醋,他讨厌这位画家在谈论自己女友时的样子。但同时他又清楚不得把私人感情带进工作中,尤其是他现在正在处理的是一件谋杀案。

他从椅子上站了起来,克劳斯也从窗台上站了起来。弗朗切斯科向他伸出一只手说："谢谢你的配合，菲尼克斯先生。如果有必要我们可能还会来找你。"

克劳斯·菲尼克斯无所谓地笑笑说："乐意效劳。"

然后他们两人握了握手，奇妙的事情发生了，两个人几乎在同一时刻心中闪现出绮蜜的影子。弗朗切斯科赶快把她赶走，克劳斯则让她在自己的心中肆意地蔓延开，他突然很想知道乌菲齐美术馆今天会不会开门，也许不会吧，明天呢，他决定明天要去乌菲齐看看。

第二十七章

"请大家朝这儿看，现在出现在大家面前的是西班牙画家委拉斯开兹的著名画作《宫娥图》。"

二号展厅内，绮蜜穿着一身正红色的修身套裙、脚穿一双足有十厘米高的高跟鞋站在一大群游客的面前。她的长发披在肩头，从左右两边各挑出一小撮挽在脑后，用一只缀满水晶的发夹固定住。

"在画中我们可以看到委拉斯开兹画的是一幅皇室成员图。画家把人物置于一个很高的大厅里，屋内的装饰有着很重要的作用。左边立着大画架，画家正在挥毫作画，在画板的对面两堵墙相交成直角，侧面的一面墙装饰有宽大的玻璃窗，光线从第一和最后一扇窗户中射进来。大厅里边的墙上开着小门，门外的台阶隐约可见。两幅巨型神话题材的油画悬挂在镜子上方，而两位君主的身影就出现在这面著名的镜子里。"

"画家采用的透视法堪称范例，这幅画所表现的不单是一个简单的立方体，它所表现的是包括场上观众在内的完整空间。在这里各种人物在活动、在呼吸，包括观看者在内。这个空间不仅有着令人难以置信的纵深感，并且画框内外的人物均栩栩如生,从而把我们带到了四度空间之中。"

"好了,现在我把时间留给你们,你们可以随便走走看看,欣赏一幅作品不仅要用眼睛去看更需要用心灵去感受。"

她身边的人群纷纷地散开了,人们朝大厅的各处走去,嘴里轻声议论着关于艺术的话题。

绮蜜并没有离开展厅,而是仰起头继续观赏着面前的《宫娥图》。一个穿着一身黑色西服的男人慢慢地走到她的身后,他的两只手交叉搭在身后,他把自己的头靠近她,在她的耳边轻轻地说道:"前景中的人物不是面向观看者而是面向观众身后的国王和王后。这就是为什么观众会感觉到自己也属于画的一部分。你感觉到了吗,腓力四世和他的王后正在我们的身后摆弄姿势呢。"

绮蜜转过身惊讶地看着克劳斯,她带着不太明显的笑意说道:"菲尼克斯先生,只不过一天,您就开始想念这些艺术品了吗?"

"不,不,不。"克劳斯·菲尼克斯摇着他的一根手指说:"我怀念的不是这些艺术品而是您。"

绮蜜脸上的笑意更为明显了,她微微地歪着脑袋天真地问:"菲尼克斯先生您说话总是那么坦率吗?"

"是的,亲爱的小姐,坦率是我们美国人最大的优点。"

他的话让绮蜜哈哈大笑了起来,她把手插入画家的臂弯中,"那么现在您已经看到我了,满意了吗?"

"还不能说完全满意,记得前天,您在这间屋子里说,会考虑是否让我为您画一幅画,现在我来寻求答案。"

绮蜜眨着眼睛看着他说:"我能回答还没考虑好吗?"

"不能,小姐,我这个人不太有耐心,请您现在就给我答案吧。"

"菲尼克斯先生,为了不让您失望,我答应您了,但您得保证画一幅让我满意的画。"

"我会让您满意的。"

"那么什么时候，在哪儿？"

"这个周末的下午，在我家，这是地址。"他从口袋里摸出一张事先准备好的小纸条塞到了绮蜜的手里。"需要我来接您吗？"

绮蜜低头瞥了一眼那张小纸条回答说："不用了，我能找到。"

"好了，我的目的达到了，现在我不该再继续打搅您工作了。"克劳斯依依不舍地放下了她的手，然后深情地看了她一会儿，转过身消失在了门外。

绮蜜一直站在原地，直到他消失得无影无踪。她把手放在自己的脸上发觉自己还保持着微笑的状态，她揉了揉脸让它恢复平静，可同时她也意识到需要揉平的还有她那颗已经驿动起来的心。

第二十八章

莫吉局长没好气地看着面前的警长和他的年轻助手，心烦意乱。

"三天了，你们都干了些什么？"

"我们调查了大部分的嫌疑人。"索妮娅回答他。

"大部分。"他不满意地重复了这三个字。

弗朗切斯科慢吞吞地说道："我们重点调查了那几个最有嫌疑的人，可是目前还没有很明显的证据或者线索表示哪个人有特别重大的嫌疑，这的确是个棘手的案子。"

莫吉局长重重叹了口气，"我知道，我知道，弗朗切斯科。可是出了这样的事，你知道我承担了多大的压力吗？乌菲齐，甚至整个佛罗伦萨都会声誉受损。除了尽快破案我们还能有别的选择吗？"然后他突然把头转向索妮娅，

"你有什么建议吗,小姐。"

索妮娅有些受宠若惊地看着局长,然后清了清嗓子说出了她早就想说的想法。

"首先,我觉得这不是一次一时冲动之下犯下的罪行,而是一次有预谋的行为。凶手很可能早就想要杀死被害人,因此利用了桑托罗夫人去乌菲齐的机会实施了谋杀,凶手可能是被邀请的客人之一,更有可能是乌菲齐的工作人员。至于死者脚上穿的那双红鞋子根本就是凶手故意想要转移我们的视线而布的局。我认为这和整件谋杀案没有什么关系,和杀人的动机也无关。我们最好不要上当。"

莫吉局长静静地听着她说,脑子里忽然闪现出了几天前也有人曾经对他这么说过,是绮蜜,那位乌菲齐的讲解员。她们两人的想法真是不谋而合,是女人的预感吗?不过,绮蜜当时还说过,如果再发生这样的谋杀案才能考虑变态杀手的因素,难道说还会发生吗?只有天知道吧。

"弗朗切斯科。"他看着警长喊他的名字。

他的反应显然是要比平时慢一些,愣一愣后说道:"依我看现在就完全否定掉这件谋杀案和那双红鞋没有一点关系似乎为时尚早。在这件案子里面有几点是非常奇怪的。第一,凶手为什么要把尸体丢弃在乌尔曼小姐的办公室里。第二,他究竟怎样做到让被害人不反抗地窒息而死。第三,也是最奇怪的地方,为什么要给一双大脚套上一双小鞋,并且带走被切除的脚趾。我认为我们的突破口现在还是应该放在那双红鞋上。冒险去取红鞋只为了转移警方的视线似乎没有必要,那还不如自己带上一双鞋子呢。"

"如果自己带着鞋子,那么凶手是男性的可能性就大大增加了,毕竟女人的晚礼服和小包是塞不进一双鞋子的。"

"我还想到了另一种可能。凶手也许本来并不打算要杀死桑托罗夫人,甚至压根就不知道她也会去乌菲齐举行的招待会。而杀死她的念头是在招待会进行的过程中或者说意外见到她时突然迸发的,至于给她穿上红鞋和切除她的脚趾的行为也是凶手一时的灵光闪现。"

"哎呀,红鞋,红鞋。"莫吉局长在听完了手下的分析后烦躁地用两只手挠着自己的头发,然后又用双手把它们捋顺,"真不知道那个该死的家伙究竟为什么要这么干。"他像个蟾蜍似的长长呼了口气,拍拍双手以命令的口吻说道:"别管什么红鞋黑鞋了。我们的调查重点还是不能离开乌菲齐美术馆,能在绮蜜的办公室里取走红鞋又把尸体留在乌尔曼小姐办公室里的人最有可能的就是乌菲齐内部的人员。我要你们再去乌菲齐和那里的每一个工作人员都谈谈,别把眼睛总是盯在管理人员身上,保安、服务员、清洁工,总该有人看见了什么吧。陌生人走进了办公室,或者,"他停了下来,思索着,眼睛里流露出鹰一般锐利和警惕的目光继续说:"有人走进了不属于自己的门。"

第二十九章

10 月的佛罗伦萨已经开始阴冷起来了,但今天阳光明媚。湿润的空气扑打在绮蜜的脸上,感觉好惬意。克劳斯·菲尼克斯的新家门前有一条长长的种满紫藤的长廊,绮蜜慢慢地穿过这条被藤蔓和阳光的阴影夹杂着的长廊,来到了正门口。她按了一下门铃,听到了一阵古典而怪异的门铃声,一分钟后门开了,克劳斯·菲尼克斯手撑着门檐,微笑地站在她的面前。

看见他盯着自己看的眼神,绮蜜露出一丝羞涩的笑容微微低下头。

"您来了。"画家拉起她的手把她领进了他的家。

克劳斯·菲尼克斯的房子是一幢年代久远的文艺复兴时期建筑。房子有两层,总的来说十分小巧。两扇似乎经过改装的法式对开落地窗很显眼,从外往里望可以看出那里面是一间宽敞的画室。房子的外墙上爬满了绿色和暗红色的爬山虎,遮挡住了房子本身的浅灰色拉毛外墙面。房子的正前方有一片小小的花园,在靠右边的墙角下种了一些绮蜜不认识的低矮植物,左侧,在青草地上放着一张质朴的木制餐桌和两把木椅。

克劳斯·菲尼克斯看着她问:"觉得这里怎么样?"

绮蜜夸张地吸口气道:"空气好极了。"

克劳斯·菲尼克斯优雅地微笑着,"喝点什么吗?"

"随便。"绮蜜无所谓地耸耸肩。

他一转身向房子里面走去。绮蜜朝四周望望,最后决定先坐下来。她在木椅上坐下,把一只手臂搭在旁边的桌子上。桌子上放着两只大瓷碗。一只空着,另一只里面盛满了水。绮蜜呆呆地看了它们一会儿,突然觉得这两个碗放在这里有些奇怪。她好奇地把手伸进那个盛水的碗中,用手指蘸了一点水放在舌头上舔一舔,咸咸的,是盐水。这时候画家从房里走了出来,他的手里拿着一杯红色的饮料。他把它递给绮蜜。

"尝尝这个。"

绮蜜用一只手挡住刺眼的阳光,抬着头看着画家接过了饮料。

"这是什么?"她尝了一口,笑了,"是草莓。"

克劳斯在她的身边坐下,"对,是草莓汁。"

"你自己做的。"

"更准确地说,是我种的。"

绮蜜终于明白了那碗盐水的用处,是用来清洗草莓的,可是她还是十分惊讶地说道:"您,自己种草莓。"

"是啊,我喜欢这种植物。"他用手指向右边墙角:"那些低矮的植物就是草莓树,以前见过长在树上的草莓吗?"

绮蜜摇摇头。

"来,我带您去看看。"他不由分说地拉起绮蜜就向那里走去。

克劳斯·菲尼克斯和绮蜜一起跪在草地上翻开覆盖在上面的树叶就看到一颗颗成熟饱满的果实。

绮蜜兴奋地说:"看起来真不错,可我想不通你为什么会种这些。"

"这些果树是这幢房子以前的主人留下的,而我对它们也只是一时的好奇而已。"

一阵沉默,两人似乎一时之间失去了话题。绮蜜发现草莓树的边上有一些野生的雏菊,便摘了一朵,她把它举到自己的下巴上摩挲着,表情轻松而又愉快。

"那样很舒服吧。"克劳斯忍不住地问。

绮蜜笑了,她举起那朵雏菊蹭着他的下巴,克劳斯感到一阵轻微的痒痒的感觉,然后就是一种让人很舒服的发麻的感觉,不止是在下巴上更是在他的心里。他感到肩头碰上绮蜜肩头时轻抚的感觉,嗅到了她头发上的清香。他很想再靠近她一些,吻她。可是绮蜜的眼神让他没有行动。她的眼神,很多年以后当克劳斯·菲尼克斯回忆起她的时候记得最为清楚的就是她那一刻的眼神,那是一种压抑着某种幸福的眼神,短暂而又永恒地凝视着他。

"绮蜜。"他喊她的名字,用手为她掠开挡住她眼睛的一丝秀发。

可是绮蜜觉得他俩之间的气氛太暧昧了,她把头别开,重新把注意力放回到草莓上。

"我能摘一些草莓吗?"

"当然可以,瞧,旁边就有篮子,我再去给您拿个垫子来。"

"不必了,这样不就行了。"

绮蜜把身上的裙子往下拉拉,盖住膝盖和小腿,然后跪在草地上开始摘草莓。摘第一个草莓时她还十分的小心,好像生怕会弄坏了草莓,可是渐渐地她的动作越来越快,嘴里还不时发出嗤嗤的笑声。甚至忍不住直接把采摘下的草莓放进嘴里。有时她会突然转过身把一只还连着枝叶的草莓高举到画家的面前,让他抬起头才能咬住草莓,然后似笑非笑地看着他吃完,接着又转回去继续采摘的工作,不一会儿,篮子就被装满了。她从地上费劲地站起来,画家赶忙扶住她不让她因为腿发麻而跌倒,同时发出一声低低的叫喊,"天呐,您的裙子都弄脏了。"

绮蜜低下头看着自己的白裙子,的确,上面沾满了泥土和绿色的杂草。"没关系。"她用手拍打着,可是那样做裙子看上去更脏了,她鼓了鼓嘴,表情无可奈何。

"换一身吧。"他拉起她的手,"您的手真冷,洗个热水澡,换条干净的裙子我再给您倒杯热茶。"

绮蜜颇为惊讶地看着他说:"您有女人的裙子。"

画家暧昧地笑着回答她:"有几条,是我的模特来这儿作画时穿的。"

"那么我穿她的衣服她会介意吗?"

"我敢保证她不会,艾米莉既可爱又善良,也许我会介绍你们认识。"

"那可太好了。"绮蜜低下头,神色黯然地盯着自己的脚尖看了一会儿,"我来这儿七年了,两年前我最好的朋友离开佛罗伦萨回国了,我在这座城市再也没能交到一个同性的朋友。"

克劳斯为她拿起装满草莓的篮子,同时用手臂把她揽到身边,柔声说道:"来吧,我们进屋去。"

克劳斯放在浴室里的是一条朴素的不能再朴素的白色麻布连衣裙和一条做工精美的黑色披肩。绮蜜把浴巾随手放在一边,把裙子直接套在自己的身体上,又拿起了披肩。披肩的质地很软,上面装饰的黑珍珠散发着含蓄而妩媚的光泽。她把它搭在自己的肩膀上。又拿起了放在一边的热茶,绮蜜喝了一口尝出是一种红茶,味道芳香浓郁,她又连喝了好几口,马上感觉身体从里到外地温热了起来。她走到窗边打开窗户让新鲜清冷的空气流入房间。

突然一阵困意向她袭来,她想起往常休息日的这个时候她通常都要睡午觉的,可是今天……

她向旁边看去,一张古老的木床就在离她几步远的地方,似乎带着某种魔力般地在召唤她。

我在干什么?她问自己。我呆在一个陌生男人的房间里,穿着他给我的衣服甚至还想在他的床上睡一觉。真奇怪,不是吗?我好像已经不再是我自己了。我在做我从来没想过会做的事,但是在克劳斯的面前这一切却又是那么的自然而然。上帝啊,我不能再纵容自己了,我就快要控制不住自己了。她向卧室外面走去,故意把脚步声弄得极其响亮,仿佛想用沉重的脚步声提醒自己不要失去最后的理智。

克劳斯·菲尼克斯呆在他的画室里完成着那幅他为艾米莉创作的半身像。画中的她就穿着那身他给绮蜜的白色麻布裙子和黑色披肩,身后的背景是佛罗伦萨的城市街道,百花圣母大教堂在远处隐约可见。画中艾米莉的面部线条十分安详,嘴角上带着一点俏皮的笑容。这是画家最喜欢的一副表情,可爱至极。他想起了第一次见到艾米莉时她那警惕而羞涩的眼神和嘴角同样的一丝笑容,让他的心为之一动。他很清楚,那不是一种男女之间的爱恋,而是单纯的从艺术角度的欣赏,他决定在他呆在意大利的日子里他只要艾米莉担任他的模特。

这幅画接近完工了,只是衣服的颜色在光线下的几层阴影还需要做进一步的修饰。他拿出调色盘和颜料在上面调出了几种不同深浅的白颜色。同时他听到了楼上绮蜜拧开水龙头的声音和之后水流出的哗哗声。他微微一笑,觉得心里有一种很奇怪的感觉,好像楼上的女人不是一个与他前后相处不到五个小时的女人,而是一个他已经与之生活很多年的亲人。水还在哗哗地流着,他又一次专注起手中的颜料开始作画。在光线最明亮的衣服皱褶处颜色似乎应该再深一点,他在颜料中又加入了一点绿色,调一调开始为画着色,接着他又画了几个层次的白色以便更加生动地展现出艾米莉的姿态。

就较为苛刻的眼光来看,艾米莉的身材略胖,但这也是克劳斯喜欢画她的原因之一。他喜欢画身材丰韵的女人,并且讨厌近些年来十分流行的柴火棒体型。而这条裙子正好能够裸露出艾米莉丰满的胸部和圆润的手臂。

流水声停止了,克劳斯也不由自主地暂时停下了手中的画笔,抬头看了一眼天花板。没什么声音再响起了,他又把注意力放回到了作画上。但是几分钟之后便传来了蹬、蹬、蹬的响声,好像绮蜜正在用力踩着地板。她怎么了,生气了吗?克劳斯感到很困惑。接着又传来了下楼声,当一声重重的关门声后,房子又恢复了平静。克劳斯已经没有心思再继续作画了,他把手中的笔扔在了一只小水桶里,走到法式落地窗前,透过几棵挡在窗前并不怎么茂密的植物看到了绮蜜。她正在穿过草地朝着紫藤架的方向走去,令他感到吃惊的是她居然赤着脚。地上有不少凋落的树枝和碎叶,毫无疑问,她的脚踩到它们时是会被刺痛的,克劳斯甚至可以感觉到自己的心似乎也随着她的脚步颤动着。可是绮蜜好像毫无知觉,她一点也不在乎。她只是大跨步地走到紫藤架下,手扶着木桌的边缘喘着气,尽力让自己保持平静。这是一个漫长的过程,他们一起经历着、忍受着,就像人生中许多其他的痛苦一样,高潮来临后必然就会渐渐趋于平静。绮蜜终于坐了下来,把她的注意力放在了刚才她采摘的草莓上。它们都放在桌子上,绮蜜开始把它们放进盐水里清洗,一个接一个不厌其烦。直到所有的草莓都洗完了以后,她挑了一个最大的放在手中把玩着。她的双脚起初并排地踩在绿色的草地上,过了一会儿后,她把右脚抬起来放在左脚上,脚趾微微翘起摆动着,这个时候她看起来已经完全从刚才那不知何故而产生的忧虑中恢复了过来。

阳光透过紫藤架的缝隙洒在绮蜜湿漉漉的头发上,她的皮肤上,她肩头的黑色披肩上,她身上的白色麻布裙子上,她裸露在外的双手和双脚上。克劳斯·菲尼克斯靠在画室的窗台旁,远远地看着绮蜜,就像是要用他的双眼把眼中的景象永远地记录下来。

第三十章

索妮娅把车停在乌菲齐美术馆前的卡斯特拉尼大街上,在再次进入美术馆之前她要先整理一下思路。这是一个好习惯,她向来不喜欢被别人占据主动。她从外套口袋里摸出一本小小的笔记本,打开,里面记载着到目前为止她对这件案子的看法。

翻到第一页有用笔打着星号的几个字,乌菲齐美术馆谋杀案头号嫌疑犯——绮蜜。但那下面的一整页纸全都空着。她又把笔记本翻到第二页,上面写着嫌疑犯卡洛琳·乌尔曼,第三页维托尼罗馆长,第四页乔尔瓦尼教授,第五页美国画家。在每个名字的下面都或多或少写着理由。她从乌尔曼小姐开始温习起来,尸体被发现在她的办公室,并且作为乌菲齐的工作人员有很好的条件杀人。但她与桑托罗夫人并不熟悉,以前也没有什么交往。然后是维托尼罗馆长,他和桑托罗夫人是老朋友,可能与被害者有某种感情或者经济上的纠葛,他又是美术馆的馆长同样有很好的杀人条件。接着,乔尔瓦尼教授,此人是被害者丈夫的生前好友,与其可能有某种不可告人的渊源。并且对美术馆也同样十分熟悉。至于那位美国画家,与被害者并不相识,但是,是他把那双红鞋拿去绮蜜的办公室的,所以对那双红鞋的下落最为清楚,并且有可能利用换鞋的机会熟悉了现场。

最后她又把那本笔记本翻回到了第一页,拿出一支笔思索着望着绮蜜名字下的空白处然后写下了两个字——直觉。

她把车停好,向乌菲齐走去。明亮的阳光照射在光滑的大理石台阶上折射出的光芒照得她有些头晕。她放慢脚步想让自己尽可能保持清醒。可放缓的脚步反而让她觉得大脑更加迟钝。但就在这个时候索妮娅感到从胸口往上涌起了一股热气，随之带来一阵身体上的异样感觉，她无法描述那是一种怎样的感觉，可她知道每当这感觉到来时必定会发生些什么，接着她的大脑像是接收到了来自外太空的信息般接收到了一个讯息，今天，她的这次乌菲齐之行必然会大有收获的。然后那种感觉消失了，一切又恢复到了常态，可是她已经为刚才的那个信息振奋了起来，连脚步也轻快了不少。几分钟前让她感到痛苦的灼热阳光也成了最温暖舒适的外衣。

同没有发生谋杀案前一样，乌菲齐的门外排着长长的等待参观的队伍。谋杀不会影响任何事情，尤其是虔诚的艺术爱好者们的热情。索妮娅好笑地看着他们，她不明白在经过了几个小时漫长而烦躁的等待之后人们怎么还能怀着美好的心情去参观里面的艺术品。一个身材臃肿的男人正守在乌菲齐的门前，她不屑一顾地径直从他的面前穿过，却被他伸手挡住了去路。

"请你等一等小姐，如果你是来参观的，请排队。"

索妮娅不耐烦地掏出证件在他的面前一晃，脸上的表情像是在说：'你难道看不出我是来公干的吗，否则我怎么会这样大模大样地往里走！'可转念一想对方的做法也没什么错，尤其是她想到了莫吉局长的话之后，她更是努力向眼前的警卫展示出一个还算友好的微笑。

"你好。"她把证件塞进了裤兜里说，"我是刑事警察索妮娅·莱恩，是来调查那件谋杀案的。"

"噢，是的，我知道。"胖胖的警卫不安地摸摸他的帽檐，唉声叹气地说："这真是一件恐怖的事啊！"

索妮娅把手插进裤兜里盯着他问："举行招待会的那晚你在吗？"

菲奥雷点点头回答说："我在，但我没能进入二号展厅，我负责维持展厅外面的次序。那天晚上来了很多客人。"

"认识被害人吗?"虽然索妮娅这么问了,但却并不抱多大的希望,一个小小的保安,怎么可能。如她所料,菲奥雷回答说:"不,不认识。我的意思是说从没亲眼见过,我当然在报纸和电视上见到过她,她是个大人物,不是吗?"

"对,在某一方面是个大人物,也许正因为她是大人物所以才会惹祸上身。跟我说说那天晚上的事吧,随便什么,尤其是那些不太正常或者说让你觉得奇怪的事,有吗?"

看得出菲奥雷是在很认真地回忆几天前那个晚上的事,他皱着眉头苦思了很久慢慢地说道:"在我看来这整件事都很奇怪,哦,不,也许不能这么说。应该说都像在做一场梦,突然之间那么多的艺术珍品被运送了出去,接着又送来了许多西班牙人的杰作。我不太明白这究竟是为了什么。"

"为了艺术交流,也许为了吸引更多的目光。"索妮娅淡淡地说。

"也许吧,这是最合理的解释。可是,乌菲齐还不够引人注目吗?"他的目光移向排着的长队。

"至少还没有像卢浮宫那样引人注目。"

"要是没有发生那场谋杀案,我想说那天晚上可真是美好的夜晚。"菲奥雷喜滋滋地继续说道,脑子里回想着那晚的情景。"我站在二号展厅的门口,实际上并不是在门口。馆长先生、乌尔曼小姐和绮蜜小姐就站在门口迎接客人,我站在离他们约十几码远的地方负责守住一个通道,目的是不让客人们跑到别的展厅去。"

"那你应该看见被害人进来了。"

"没错,我看到了。她是个大嗓门的女人,一开口就震得大厅里'嗡、嗡'地回响。"

"她都说了些什么,有没有人陪她一起来呢?"

"没有人陪她,她是一个人来的。她说了什么我记不太清楚了,事实上我没有留意她说了什么,可她确实说了什么嫉妒之类的话吧。"

"嫉妒,什么呢?"

"我想是嫉妒乌菲齐美术馆的丰富馆藏,还有这次活动的成功,还有……"

"还有什么?"索妮娅对他没有说出来的话太感兴趣了。

"嫉妒绮蜜小姐的美貌,我看见她摸她的脸了。"

"哦,绮蜜表示出厌恶了吗?"

"没有。可是我觉得她和馆长先生看起来有些尴尬,除了乌尔曼小姐,她倒是没什么表情,就是看起来挺疲惫和冷淡。这不是待客之道,但她向来如此。"

"你刚才说馆长先生看起来很尴尬。"

"是的,我看得很清楚,当时他们两个人脸上的表情就是尴尬。"

"尴尬,馆长为什么要尴尬呢? 什么原因让他尴尬?"

菲奥雷耸耸肩表示对此他爱莫能助。

索妮娅盯着菲奥雷圆圆的憨厚的脸揣测着他所说的话的真实度。这个人不过就是个爱管闲事喜欢与陌生人闲聊的家伙,但是索妮娅知道他的话要比她在乌菲齐里听到的任何其他人的话都要来得可靠,当然不可避免的是,也可能更加无聊。

不管怎样闲谈结束了,她该去找那些真正与案子有关的人了。

索妮娅暂时抛开了杂念,随着参观的人群往里走去。

"警官小姐,你要去哪儿?"有人在她的身后喊住了她。

索妮娅愕然地止住脚步,转过身,看见乌尔曼小姐正站在她的身后。

"你要去哪里?"看着索妮娅的眼睛乌尔曼小姐又问道。

"我。"她举起一只手,就像不知道该说什么一样她也不知道该把这只手放在哪个位置才更合适。她很少有这种不知所措的时刻,然后她用她那惯常的冷静口吻说道:"实际上我很想找你谈谈。"

乌尔曼小姐似乎早就料到了,她用力跺着高跟鞋朝着索妮娅的方向迈出两步,面无表情地说:"跟我来吧,我们找个人少的地方。"她把索妮娅带到了第十号展厅里。高大空旷的展厅里空气清冷,墙面上有大片大片的空白处。索妮娅四处看看说:"这里的主人都去了西班牙吧。"

"是的,作为迎接那些二号展厅里贵客们的代价。"

"所以这里没人来了。"

"不知道有多少慕名而来的游客要失望了。"乌尔曼小姐的声音里带着深深的遗憾。

索妮娅抬起头看了一眼乌尔曼小姐,意味深长地问:"你也很失望吧?"

"我从没掩饰过这一点,可遗憾的是这似乎正在成为一种流行趋势。人们给艺术品投上巨额保险,然后再把它们送上飞机运往世界各个角落,我不想评论这样不好,可是这样做的确会带来很多的麻烦。比如如何保护这些艺术珍品不受损害。"

索妮娅认真地看着乌尔曼小姐,已经对她产生了很强的兴趣。她把手上戴着的皮手套的扣子打开,调整了一下手套的位置后又摁上了扣子,然后干巴巴地问道:"你不担心吗?"

"担心什么?"

"担心成为警方的头号嫌疑犯。别忘了尸体是在你的办公室里发现的。"

"是的,我当然没忘记,可,也许连我自己也有些奇怪,我既不担心也不害怕。也许还稍稍有些激动。"

"为什么,你不喜欢桑托罗夫人?"

"我本人对她没有任何偏见。哦,是的,也许有那么一点不太喜欢她,你可能并不了解这个人,她的性格怎么说呢,与我相抵触。但这不该被认为是杀人动机吧。"

"一般来讲不会,可谁又能说得清呢？请别误会我的意思,我的话并不是针对你说的。"索妮娅解释一下她说话的初衷。

乌尔曼小姐没有用语言回答她,只是用眼底流露出的一丝笑意表示她的不介意。

"那天晚上招待会结束以后你没有回办公室？"虽然索妮娅已经在报告中看过了乌尔曼小姐的口供,但她还是想要亲自再问一下。

"是的。"

"难道你不用换衣服或者拿包吗？"

乌尔曼小姐笑了起来,"我可不像美丽的绮蜜那样穿着漂亮的晚礼服,我只穿了一套普通的套装,我的包一直带在身边,在我需要补妆时用。"

索妮娅表示理解地点点头,然后问道:"我想再去你的办公室看看,他们把办公室还给你了吗？"

"是的,第二天就还给了我。"

接着,由乌尔曼小姐带路,索妮娅跟着她离开了十号展厅,当她们来到办公室区域时索妮娅却在绮蜜的办公室前停下了脚步。门微微开着一条缝,绮蜜的声音从里面传了出来,只有她的声音,她在打电话。索妮娅屏息倾听着。

"那个年轻姑娘吗？她是弗朗切斯科的助手,听说非常的有干劲……是的,我知道,我想现在弗朗切斯科一定为了这件事备受压力,并且我知道这压力来自于我,这让他办案时也许会缩手缩脚,我只能说这是一种无奈的巧合……我只能尽量让自己不被谋杀案所影响,事实上非常困难,我已经成了嫌疑犯,也许这会儿我和你的电话正在被警方窃听,我们只能祈祷这件事快点过去……你觉得谁会想要杀死桑托罗夫人呢,真是可怕,凶手一天不被抓住我就一天不能安心……好的,我会试着放松的……不,不是的,我给你打电话不是为了说这件事,教授你还记得那位菲尼克斯先生吗,就是那天招待会上的那个美国画家,他邀请我做他的模特,他说想为我画一幅画……实际上我已经答应他了……只是现在这个时候和他接触会不会给我们两个都带来麻烦呢……谢谢你的宽慰,教授,你总是这么纵容我。你知道这件事对我来说只是一个小麻烦,可是却让我心神不宁,现在我决定了……也许是一幅全身像……上帝,教授你可真厉害,就要像玛哈那样,至少他是这么说的,'让我为你画一幅玛哈那样的全身像。'也许是因为他是一位画家,我得承认他的观察力太厉害了,他似乎能看穿别人心里的想法……也许我真的对他另眼相看了,管它呢,我现在只想让他为我画一幅肖像画。也许我该去工作了,我再打给你好吗。再见。"

绮蜜放下电话,双眼发愣注视着前方,手中的铅笔敲打着桌面好像是在回味着刚才电话里的内容。门被推开了,她抬起头突然下意识地明白了她刚才说的话已经都被这位站在门口的女警官听见了。

"有事吗?"她很不悦,但又尽量不露痕迹。

索妮娅索性打开房门,身体靠在门框上,她精明的脸庞因为兴奋闪耀着迷人的光辉。她微笑着说:"别紧张,我不是来审问你的,我只是来做常规调查。"

"常规调查,这几个字听起来真可笑。弗朗切斯科没有和你一起来。"

"没有,警长有更重要的事要做。"

绮蜜低下头,不语。

"请别见怪,我刚才听见你在说玛哈。就是那两幅戈雅的《玛哈》?"

绮蜜点点头。

"也许你不信,事实上我对这两幅画也很着迷,我一直都把她们看作是一个整体,被戈雅完美分离的整体。"

"也许你这么看,可我从来也不这么认为。"

索妮娅略显夸张地张开嘴表示惊讶,然后颇有寓意地问道:"那么你更喜欢哪一幅呢?"

绮蜜几乎没有思考就脱口而出,"没有差别,她们都是玛哈。"

"《着衣的玛哈》,她穿着一件紧贴身子的白衣服,束一条玫瑰色宽腰带,上身套一件黑色大网格金黄色短外衣,以暖调子的红褐色为背景,使枕头、衣服和铺在绿色软榻上的浅绿绸子显得分外热烈。《裸体的玛哈》的背景相对沉静和阴暗,她的头略大,腰瘦小,尤其吸引人的是她的脚,很小的脚,小的简直和身体不成比例,对吗?"

"不成比例,说得对。这看起来有些奇怪,也许戈雅是故意那么画的。"

"为什么她就不能长一双那样的脚呢,你不就是一个很好的例子吗?"

绮蜜刚才还平静的脸色刹时转变了,她从椅子上站起来面色阴冷地看着索妮娅,就好像有一层薄冰罩在她美丽的脸上,"你的话很有意思,但也很无聊。"

索妮娅冷淡地回敬她道:"也许吧,但我说得对,不是吗?"说完,她就走开了。

"警官小姐我觉得你刚才的话似乎有些太……"

"过分! 对吗?"

乌尔曼小姐无语。

"绮蜜是个非常聪明的女孩,她懂得我的话究竟包含了多少意思。好了,我们不说这些了。有一个问题我一直弄不明白,凶手为什么要把尸体留在你的办公室里,或者说为什么选择在你的办公室里行凶。是随机的,还是事先早有预谋。如果是有预谋的那么这个人对美术馆必定很了解,如果是随机的那他在那晚也一定利用了某次机会了解过了这里的情况,除非他是一个胆大妄为的疯子。"

"也许他就是。"

"也许。"索妮娅根本不同意地随便答应了一下。"瞧,你说过你的办公桌上少了一把裁纸刀,这确实令人费解,似乎切掉被害人脚趾的行为只是凶手一时的兴起而非早有预谋。"

"的确,不过是否也有这种可能,凶手原来自备了凶器可是当他看见我办公桌上的裁纸刀后突然决定改用我的刀。"

"或者他带了一把刀,可是太钝了所以只能改用你的刀了。"

乌尔曼小姐不置可否地对索妮娅耸耸肩,两人同时笑了起来,显然对这个说法都不能接受。

然后索妮娅收起笑容板着面孔严肃地说道:"毫无疑问,凶手是个残忍至极的家伙,有谁能够切除了一个刚刚被自己杀死的人的脚趾,然后堂而皇之地把它们带走。"

"的确,是很残忍。"乌尔曼小姐低下头喃喃地说,随后她看着索妮娅问:"你为什么不坐下呢,请随意吧。"

"坐下,不,不,谢谢。我只想随便走走看看。"说着她走到那块曾经躺着尸体的地面上,站在中间转了一圈,又走到窗边撩起窗帘向外张望了一会儿,又回到了办公室的中间,这一次书架上的某样东西吸引了她的注意力。

"这个是用什么材料雕刻的?"

"是红木,一种昂贵的木料。这个香炉是中国清朝时期的古董。"

"那么它用来干吗呢,点香? 怎么点?"

"它的作用就是用来熏香的。不过我现在用得不多,大部分时候它只是一件摆设。在这个香炉出产的时期正是熏香十分流行的时候,只要稍稍有钱的人家都会使用这种香炉熏香,把一些香烛折断然后放进去点燃就行了,香味和淡淡的烟会随着炉盖上的缝隙散发出来,那种感觉很好。地中海地区也有这种传统,但更多的是作为一种宗教仪式的一部分。"

"是这样。"索妮娅伸出两只手做出一副要捧起它的样子,可实际上她只是捏住香炉的两只小耳朵而已,并没有提起它。然后她又注意到了放在一旁的一只陶瓷小盒子,她十分好奇地伸手过去打开瓷盒的盖子,看到里面放着的是一小段一小段的香支。有两种颜色,红色和绿色,她指着它们问道:"这些就是用来熏香的吧,我可以试试吗?"

乌尔曼小姐点点头,她开始有些不明白,为什么这位女警官对她的香炉那么感兴趣,她不咸不淡地回答道:"红色的是麝香,绿色的是檀香,我建议你试试绿色的檀香,麝香可不是每个人都能接受的。尤其是千万别把两种香混在一起点燃,否则那种味道可不是享受。"

"是吗,我差一点就把它们都放进去了。"索妮娅把一段刚放进香炉里的红色香烛又扔回了瓷盒里,取出一个打火机点燃了香烛。很快淡淡而又迷人的香味在房间里弥漫了开来,索妮娅和乌尔曼小姐似乎都不再愿意进行更多的交流只想享受这种独特的香味。

在那之后,乌尔曼小姐同以前一样,随着香味渐渐陷入了沉思,然后是一种半迷醉的状态,这种味道太让人放松了。就在她几乎完全沉浸在了这种梦幻般的氛围中时,索妮娅打断了她。

"我该走了。"她走到乌尔曼小姐面前伸出手坦白地说:"我知道自己不是一个受欢迎的人,但还是很高兴你的接待。"

"不用客气。"乌尔曼小姐和索妮娅握了握手,虽然她并不清楚自己给了这位女警官多少的帮助。女警官走了,很远了,乌尔曼小姐觉得自己似乎仍然能够听见她自信的脚步声。这个女孩对待绮蜜的态度她很不喜欢,她临走时那种自信满满的样子又让她很困惑,真是一个特别的女孩,和绮蜜一样。只不过,她们走向了两个极端。接着,她走到书架前,打开了放香支的瓷盒,那里面仍然有大半盒的香支。乌尔曼小姐记不得绿色的香支有多少了,可是她清楚地记得红色的香支共有五支,可是现在,她点了两遍,却发现盒子里红色香支的数量是四支。

第三十一章

原本美好的早晨,由于索妮娅的打搅被完全破坏了。绮蜜本来平静的心情无缘无故地波动了起来,这是一种十分难受的感觉,无法解释更无法倾诉。绮蜜想去洗手间把她的胃清空,可是尽管十分恶心她却没什么可吐的。她有一种不祥的预感,让她失去了继续工作的动力。她走进咖啡馆想给自己弄点喝的。

"请给我一杯开水。"她已经记不得这是她第几次向服务员这么要求了,而服务员则早就明白了她的意思。他在一个杯口很大的玻璃杯里盛满滚烫的开水小心地把它放在一个托盘上,再把托盘推到绮蜜的面前,同时不忘嘱咐一声:"小心,非常烫。"

"谢谢。"绮蜜端着托盘找了个靠窗的位子坐下,从口袋里摸出一个小铁盒。打开盒盖从里面倒出一些深绿色的茶叶放到杯子里,水还非常烫正好可以泡茶。随着茶叶慢慢地沉入水底,水的颜色由清变绿,绮蜜又陷入了没有任何意义的沉思之中,但同时她把一只手当作杯盖放在玻璃杯上,她可以感觉到热气慢慢向她的掌心涌来,可以感觉到有一层水珠凝结在她的掌心中间。

"这是什么茶?"一句听来十分舒缓地问句却把绮蜜吓得从椅子上蹿了起来,她使劲地甩着手喊道:"见鬼,真见鬼。"

"吓到你了?"一个长着一头毛糙金发的高个子女孩略带愧意地看着她。

绮蜜揉着自己的掌心自嘲地说:"不关你的事,我只是被烫到了。"

"在发呆?"这姑娘抿着嘴唇笑着问道。

"对,是在发呆。"绮蜜也笑了起来,只是这微笑的背后藏着一些苦涩。她仔细看了看对方过分白皙而长着雀斑的脸说:"你为什么不坐下和我一起喝这杯茶呢。"

"可以吗?"

"当然可以,只要再弄一个杯子来。"她们向服务员又要来了一只同样的杯子,绮蜜把她的茶匀了一半给陌生的女孩。

"真香。"这个女孩慢慢品尝着她的茶水。

绮蜜却没喝这茶,她又要了一瓶矿泉水,对她而言目前急需解决的是口渴的问题,而没有心情去品茶。

"你从哪儿来?"绮蜜转动着手中的矿泉水瓶问道。

"很远,非常远。"这个女孩冲着她神秘地眨眨眼睛。

"不会比我更远吧,我来自中国。"

"喔!"绮蜜看着面前的女孩把自己的嘴巴给弄成了一个字母 O 形,"好远哪,比我远多了。"

"听着挺远,其实也就是在飞机上比你多睡几个小时而已。你还没告诉我你从哪儿来呢。"

"啊,对了,我来自土耳其。"

"利用假期来意大利旅游吗?"

"是的,这次旅行我已经向往了很久了。我本想暑假的时候来,可是暑假里我得打工挣钱才能负担得起这次旅行的费用,所以我的时间不多,但是没关系只要三天就足够了。"说到这时她的眼睛里迸发出了激动的光芒,"最重要的是能来佛罗伦萨能来乌菲齐,我已经在这里转了一个多小时了,真是激动,等一会儿我就要去看那幅我已经向往很久的……"她的嘴角不自觉地流露出了迷人的微笑。

"向往已久的什么?"绮蜜也被她的神态激起了好奇心。

"《维纳斯的诞生》。"

"哦。"这回轮到绮蜜把嘴弄成了 O 形，身体沉重地往后靠去。

这个年轻女孩看着她的变化问道："你觉得我很傻是吗？千里迢迢地跑来只为看一幅画。"

"不，你一点也不傻。"绮蜜的眼神闪烁不定地转动着，决定要把不幸的消息告诉她。

"但是。"她沉吟着，觉得有些难以开口，"但是，非常不巧的是目前这幅画并不在乌菲齐美术馆。"

"不在。"这姑娘笑了起来，"如果《维纳斯的诞生》不在乌菲齐又会在哪儿呢，就像《蒙娜丽莎》不在卢浮宫又会在哪儿呢？"

绮蜜觉得这个姑娘应该已经相信了她的话，只是一时之间还无法接受，她诚恳地解释道："是的，大多数时间她是应该在这里的，可是不久之前我们美术馆与西班牙的普拉多美术馆举行了一次互相交换彼此藏品的活动，这你该知道吧。"

"今天早上我听说了，可是我没想到《维纳斯的诞生》也包括在其中，不，也许是我不愿意去想而已。"

"对你而言是很不幸，《维纳斯的诞生》也在交换品之中。"绮蜜盯着坐在她对面的女孩，她知道她很失望，她感同身受。她努力想使她高兴一点，"嗨，别太失望了，至少你可以看到许多普拉多的杰作，都是最棒的。这有多好，花一次钱可以看到世界上最著名的两大美术馆的藏品该是多么幸运啊。如果你愿意，我现在就可以领你去二号展厅。"

这个女孩坚定地摇摇头，显得闷闷不乐。

"如果你真的很想看《维纳斯的诞生》，你可以现在就去普拉多，马德里离这里并不太远，坐火车或是飞机都很方便。"

这个女孩又一次摇摇头，"不行，我恐怕没有时间了，明天我就得回去了，这次旅行真的很遗憾。"

绮蜜觉得她快要哭了,她真担心如果这姑娘哭了起来,自己也会控制不住地跟着一起哭的。不过,这个女孩显然比绮蜜想象的要坚强,她做了两次深呼吸后笑着说:"我没事,总还会再有机会的,谢谢你的茶,非常感谢。"然后她就想要离开了。绮蜜突然觉得自己一定要为她做点什么。"请你先等一等。"她在她的身后喊道,"你想不想听听这幅画的讲解。"

　　"什么?"

　　绮蜜也站了起来拉起她的手说:"虽然画不在乌菲齐,但是这幅画的灵魂还在。你一定熟悉这幅画上的内容吧。"

　　"差不多每一个细节。"

　　"那就行了,其实今天是个好机会,让你用心来感觉你最挚爱的画吧,跟我来。"

　　她们沿着走廊向前一路小跑而去,一直跑进十号展厅。

　　"就在这里,你坐下。"绮蜜把年轻女孩用力按压在一条正对着墙,供游客休息用的长椅上,指着对面空空如也的墙壁说道:"这儿就是挂《维纳斯的诞生》的地方。"

　　"是吗。"女孩半扬起头迷茫地盯着空白的墙壁。

　　"准备好了,现在闭上眼睛。"

　　女孩照做了。几秒钟后她感觉到了,在寒冷空旷的展厅里回响起了绮蜜温暖而充满感情的声音。"在浩瀚无比的大海深处躺着一个平淡无奇的贝壳。她安静地躺在那里渡过了无数个年月,直到 1482 年的某一天,这只贝壳从海底升上了海面。当贝壳打开的一刻,从里面出现的不是一枚散发着迷人光泽的珍珠,而是一个年轻的成年女性。少女刚刚越出水面,赤裸着身子踩在如荷叶般的贝壳之上;她身材修长而健美,体态苗条而丰满,姿态婀娜而端庄。一头蓬松浓密的散发与光滑柔润的肢体形成了鲜明的对比,烘托出了肌肉的弹性和悦目的胴体;西风之神和花神为她吹送带着玫瑰的春风,果树之神想要为她披上艳丽的披肩。她娇柔的身体优雅地站在贝壳上。在碧绿平静的海洋，蔚蓝辽阔的天空渲染的美好、祥和的气氛下，我们看到少女那略带困惑的眼神流露着的清纯的稚气。这就是融成人身躯与幼童稚气眼神于一身的，代表着美和创造美的女神维纳斯，整个世界将为她的诞生而动容。"

第三十二章

克劳斯·菲尼克斯作画速度不快，最近就更慢了。究其原因不过是他经常会在作画时想心事，这样他就不得不停下手中的工作直到把所有的心事都想完之后才继续工作。因此他为艾米莉画的这幅肖像画迟迟未能完工。有好几次，当他拿起画笔开始作画时另一个女人的脸庞就会出现在他的眼前，和艾米莉的重叠了起来，使他分心。而他必须下很大的决心才能把那张脸给赶走。

"克劳斯，我能看看那幅你已经画了好久的我的画像吗？"艾米莉端正地坐在画家的面前，一只放在身后的手不时地挠着后背，她保持那个姿势已经好几个小时了，她感到自己的身体已经开始向她抗议了。

画家对她微微一笑说："当然可以，马上就可以完工了，来看吧。"说完后他又向她招招手。艾米莉一脸兴奋地从椅子上蹿了起来小跑着冲向前。

"快让我看看。"她知道克劳斯不喜欢在他认为作品还不完美时让别人看到他的画，因此虽然心里有些着急但她还是尽量坚持着不去要求看那幅她早就向往已久的属于自己的肖像画（画家已经答应把这幅画送给她）。"喔。"她把她的小嘴做成了一个圆圈的形状，然后似模似样地说："看起来还真不错呢。"

"你喜欢？"克劳斯微笑着望着她，眼睛里有一丝溺爱的神色。他把身体往后退一点,眯起眼睛打量着那幅近乎完工的画,他忽然微微一笑摆了摆手。"也许这里还可以再改进一些,就是这里。"克劳斯拿起一支已经被他扔进水桶里的画笔又在颜料盘上沾上了些颜料开始修改背景中的颜色。

艾米莉站在一旁安静地看着他为画作修改,没有任何想要打扰他的意思,随着时间的流逝她开始把注意力转移到了画家的身上。脸上渐渐流露出一种崇拜而又敬慕的表情。画室内安静至极,除了画笔接触到画布时发出的极轻的沙沙声外没有任何其他的声音,艾米莉甚至可以听见屋外风吹动树枝的声音。过了很久,她盯着画家的脸终于忍不住地说道:"克劳斯,你的画可以被摆入卢浮宫。"

"你真这么想?"画家说着,但是没有停下手中的笔。

艾米莉认真地点一点头。

克劳斯这时停下了手中的画笔微笑着看着他可爱的模特说:"为什么不能是乌菲齐呢!"

艾米莉眼中立即流露出一种孩子般的不解,为什么该是乌菲齐呢,卢浮宫的名气不是更大吗?她没有把心中的想法说出来,只是不置可否地说道:"那好吧,随你。"

克劳斯心中暗暗好笑,艾米莉把几乎不可能的事情当作一件再平常不过的事情谈论着,并且态度和想法都极其自然,她确实单纯可爱。

"哦,不,不能是乌菲齐。"艾米莉突然高喊了起来,拉住克劳斯·菲尼克斯的手臂说道:"听说了吗,几天前那里发生了一件可怕的谋杀案,据说那个被杀死的女人还被切去了脚趾,真是骇人听闻,不是吗?"

克劳斯皱了一下眉头:"你也知道了,我还以为他们会对外封锁消息呢,传媒的力量真是伟大。"

"为什么我不能知道呢?我是从昨天的早报上看见的消息,本来我没有太注意这条消息,毕竟杀人已经不算是什么大新闻了,可是报纸上说凶手带走了被害人的脚趾我就记住了。你不是几天前去过一次乌菲齐吗，好像就是在凶杀案发生的前一天吧，也许你还和凶手见过面说过话呢！"

克劳斯像是在逗弄她似的说："我不能肯定我是否真的和凶手交谈过，不过有一点是肯定的，那就是我和被害人交谈过，她是个很活跃的女人。"

"听你这么说真是太可惜了，活跃的女人怎么会成为了被谋害的对象呢。"

"我想是因为这种人往往对外界缺乏警惕性。"

"是吗？不管怎么说真是个可怜的女人，不知道是有人蓄意的谋杀还是她碰巧被选中。"

"选中！你的这种说法真有意思。一个徘徊在乌菲齐的幽灵，随意选择着他的目标。"

"也许是吧。唉，不管怎么说这件事确实离奇，凶手还给那个可怜的女人穿上了一双红色的极小的鞋子，我觉得那个凶手一定是个疯子，也许是个对某样东西有特别癖好的恋物狂。"艾米莉天真地眨眨她的大眼睛继续着这个话题，而克劳斯惊讶地瞪着他的眼睛难以置信地说："你刚才说了什么，一双红色的小鞋子。"

"对啊。听说非常漂亮，根本不是被害人能穿得上的那种，可是凶手似乎是执意要让她穿上，所以切掉了她的脚趾，听起来和灰姑娘的故事有些相同，灰姑娘的姐姐们为了能穿上水晶鞋切掉了脚趾，残酷的美丽。"她兴奋地谈论着这件谋杀案中的奇怪情节，完全没有注意到画家已经显得越来越烦躁了，他粗鲁地打断了艾米莉："够了，艾米莉我不想再谈论死人了，我只想尽快把这幅画结束了好准备下一幅。"

"下一幅，你有新的打算了，想画什么？"艾米莉的思绪随即改变了。

"我想画一幅全身像，类似于戈雅的《玛哈》那种的，躺着的女性。完美地展现女性身材的画。"

"还画我吗?"艾米莉用期盼的眼神望着克劳斯。他并不想让她失望,可是他知道他现在必须对她说实话了,他摇一摇头表情有些为难。

"恐怕这次不能画你了,我另选了一位模特。她是我在乌菲齐的招待会上认识的,我请求她担任我的模特,她答应了我的要求,事实上过一会儿她就要来这里了。不过只此一次而已。"克劳斯以为会在艾米莉的脸上看到失望和不满,不过他错了。艾米莉并没有表现出明显的情绪变化,惟一的改变是她明亮的眼神黯淡了下来,就好像一盏被调暗了光线的灯。

她喃喃自语着:"当然,克劳斯,她一定很美吧。"

"等她来了,你自己评价吧。"

艾米莉鼓鼓嘴做了个幅度很小的怪脸,她已经开始在心中想象着克劳斯新模特的模样了。是个大美人,也许只是很有个性而已,或许是个四十岁的成熟女人……

第三十三章

绮蜜比约定的时间要早十五分钟到达克劳斯的家,今天他们要正式开始作画了。她十分讨厌意大利人的迟到习惯,又不太喜欢有些做作的准时到达,因此她选择早到。又一次穿过紫杉藤架又一次站到了克劳斯的家门前,站在半圆顶的门廊下她觉得自己在微微发抖,天又凉了,可她却穿得很少。门没锁,甚至露出了一条窄窄的缝隙,好像是专为她而准备的,她顿时感到温暖了许多。推开门,透过画室外的法式落地窗她看见了画家和一个年轻的女孩。画家专注着他的画,女孩则专注着画家。绮蜜虽然不会画画,但还是忍不住想眼前的景色也是一幅不错的画景——画家和他的模特。

艾米莉其实在心里揣测着克劳斯新模特的模样,同时还在考虑另一个问题,她该不该告辞了,她并不想打搅克劳斯和他的新模特,但好奇心驱使她留下。克劳斯并没有要她走的意思,也许她真的可以再呆一会儿,她这么鼓励着自己。接着她敏感地注意到了窗外有人。她轻轻地碰了一下画家的胳膊说:"你的新模特来了。"克劳斯马上放下画笔朝窗外望去:"对,她来了,去让她进来好吗?"

艾米莉轻轻嗯了一声。走到窗前,打开落地窗用紧张和羞涩的声调高声说道:"小姐,请进来好吗?"

绮蜜看着这张年轻而又陌生的脸紧张又羞涩,简直太可爱了。不知为何她突然想起第一次遇见弗朗切斯科时的情景,那时他脸上的表情同眼前的女孩如出一辙,也许当时的自己也流露出同样的表情呢。

在法式落地窗前种植着一排低矮的灌木,绮蜜提起裙子小心翼翼地跨过其中一株。然后握住艾米莉伸向她的手。绮蜜把头转向艾米莉,微微翘起嘴角迷人地微笑着,这是她面对给她良好第一印象的陌生人时通常展露的微笑。

"我早就听说过你了,艾米莉,我很高兴能认识你。"

艾米莉羞涩地微笑着,露出她的虎牙,她也喜欢绮蜜,尽管她们只交谈了一句,微笑了一次。

画家此时抬起了头,面对着一起走进画室的她们说道:"看来你们已经认识了。绮蜜,这就是我对你说起过的我的模特——艾米莉。"艾米莉好奇地观察着屋里的两个人,她看到绮蜜和克劳斯的眼睛对望着的时候同时闪闪发光了起来。她感到一丝惊讶和难受,可她还没有定下神来,就觉得自己已被绮蜜所左右,而且爱慕着她。她首先被她的美貌所吸引,接着又觉得绮蜜十分淳朴,她什么也不掩饰。但在她的内心里另有一个感情丰富又诗意盎然的超凡脱俗的世界,那是艾米莉所无法琢磨的。

绮蜜和艾米莉又互相看着对方,相视一笑。她们对彼此有一种直接、本

能的喜爱之情。然后艾米莉说道:"克劳斯刚画完一幅我的肖像,你想看看吗?"

"非常乐意。"

她们一起来到画前,屏息凝望。过了一会儿绮蜜柔声说道:"艾米莉,我喜欢你的头发颜色,非常漂亮,它们让你显得很有生气,可是……"她扬起了一条眉毛,"我不满意这幅画的背景,和整幅画不协调,色彩上有些重叠了。若是把城市的背景换成深色的背景墙也许情况会好一些。"

艾米莉颇感兴趣地把头转向克劳斯,他的脸上带着一种欣赏而又略带嘲弄的表情,仿佛觉得绮蜜的话很有趣让人发笑,但他又努力不让别人看出他想笑。然后,当绮蜜也把头转向他时他的脸上马上露出了充满温情的笑容,而绮蜜,艾米莉注意到在她那坦白而美丽的脸上泛上了一种孩子气的红晕。她忽然意识到自己呆在这里显得很多余。

她拿起自己的包略显唐突地向门口走去,同时说道:"好了,现在我该走了。还有事呢!"绮蜜不由自主地跟着她也朝门口走去。她们两人在靠近门口的地方同时停了下来。

艾米莉转身看着绮蜜,用充满感情的声音说:"再见。"然后她犹豫了一下,凑上来亲吻了绮蜜的脸颊,这让绮蜜非常惊讶,她也上前去亲吻了艾米莉的脸庞。当她们亲密地分开后,绮蜜说道:"我真高兴能认识你,希望还能见到你。"

"一定会的。"艾米莉向屋里的两个人摆摆手,走了。

"你们似乎很投缘。"克劳斯靠着他的一幅画前双手插在裤兜里。

"是的。"绮蜜坦率地微笑着。

克劳斯把他刚完成的画放到一边,然后他在画架上架起一块足有一人多长的画布。绮蜜走近他身边说:"看来你真的要画一幅《玛哈》那样的画了。"

克劳斯低头深情地看着她:"即使不能画得像戈雅那样好,至少可以在尺

寸上靠近些。但是有一点我自信已经超越了戈雅……"

"哦,是哪一点?"绮蜜很感兴趣地凝望着他。

克劳斯攥起绮蜜的一只小手放到唇边轻轻地吻了一下笑嘻嘻地说道:"我拥有更可爱的模特。"

绮蜜大胆地回望着他,并没有驳斥他的话,她从心底里喜欢克劳斯的赞美,并且完完全全地相信他是真心的。

"那么我们是继续这样彼此探究呢,还是开始画画?"

"作画,我们要抓紧时间。"克劳斯放开了紧握着绮蜜的手说:"我一直在回想上次你来我这儿都干了些什么,好像时间飞快地就过去了。"

绮蜜扳着她的手指说道:"我帮你洗了一个下午的草莓,而你,画家先生,好像一直呆在你的画室里。"

克劳斯用手指戳戳自己的脑袋:"我想起来了,我站在窗前观察了你一整个下午。"

"对你画画有帮助吗?"

"毫无疑问,现在闭着眼睛我也能把你画下来。"

"哦。"绮蜜把手指放在嘴唇上使劲装出一副不相信的表情说:"你也不要吹牛啊。"

"你不相信?"克劳斯大笑着问。

"一点儿不信。我在想你也许只是一个徒有其表的伪画家。"

"那好吧,为了向你证明我的能力我们现在就来试一下。"克劳斯拿起他的画笔,上面还沾有绿色的颜料对着绮蜜的脸就扑了过去。

"你不是真的吧。"绮蜜一边大笑着一边灵敏地闪躲着克劳斯指向她的笔。

"不,我是认真的,你可别想跑。"他挥动着画笔追赶着绮蜜吓唬她。

在灵活地逃脱了一阵后,突然,绮蜜停下了逃跑的脚步,满不在乎地扬起脸说:"我不跑了,我倒要看看你想怎么画。"

克劳斯靠近她,在她脸上腾空地比画了几下问道:"告诉我,你喜欢什么花。"

绮蜜思索了一下回答说:"莲花。"她马上就闭起眼睛,几秒钟后她感觉到克劳斯的画笔轻柔地在她的脸上掠过,她努力让自己不笑,又过了几秒后他画完了。她睁开眼睛看见画家正拿着他的画笔深情地注视着她,她不好意思地低下头,听见克劳斯在问她:"你想看看吗?"

"嗯。"她确实想看。

"来,跟我来。"

他把她领到一盆打算用来洗画笔的水前,绮蜜低下头看见水中的自己,左脸上画着一朵很小很小盛开着的莲花。她伸出手轻轻触碰了一下,感到手指上湿湿的,沾上了一点未干的绿色颜料。接着她从水中的倒影里看见克劳斯的一只手臂正从背后搂住她的腰,她感到了一种非常强烈的压迫感。克劳斯正在亲吻她的头发。她觉得昏沉沉的,转过身正准备抬头看他又感觉到了他的嘴唇正贴在她的额头上,然后是她的鼻子,在他的亲吻还没有移到嘴唇上,她说道:"难道今天你只打算画这朵莲花吗?别忘了,你答应过我的肖像画。"

她感觉到从他口中散发出的温暖气息在她的脸上慢慢化开,他放下了画笔用两只手搂住她,把她的右半边脸贴在自己的胸口,用下巴摩挲着她的头发怜惜地说:"当然不是,我们现在就开始吧,我把一切都准备好了。"他像变魔术般将那件定做的红色丝绒长裙展示在绮蜜面前,然后把满脸兴奋和满足的绮蜜推到了屏风后面。

可当她把身上的衣服脱下来拿起那件艳丽的长裙后却突然想到一个问题,这条裙子是谁的,也是刚才那个年轻女孩的吗?可在她穿上以后马上就明白,这条裙子是为她量身而制的。她把手伸到身后一面拉着拉链一面说道:"你能不能……"

还没等她的话说完克劳斯立刻很主动地走上来说:"当然,让我来帮你。"

绮蜜放下了拽着拉链的双手,把背转向画家。随着拉链一点点地被往上拉,绮蜜感到她的上身正在被这条裙子紧紧地包裹住,她不由自主地吸了口气。

"太紧了吗?"克劳斯在她身后细心地问。

绮蜜摇摇头。

"非常合身,这是谁的裙子,是专门为我定做的吗?"

"还能是为谁呢!"

"可你是怎么知道我的尺寸的?"

克劳斯淡淡一笑,异常真诚地说:"只要用心观察这并不困难。"

听完他的话,绮蜜忽然觉得虽然这条裙子非常的轻薄,可是穿在身上又是那么的温暖。她任由他把自己抱起来,然后安顿在一张仿古罗马时代流行的软榻上。"如果觉得累了,就把眼睛闭上休息一会儿。"

绮蜜躺在软榻上,双眼半闭半睁着。她的脑子里渐渐响起一种声音,那是不久前她和弗朗切斯科参加他的一个朋友的婚礼时牧师说的一段话。

"永恒的上帝,你把分离的两人合为一体,让他们永结同心。"他用柔和的唱歌般的声调念着,"并命定彼此百年偕老,今求赐福于你的仆人×××和×××,(她不记得新娘和新郎的名字了)指引他们走上幸福之路。上帝你爱世人,光荣归于圣父、圣子、圣灵,现在,将来,万世无穷。阿门!"

分离的两人,永结同心。这句话里含着多么深刻的意义,多么符合我现在的心情。

绮蜜望着画家在画架下露出的两条长腿问道:"克劳斯,你有宗教信仰吗?"

"没有。"他回答她。

"是吗？我还以为你是天主教徒呢。"

"为什么呢？"

"不知道，是我瞎猜的。"

"我认为每一种宗教或者文化都有其美好和黑暗的一面，我并不归属于任何一种，我有我自己的想法，这就够了。不过，说来有意思，有的时候我会打坐，它能让我在烦躁不安时得到心灵的平静。不过现在又多了一样……"

"我不知道，我也时常问自己这个问题，究竟什么才是最重要的。亲情、友情、爱情、事业、家庭、财富、智慧、美貌、健康，哦，不，我想都不是，只有灵魂的安宁和心灵的平静才是最重要的。过去，每当我烦躁不安时，都会走到一幅喜欢的画作面前去寻求一种宁静。可是现在同你一样，我的面前似乎也多了一条走向安宁之路。我想说那是……"

"不，绮蜜，别说。"克劳斯·菲尼克斯做了个让她停止的动作，"如果上天知道我们的心思，那么让我来替你说。"

绮蜜轻轻摇了摇头："别，克劳斯，如果我们已经明白了彼此的心思那又何必一定要说出来呢。"

他们互相望着对方的眼睛，眨了眨，什么都没有说。

第三十四章

弗朗切斯科·托尼警长是一个三十出头，精力充沛并且心地善良的人。在他三十岁以前的生活一直过得平淡而快乐，可就是似乎缺少一点什么。直到有一天他在佛罗伦萨的街头看见了绮蜜，他告诉自己从此以后我的生活有了重心。他很幸运，不久之后他就得到了爱她的机会和权利。他始终把它看作是此生最大的幸事，并且渴望能够永远地拥有。所以今天，当他拿着乌菲齐美术馆内咖啡馆的招待提供的口供时,越往下读越觉得他那曾经无比坚实的爱情基石正在遭受前所未有的侵蚀,而他只能为自己的无能为力而心痛。

这可真是一份糟糕得不能再糟糕的口供了,似乎什么也不能说明但又似乎能引起很多的怀疑和遐想。他讨厌遐想或者那些人们称之为直觉的东西。

2点40分招待看见被害人走进咖啡馆。

2点45分招待看见被害人和乌菲齐美术馆的讲解员绮蜜坐在一起喝茶。

2点50分左右招待被叫去为她们送一个空杯子,并且亲眼看见绮蜜把自己的茶倒给被害人。

2点53分招待为绮蜜送去一瓶矿泉水,虽然不能百分之百地肯定,但他确实没有看见绮蜜喝过她自己冲的茶,而是喝了矿泉水。

3点05分两人一起离开了咖啡馆之后去向不明。

然后在晚上9点15分左右乌菲齐美术馆的馆长在他的办公室发现了死者。

这能说明什么,无非就是被害人最后被人看见是和绮蜜在一起。绮蜜你在哪儿,究竟发生了什么事,为什么把手机关了,难道你也出事了吗?弗朗切斯科越想越觉得可怕,他已经无法保持冷静的头脑,甚至没有办法处理好现场的工作。好在有积极的索妮娅替他做了该做的一切。他有些木愣地站在馆长办公室里看着两个警察把尸体放进尸体袋中准备送去尸检。尸体的脚上有鲜血流出沾染到了脚上穿着的白色细带凉鞋上,这双鞋子他再熟悉不过了,他曾经许多次为绮蜜穿过。他闭上眼睛又一次承受着汹涌而来的心痛感觉。绮蜜,你到底在哪里?

办公室的门被重重地推开了,莫吉局长气冲冲地闯了进来,他严厉地盯着弗朗切斯科和索妮娅。

"有人向我报告这里又发现了一具尸体,到底是什么情况?"

弗朗切斯科刚想整理一下情绪回答局长的问话就听见索妮娅已经在替他回答了。

"晚上9点18分我们接到报告说乌菲齐美术馆的馆长在自己的办公室里发现了一具女尸。我和警长马上就赶到了这里。根据初步的现场分析这里没有发生过打斗情况,所以暂时还不能确定这间办公室是不是就是第一案发现场,不过根据检查情况和上周发生的那次凶杀案非常相似。被害人都是女性,都是窒息而死没有反抗迹象,被害人都被切除了一小部分的脚趾之后又被穿上了一双十分小的皮鞋。我们没有找到切除的脚趾,并且被害人原来穿着的鞋子也不见了。"

"一样的作案手法,看来是同一个罪犯了。"

"很可能是,但还不能排除模仿作案的可能。"

莫吉局长舔舔他的嘴唇说道:"看来事情越来越复杂了,被害人的情况呢?"

"从死者身上所携带的证件来看,被害人名字叫塔尼娅·阿卡莱切,土耳其人,很有可能是来这里参观的游客。"

"游客?那就是和乌菲齐没有瓜葛的人了,为什么要杀一个游客?难道凶手真的……最后见到她的人是谁?"

"据这里咖啡馆的一个招待说是绮蜜,就是那个讲解员。"

"我知道她是谁!"莫吉局长粗鲁地打断了索妮娅的话,话外音好像是在说我知道她是警长的女朋友。"口供呢?"

索妮娅看了看弗朗切斯科。他注意到了,有些不情愿地把口供递给了局长。莫吉局长只用眼睛扫了几秒钟后就把它还给了弗朗切斯科。

"这位绮蜜小姐呢,她的口供呢?"

索妮娅继续替警长回答局长的问题:"案发后我找来了几乎所有的工作人员,我们的人正在陆续为他们做口供,但是我们找不到绮蜜小姐。没人知道她去了哪里,她的手机也关了。另外两个乌菲齐的主要负责人,发现尸体的馆长和乌尔曼小姐的口供是这样的:馆长说他今天下午三点半以后去市政厅开了一个会,会后他和几个老朋友一起吃了晚饭,晚饭后他返回乌菲齐想来取一些资料,结果当他打开办公室的门后就看见了尸体躺在办公室中央。我们已经证实了他的话。乌尔曼小姐说她今天一直都呆在乌菲齐,她是准时下班的,差不多是在六点钟,但是她今天大部分时间都在自己的办公室和展厅里,没有去过馆长办公室。”

“我记得馆长办公室门口不是有一个秘书吗？她都看见了什么,今天下午有人出入过馆长办公室吗？”

索妮娅十分遗憾地摇摇头:“非常可惜,这位马蒂尔德小姐生病了,已经有一个多星期没来上班了。由于她平常的工作只是为馆长处理一些私人事物和安排工作日程,基本不参与对美术馆的管理工作,所以她不在并没有对美术馆和馆长本人带来多大的困难。”

莫吉局长沉吟了几分钟之后,他向房间里的另外几位警员挥了挥手示意让他们出去,然后对索妮娅说:“也请你先出去一下。”

莫吉局长点起一支烟把它递给弗朗切斯科,弗朗切斯科接过烟狠狠地吸了两口,然后长长地叹了口气。莫吉局长又为自己也点了一支,在吐完了几个烟圈后,他终于开口说话,语调听起来是那么语重心长。

“这一次还是她的鞋子,是吗？”在看到警长点头后他继续说道:“弗朗切斯科,我想我多少可以体会到一点你现在的心情,我知道目前你的处境很为难。一切看来似乎都与她有关,但又很可能是无关的,可是……”

“局长,我知道您的意思,绮蜜是我的女朋友,我可以坦白地告诉你,我非常爱她。我不知道她是不是凶手,我的确为难,您是想让我离开这个案子的调查,对吗？”

“你错了,弗朗切斯科,我没有打算这么做。我毫不怀疑你爱你的女朋友,可是根据我对你的了解,我相信你能够处理好这些问题,不会让感情来影响你的工作、影响你对案件的判断力,是吗?"

"是的。"弗朗切斯科非常坚定地回答他。

"我还有一个比较私人的问题,当然你可以不回答我。你们一起生活了几年了,对一个已经在一起生活了几年的人来说,要保守一些性格上的秘密或者说特点并不是那么容易的,人不可能永远都做到非常冷静,总会有软弱的时候。既然你们在一起很久了,那么以你对她的了解,你认为她会是能干出这种事的人吗?"

弗朗切斯科确实为莫吉局长的问题震惊,他意识到绮蜜的麻烦越来越大了,他本来想说有哪个人会傻到把自己的鞋子套在被害人的脚上,好像是在告诉所有的人我就是凶手似的。但是他又觉得这个解释是那么的苍白无力。莫吉局长甚至索妮娅对绮蜜的怀疑都是源自于类似直觉的东西,而要人们承认自己的直觉犯了错又是那么的困难,他如果一味地为绮蜜解释是否更加不妥当呢。绮蜜是凶手,他简直想都不敢想。他美丽、善良、恬静的爱人怎么可能是凶手,这决不可能,如果在这个时候连他也不相信她,那她又该怎么办呢!想到这里他决定向局长说说自己的心里话,不管局长相不相信。

"我认识绮蜜有三年了,在一起生活也快两年了。我从不认为她是一个性格上有什么缺憾或者不正常的人,她非常可爱,也许有点内向但并不孤僻。如果只能用两个字来形容她的性格我想再没有比善良更合适的字眼了,我不相信她会是杀人凶手,她决不会做那种事情的。"

他的话说完后莫吉局长也正好抽完了他的烟,他把烟头扔在地上用脚踩灭它,用严厉的眼神瞪着弗朗切斯科:"托尼警长,你是我们局里最出色的警察,这一点我毫不怀疑。正是出于对你的信任,所以我让你继续这件案子的调查,所以请你不要再浑浑噩噩了,记住你现在努力工作不是要为了证明你爱的女人有罪,而是要证明她没有罪。"

弗朗切斯科的手提电话响了起来,他马上接了电话。

"你在哪儿,弗朗切斯科,这么晚了为什么还不回家?"

弗朗切斯科闭上了眼睛心中念叨着四个字,谢天谢地!绮蜜你终于出现了。

"我马上就回来。"

他挂上电话看了一眼莫吉局长,对方向他点了点头轻声说道:"回家去吧。"

第三十五章

弗朗切斯科轻轻地推开卧室的门,绮蜜为他留了一盏光线暗淡的灯。他蹑手蹑脚地向床边走去,她看来睡着了,鼻腔中发出轻柔的呼吸声。弗朗切斯科在她的脸上轻吻一下,她的睫毛颤动了几下,努力地睁开眼睛,显得十分疲惫。

"嗨,你回来了。"她懒洋洋地说。

弗朗切斯科索性凑上去亲吻她的嘴唇,同时压低声音说:"我吵醒你了。"

绮蜜翻转过身体面向弗朗切斯科,她伸出手把他的头揽入自己的怀里,抚弄着他的头发:"我在等你,可是睡着了。"她的动作轻柔,弗朗切斯科感到很舒服,他把脸埋在她的胸口,感受着几周来他们之间少有的亲密。

"又有大案子吗?你最近难得这么晚回来。"

"是有一些麻烦事。"弗朗切斯科敷衍着,心里极不愿意把话题引入乌菲齐的谋杀案。"今天晚上你去哪儿了,我给你打过电话,可是你的手机关了。"

弗朗切斯科感觉到绮蜜抚弄他头发的动作慢了下来,他想她一定是在思考着什么。"我和一个新认识的朋友在一起,她是一个模特。"

"模特？你们是怎么认识的。"

"她不是时装模特，是人体模特，为画家作画的模特。"

弗朗切斯科一下子就明白了一切，绮蜜是怎么认识她的新朋友的，以及她整个下午的去向，他感到自己的心被刺痛了。为了摆脱这种痛苦他只能转移话题，于是他说道："绮蜜，我刚从乌菲齐回来。"

"乌菲齐。"她的声音听起来没什么特别的，"还在为桑托罗夫人的谋杀案忙吗？"

"不是的，是另一起谋杀案。"

"另一起。"绮蜜终于停止了手上的动作，双肘支撑着坐起来，"天呐，弗朗切斯科，你在说什么呀，又有人被杀了吗？"

"是的，并且和第一起谋杀案看起来几乎一样。"

"几乎一样。"

"被害人同样是女性，同样是窒息而死，同样被切掉了部分脚趾。只是这一次尸体是在馆长办公室被发现的。"弗朗切斯科站起来，目光落在绮蜜身上，她闪烁的眼睛里有一种紧张的神色。

"几乎一样。"她喃喃地盯着他说："还是我的鞋子吗？"

弗朗切斯科低下头，仿佛害怕看到她眼里痛苦的神色："那双白色的凉鞋。"

"哦，第一次谋杀案发生后我把所有的鞋子都带回了家，只留了这双放在更衣室的衣橱里，可是怎么会……"

"一定有人知道，一个熟悉乌菲齐的人。绮蜜，你好好想想，有谁知道呢？"

绮蜜摇动着她的头："不，不是的，才没有那么简单。有谁会在乎我是否知道些什么呢！大家都在怀疑我，认为是我杀了那些女人。"

"但不包括我，绮蜜你要相信我。"

弗朗切斯科抓住绮蜜的手臂把她拉进自己的怀抱,想用这种行动表明自己的态度。绮蜜伏在他的胸口问道:"谁被杀了,我认识吗?"

"一个年轻的土耳其游客。"

"土耳其游客,个子挺高,脸上长着淡淡的雀斑。"

"是的,跟你说的差不多。"

"我见过她,就在今天下午,在咖啡馆里。你一定已经了解了。"

"我确实已经看过招待的口供了。告诉我,你和这个游客一起呆了多久?"

"我不能肯定,大约半个小时左右。"

"一直呆在咖啡馆里吗?"

绮蜜摇摇头:"不,在那儿只呆了十几分钟,之后我带她去了波堤切利的展厅。"

"去看画?"

"去看《维纳斯的诞生》。"

"那幅画不是送去了西班牙吗?"

"那个姑娘特意来看《维纳斯的诞生》,这次错过她很失望。我带她去波堤切利的展厅只是想给她一点点安慰,唉,你不会懂的。"

她的话又一次深深刺痛了弗朗切斯科的心。"我不懂,也许我真的是不懂。如果你不向我敞开心扉我又怎能读懂你呢?难道这个世界上真的有一个人可以不用了解你就能看透你的心吗?"

第三十六章

索妮娅看见莫吉局长开车出去了。她又把头转向警长办公室,不出所料,弗朗切斯科正坐在自己的办公桌前发呆,他这个样子已经快一上午了。看来现在是个不错的时机,她离开了办公室,拐了个弯走进了电梯,摁了去五楼的按钮。那是她想去的目的地,法医办公室。

法医西莫内昨天晚上连夜工作后刚刚完成了尸检报告,现在正在打着瞌睡。索妮娅在走廊上为他倒了一杯咖啡,轻轻敲响了他办公室的门。

"是索妮娅啊,请进来。"法医戴上刚脱下不久的眼镜,感激地接过咖啡。"这正是我所需要的。"

"熬了一夜吗?"

"是的,总算完工了。"他用眼睛扫了一眼桌上的尸检报告说:"想看看吗,自己拿吧。"

法医一边喝着咖啡一边说道:"老实说,真是没什么特别的。被害人是被勒死的,上次那个是被闷死的。总之都是窒息而死,凶器应该是一根很普通的绳子。分析了从现场带回来的证物,我可以肯定是那根在尸体被发现的地点用来束窗帘的带子。我跟化验科的人谈过了,可他们无法在那上面提取指纹。不过有一点让我觉得奇怪,这一次我们在被害人的胃里发现了安眠药的成分,很显然这个可怜的姑娘死前曾被人麻醉了,然后再被勒死的。可是直到现在我还是弄不懂第一起谋杀案的被害人是怎么昏迷的。从尸体上我找不出线索,我怀疑是某种可能会在身体里被分解的催眠药物。但如果凶手真的有那样的药那么这一次为什么又不用了呢? 难道这两起谋杀案不是一个人所为?"

"说得有道理。"索妮娅指着尸检报告说道:"你的报告中提到被害人死亡的时间在下午三点到五点,不能更准确一点吗?"

法医无可奈何地耸耸肩:"恐怕不行了。要准确无误地确定死亡时间本来就是一件非常困难的事情,你必须给我留一定的余地。"

"可是下午两点四十五分时还有人看见被害人活着,那么她就是在那之后一直到五点之间被杀的。那么所有的人都有嫌疑了。"

"我很抱歉,让你失望了吧。"

索妮娅微笑着摇动了一下手中的报告:"不,西莫内,你的帮助永远是最大的。我把这份报告拿去给警长行吗?"

法医转过身随意地向她挥动着手,意思她随便吧,然后朝自己的休息室走去,现在他终于可以好好地睡个觉了。

索妮娅离开了法医办公室走进了隔壁化验科。头发长长的化验师菲利普正在摆弄着一些瓶瓶罐罐,看见索妮娅来了,马上从椅子上站起来,张开双臂迎接她,并且嬉皮笑脸地说道:"我最亲爱的索妮娅,今天我能为你效劳吗?"

索妮娅成功地躲开了他的双臂,灵活地闪到了一边。她喜欢他的殷勤,可是今天她没有心情和化验师调情。她双手托着尸检报告说:"我刚从西莫内那里来,可怜的西莫内,他累坏了。"

"又有新的案子吗?"

"是的,昨天晚上乌菲齐美术馆又发现了一具女尸。"

化验师善良而略显呆板的脸上露出了难过的表情:"真是遗憾,太糟糕了,有什么我能帮得上忙吗?"

"还记得几天前我要你帮我化验的东西吗,你说一有时间就会帮我检查的。"

"对。"化验师拍了拍自己的脑袋,他走到一个文件橱前,从里面取出一个袋子把它递给索妮娅,"我可是加了几天的夜班哪。你是从哪里弄到这些东西的,和案子有关吗?"

索妮娅一边取出袋子里的文件翻看着一边说道:"没关系,纯粹是私事。不过菲利普……"她的眼睛突然亮了起来,但又随即迷茫了,好像一个迷路的人刚弄清了南方却又发现指南针坏了,她叹了口气:"还是非常感谢你。"

"你知道的,我乐意为漂亮姑娘效劳。"

索妮娅返回到了楼下的办公室,警长仍在那里发呆。她把手中的尸检报告递给他。弗朗切斯科接过它,索妮娅注意到他的手有一点颤抖。她坐下来耐心等待他仔细研究着报告中的每一句话和每一个字。她自认为自己这一次的耐心足够好了,可是警长的速度似乎还是太慢了。

"和我们预想的差不多,对吗?"她终于忍不住说道。

"不见得吧。"他慢吞吞地说:"这一次被害人的胃里发现了安眠药的成分。"话一出口他的脑子里马上闪现出了乌菲齐咖啡馆里那个侍者的口供。"她要了一杯热水泡茶,又要了一个空杯子和一瓶矿泉水。她把泡好的茶匀给了那个土耳其女孩,自己喝光了那瓶矿泉水,真奇怪她没有喝那杯茶。"这可真是个可怕的巧合。

"我知道你在想什么,那杯茶,为什么她泡了却没有喝。你问过她吗?"

"没。"弗朗切斯科摇摇头。

"我知道这非常困难,要不要我替你去问呢?"

"不。"弗朗切斯科仍然摇摇头。

"警长,我们只有两条路继续调查。第一,把两次谋杀案当成两件不同的案子来调查,这样毫无疑问会大大增加调查的难度。第二,把两次谋杀案当成同一个凶手所为来调查,这样的话同样也很危险,因为这有可能说明我们正面临一个连环谋杀案。可是……"

"可是什么?"

"可是调查的难度无疑降低了。"

"为什么这么说?"

"你知道的,原来我们有五个主要的嫌疑对象,发生了第二起谋杀案以后人数降低了。"

"现在就把乔尔瓦尼教授和美国画家剔除出去是否早了点。"

"我不这么看。我已经做了一点小小的调查,昨天谋杀案发生的那段时间乔尔瓦尼教授在学校里上课,有一百个以上的学生可以为他作证。而那个美国画家呆在自己的家里画画,他的模特可以证明这一点。所以你瞧,情况变得微妙了。"

弗朗切斯科无奈地叹着气:"确实,该怎么办呢?"

"请恕我直言,如果你真的觉得找到凶手是最重要的,那么你就该在女朋友身上下更大的工夫,问题总得解决,想想看,要是再发生第三起谋杀案该怎么办呢?"

弗朗切斯科绷着脸,身体沉沉地向后靠去,索妮娅的意思他非常清楚,他知道自己害怕面对事实的真相,这种害怕甚至已经开始破坏他的判断力了,他打心眼里希望能出现一些新的线索好让自己把注意力转向别处。他没抱什么希望,不过有时候奇迹是会发生的,因为就在这时办公室的电话铃声响了起来。这一次他可没有给索妮娅先接电话的机会。

"我是警长。"他严肃地说道。

对方的声音苍老并且犹豫,仿佛在下一种极大的决心:"你好警长,我是乌菲齐美术馆的馆长维托尼罗。"

弗朗切斯科刚抬起眼皮把眼球转向索妮娅,却在一瞬间又改变了主意,他不想给她传递任何信息了。他以平和的口吻说道:"是你啊,我们有一段时间没见面了吧,怎么样,最近还好吗?"

维托尼罗馆长被他弄糊涂了,但警长的态度正是他想要的,他不希望他们之间的接触被第三个人知道。

"警长,我需要见你,今天可以吗,我有非常重要的事情要对你说。"

"你想见我,有什么事吗?"

"是关于美术馆,美术馆的事。"

警长的声调欢快了起来："虽然我很忙,不过既然是老朋友要见我,我现在就来找你。"

　　"好,我在自己的办公室等你。"维托尼罗馆长满意地挂上电话,可他对自己将要和警长谈论的话题仍然顾虑重重。

　　弗朗切斯科把尸检报告交给索妮娅:"我现在得出去一会儿,时间不会很长的。如果局长回来了你把报告交给他。"

　　"没问题。"

　　索妮娅一边随意翻动着报告的边页,一边看着警长在她面前走过,突然她喊道:"嗨,别忘了我跟你说的事,好好考虑一下吧。"

　　弗朗切斯科看着索妮娅,心里产生了一种特别的情绪,他很怀念他们刚在一起工作时的情景,那个时候他们可以说是战无不胜,似乎没什么他们俩解决不了的案子。他很清楚索妮娅有多么的聪明,可是现在,索妮娅似乎把她的聪明才智用错了地方,他很为她担心,可是又不能明说,所以只能对她遗憾地微微一笑。索妮娅以为她的小计谋得逞了,所以也向弗朗切斯科得意地微微一笑。

第三十七章

　　年老体弱的玛蒂尔德小姐病了,维托尼罗馆长不得不自己安排很多琐碎的工作,制定工作时间表、安排各种约会和社交活动、整理发言稿甚至自己冲咖啡。他当然可以更换一个更年轻更有能力并且身体更强壮的秘书,但是他却不愿意那么做,因为他已经习惯了玛蒂尔德小姐慈祥亲切的笑容,习惯了她冲的那种带有淡淡的苦杏仁味的咖啡,习惯了他在乌菲齐生活工作中的每一个小细节。要改变它们是痛苦的,可是在某些方面他必须得适应改变。

有的时候他认为也许是因为自己的年纪大了,所以不适应改变。有的时候他又非常羞于承认这一点。为了改变这种状况,套用一句时下流行的话,得学着跟上形势,他又努力地做着各种改变。雇佣绮蜜是一种,和普拉多的交流活动也是,当一切都踏上轨道以后,他又欣喜地发现改变是令人愉快的,因为这些改变为乌菲齐带来了新气象。他热爱乌菲齐的每一个角角落落,呆在这里他就有一种强烈的归属感。他在他的每一个员工的脸上都能看到这一点,乌尔曼小姐是最强烈的那个,其次就是绮蜜,和这样一些志同道合的人在一起工作无疑是极其愉快的。然而短暂的愉悦感过后忧虑又一次向他袭来。尤其是在最近一两天里,他感到自己在对待谋杀案的态度上做得非常不够,他从未明确表过态,没有说过让员工们安心工作之类的话,也没有为警方的调查工作提供过任何的帮助。并不是他不想这么做,而是他确实有顾虑。

这种情况再继续下去是危险的,是他该有所行动的时候了。维托尼罗馆长疲惫地靠在座椅里,利用警长到达前最后一点时间整理一下思路。他在赌博,这一点他很清楚,他选择了他认为最合适的对手,赌注就是他的名誉。

弗朗切斯科在到达乌菲齐以后并没有直接去找馆长,而是想先去看看绮蜜,今天早晨他们几乎没怎么说过话,当他们在乌菲齐分手时她甚至没有和他吻别。他可不想把这种冷战继续下去,那样太折磨人了。各个展厅仍然人头攒动,游客们似乎没有受到谋杀案的影响。

他走进二号展厅用目光搜索着绮蜜的身影,很快就发现了她。绮蜜正站在一尊雕塑的旁边,脸上的表情迷茫而无助,完全是一幅心不在焉的样子。

“和我一样,她也不好受。”弗朗切斯科正想要走上前去拥抱她时,发现自己并不是惟一一个想要给绮蜜送去惊喜的人。一个红头发,个子高挑的女孩正轻挪着步子来到绮蜜的身后,她伸出一只手在绮蜜的面前做出要蒙住她眼睛般的姿势挥动了几下,同时用一种古怪的声调说道:"猜猜我是谁?"

绮蜜不用猜,在这座城市里她认识的人屈指可数。她握住眼前的那只手转过身看着它的主人说:"艾米莉,就算你把头发染成蓝颜色我也能认出你是谁。"

弗郎切斯科迅速躲到一个她看不到的角落里,继续观察着绮蜜和她的朋友。毫无疑问,这个女孩的到来已经为绮蜜带来了新气象,她现在已经摆脱了刚才那副低落的样子,满脸闪动着充满活力的光辉,这不禁让他对这个女孩更加好奇起来。

她们仍然握着彼此的手,艾米莉微微歪着头笑意盈盈地说着:"我这几天无所事事,听说乌菲齐在举行西班牙画展所以就来看看,顺便碰碰运气,看我能不能遇到你。啊,我运气真好,一走进展厅就看见你了。"她帮助绮蜜抚弄了一下她额前的乱发接着说道:"你在干吗?为什么一个人站在这里发呆。"

绮蜜随意地对她笑笑说道:"没什么,只是觉得有点累。"

"是啊,瞧你,都有黑眼圈了,昨晚没睡好吧。"

"根本就没睡。"绮蜜不好意思地低下头说:"不过看到你真是惊喜。"她朝着四周挥动一下手问道:"觉得这些画怎么样,想让我带你参观吗?"

艾米莉满不在乎地看看四周的画说道:"老实说我对它们没什么兴趣,在我眼里没人画得比克劳斯更好。"

"你这么对他说过吗?"

"说过,我说你的画可以被摆进卢浮宫。可你知道他说什么吗?他说为什么不能是乌菲齐。这个家伙有时候简直不可理喻。"

"你说得没错。"绮蜜被艾米莉脸上生动的表情打动了,也跟着她一起挤眉弄眼起来。也许是她觉得自己的性格太过忧郁沉闷,因此特别喜欢和有感染力的人在一起,艾米莉和菲奥雷一样,都拥有同一种魔力。他们能把自己和身边的人带进乐观的海洋里。如果说绮蜜生来就带有忧郁气质的话，那么她的这两个朋友就是很好的情绪调节器。

"啊。"艾米莉像是突然想起了什么，"你的画怎么样了，开始画了吧。克劳斯有的时候手脚真是慢得可以。你还记得上次在他家里看到的那幅我的半身像吗，他足足画了两个多月，到现在还在不停地改呀改呀，天知道什么时候才能真正完工。有的时候我简直怀疑他作画就像西班牙人修建教堂一样，永远没有结束的一天了。"

绮蜜禁不住笑了起来，她很自然地为克劳斯辩解道："这没什么，有些画家需要用几年的时间才能完成一幅作品呢。"

艾米莉不满意地摇摇头说："管他呢，让他去画吧，至少他可以在佛罗伦萨呆更长的时间了，这样不是很好吗？"

绮蜜可不这么想，克劳斯在这里呆的时间越长她的烦恼就越多问题也就越大，她的表情又黯淡了下来。

"这里好闷哪。"绮蜜拉开了衣领，以手当扇，扇着她微微涨红的小脸。

"那我们出去走走吧，想去哪儿？"

"去老桥走走怎么样。"

"好主意，我们走。"艾米莉拉起绮蜜的手，两个人一起走了出去。

她们在一处游人不太多的地方停了下来。艾米莉突然不怀好意地笑了起来，鬼鬼祟祟地问道："绮蜜，我想问你一个问题。"

"问吧。"

"你和克劳斯上过床吗？"

"天呐，艾米莉。"绮蜜大笑了起来，"我们见面才不过三四次呢。"

"可是你们已经相爱了。"艾米莉异常严肃地说着。

"也许我只是很喜欢他罢了。"不知为何，绮蜜又一次闪躲了起来。

"怎样才能区分爱和喜欢呢？"艾米莉抛给绮蜜一个难题。

绮蜜沉默了一会儿,她的手搭在桥边上,眼睛注视着老桥下的阿诺河,轻声说道:"当你面对爱的人时你会脸红,当你面对喜欢的人时你会微笑。"

"可要是我的脸皮特别厚又该怎么办呢?"

绮蜜在艾米莉的脸上注视了一会儿,然后她把目光投向远方,说道:"爱源自于你的眼睛,喜欢源自于你的耳朵。所以,当你不再喜欢你喜欢的人时,只需掩上耳朵。但当你试图闭上眼睛,你的爱会化作一滴眼泪永远留在你的心里。"

听完她的话,艾米莉也陷入了沉默。随后,她又提出一个奇怪的问题,就像一个小女生在向姐姐讨教爱的经验一样。

"那么你第一次想要一个男人是什么时候?"

"嗯。"绮蜜思索了一会儿又微笑了起来,她想起了有趣美好的事情,所以脸颊红红的,但是含义却和刚才不同。

"那是在米兰的四季酒店里。我去那里旅游,晚上一个人睡在一个单间里。在那夜之前,我从未想过一张床对于一个女人会有如此深刻的诱惑。它很大,大的足以随意翻滚。床单很白,白的让我很自然地脱掉所有的衣服。因为我觉得只以肌肤去贴它才相配。最重要的是,它实在太舒服了。以至于我忍不住希望身边出现一个男人。"

"然后呢?你去找了一个男人吗?"

"才没呢。我可接受不了一夜情。我听说最近在美国,有一群高中女生为自己戴上一枚名叫等待真爱的戒指,发誓不等到真正的爱情降临,就决不与别人发生性关系。我虽然没有类似的信物,但我也认为爱是性的基础。后来,在我回到了佛罗伦萨不久之后,就认识了弗朗切斯科。他很可爱,真的很可爱。他很热情,但又不是太过分,分寸刚刚好。让我越来越依赖他,几个月之后我们就躺到了同一张床上。"

"你爱他吗?"

"我想我很喜欢他，但是爱，也许吧，我不知道。最近我时常在想，是不是孤独让我变脆弱了，脆弱又让我……我不知道。"

艾米莉关心地把手搭在她的身上说："嗨，你又不开心了，我说错了什么吗?"

事先没有任何的征兆，两行眼泪从绮蜜的眼中流了出来。

艾米莉安静地看着她，小心翼翼地问："你有心事?"

绮蜜叹了一口气："没有。"

"不。"艾米莉执拗地说道："你有，告诉我你的烦恼和心事，好吗?"

"哦，你说得没错。"绮蜜忽然说道，在流过泪之后，她的嘴唇上出乎意外地浮起悲戚和嘲弄的微笑。她举起颤动着的双手说道："乌菲齐发生了谋杀案，我好像成了嫌疑犯，昨天晚上我还跟弗朗切斯科吵架了，也许不算吵架，可比吵架还糟。最可怕的是最近发生的好多事让我的心好像悬在半空中，真不知道什么时候才能安定下来。"

"哦。"艾米莉露出了同情和苦闷的表情："真没想到，你的生活这么糟糕。"但随即她又微笑了起来："别担心，绮蜜，我有好办法。"她拉起绮蜜的手向外面走去，"刚才在我来的路上看见老桥上有很多的小贩，看，就是那个。"

"你指的是谁啊?"

"就是那个，卖气球的。"

"我们去找他吧。"

"为什么?"

"跟我来你就知道了。"

然后艾米莉抓紧绮蜜的手以小跑的速度来到这个卖气球的小贩面前。

"两个小姑娘想要哪种气球，我有好多个品种呢!"

小贩露出一排雪白的牙齿，笑嘻嘻地问道，说话的口气像是面对两个只不过五六岁的小女孩。

艾米莉并不理他，她只是看着小贩手中攥着的一大把五颜六色的气球，对绮蜜说："小的时候妈妈对我说如果有什么不开心的事，就把它们写在气球上，然后放飞它，烦恼就会随着气球一起飞走了。或者，你有什么希望，也能写在气球上，然后祈祷。"

"你这么试过？"

"对，五岁的时候我试过一次。我希望爸爸能在圣诞节从国外赶回家，并且给我带来礼物。结果希望成真了。"

"在那之后呢？"

"那之后我再也没有这么做过，因为我没有什么特别的烦心事。而许愿么，我认为不能向上帝许太多的愿望，否则他会认为你很贪心的。"

"天呐，你多走运啊！"

绮蜜又一次被她的孩子气打动了："那好吧。这里有这么多品种，该挑哪一个呢？"

"让我来为你挑好吗？"

"好的。"

艾米莉几乎没有考虑就选了一个橙色的气球交给绮蜜："我喜欢橙色。"

"那好吧，那我就写了。"绮蜜一边取出笔一边说。

"写吧，快写吧。"艾米莉催促道。"用你的母语写。"

她撇起她的小嘴态度严肃地提醒说："可别写得太多了，否则就不灵了。"

"好吧，好吧，就写一条。"绮蜜迅速地写好了，然后微笑地看着艾米莉说："我要放了。"

"放吧。"

她一松手气球开始升向了高空，绮蜜和艾米莉把手遮挡在眼前抵御着刺眼的阳光，看着气球慢慢地升高，并且最终飞向了圣母大教堂的方向。

绮蜜放下手感激地看着艾米莉："我该怎么感谢你呢，让我也为你挑一个气球吧。"

"可是我并没有什么烦恼啊。"

"并不一定要写烦恼啊,从五岁起你就没有向上帝许过愿了,你做得够好了,上帝不会认为你是一个贪婪的人。把你的梦想写在气球上,然后放飞它。"

"好,那就挑吧。"

"我挑。"绮蜜的眼睛顺着一大堆的气球游走着,最后定格了下来,她从小贩的手中拿过一只紫色的气球把它交给艾米莉。

"虽然我从不承认紫色是我最喜欢的颜色,但是如果让我做选择,无论什么时候我总是选紫色,很奇怪吧。"

"这没什么,紫色很优雅。让我想想该写什么呢,我想好了。"艾米莉迅速在气球表面写下了几个极其潦草的字。

随着气球的再一次升空,绮蜜问艾米莉:"你写了什么?"

艾米莉不好意思地笑了起来,也许她并不是那么想说出来,但还是坦诚地说了:"我希望,克劳斯永远都留在佛罗伦萨。你呢,你写了什么。"

"我。"绮蜜停顿了,这个问题让她很为难,不过为了公平起见她说道:"我希望能和男朋友尽快和好。"

"别担心,他很快就会来找你求和的。"

"谢谢,现在我得回去工作了,你和我一起回去吗?"

"不了,我想去逛街,给自己买件漂亮衣服或者一双漂亮鞋子。"

"那好吧,祝你有好的收获。"

"再见,绮蜜,希望还能见到你。"

"一定会的。"

艾米莉走远了,绮蜜面向大教堂,双手相握做出一个祈祷的姿势,然后闭上眼睛暗暗祈祷着:"敬爱的上帝,请原谅我刚才对一个好人撒谎了,可是我不得不这么做。我怎么能告诉她，我所希望的是克劳斯能尽快离开佛罗伦萨。并且我还要请求您原谅我的贪婪，因为我要在我刚才的请求上再加上一条，那就是，我要和他一起离开。"

第三十八章

　　乌尔曼小姐对二号展厅有一种天生的反感，因此她总是尽可能地避免去那里，好在也没有人要求她去那里。工作的空余时间她更喜欢去别的展厅为那些对乌菲齐藏品感兴趣的游客们做些什么。在波堤切利的展厅里，虽然几幅最著名的画作被暂时送走了，但是仍然有不少优秀的作品留了下来，吸引着游客们的目光。比如《诽谤》，比如《石榴圣母》。

　　绮蜜站在一个角落里凝望着她，觉得仿佛从她的身上能看到自己未来的样子，只是一时之间她很难品味这是不是她想要的生活。当那几个围着她的游客散开后，她慢慢地向她走去。

　　她来到她的身后，微笑着，拍拍她的肩膀。乌尔曼小姐转过头看见了绮蜜，也对着她微笑了起来。她们已经有好几天没说话了，就是碰巧在走廊上遇见了也只是相互点一下头，算是打过招呼了。绮蜜上来搂住她的胳膊，两人相拥着面对着那片现在空白着，过去曾经悬挂着《维纳斯的诞生》的墙壁。也许是那片空白的墙壁刺痛了乌尔曼小姐的心，她把绮蜜的手握得更紧了。绮蜜感觉到她的手被一个金属物给挤压着，她想起了她们第一次相遇时乌尔曼小姐所戴的那枚戒指。

　　她很突兀地问道："你戴的那枚戒指是爱情信物吗？"

　　乌尔曼小姐把戴着戒指的手举到面前说道："这枚戒指是一个非常爱我的男人送给我的，我也很爱他。"

"是求婚戒指吗？"

"是的。我接受了戒指却没有答应他的求婚。"

"为什么，你爱他不是吗？"

"是的。可是他的工作要求他长期呆在法国。"

"而你不想离开佛罗伦萨，你舍不得乌菲齐，是吗？"

"我是为这个美术馆而生的，离开了这里，我的生命没有任何意义。"

"我真为你遗憾，乌尔曼小姐。"

"你认为我这么做很傻吧。"

"不，没有人有权利去评判别人的决定是否正确，无论是谁，如果你认为自己的决定是正确的，那它就是最正确的。"

乌尔曼小姐感激地一笑道："告诉我，绮蜜，如果是你，你会怎么做？"

绮蜜在她的身边坐下来，仍然握着她那只戴着戒指的手，感觉着戒指光滑的表面划过她的肌肤。"如果是我，我会跟他走的。"

"你这么想很好。"

绮蜜叹了口气又说道："可是世事往往不能如愿，这一刻一切都还很美好，也许下一刻灾难就会降临。桑托罗夫人死了，那个土耳其女孩也死了，她曾经就坐在我们现在坐着的地方，听我为她讲解《维纳斯的诞生》。生命随时都会失去，爱情或任何其他东西也一样。"

"你太悲观了，绮蜜。"乌尔曼小姐不无担忧地看着她。

"悲观。"绮蜜冷笑着说："或许我本来就是一个末世论者。"

"绮蜜。第一次看到你时就觉得你的身上带着一种与生俱来的忧伤。"

"是不是像波堤切利画中的女性，总是带有一种世纪末的哀伤神情。"她用自嘲的口吻说道。

"也许。'灿烂的青春岁月终会消失，今日欢愉却不知明日身居何处。'听过这首诗吗？"

"罗棱佐·德·美第奇的诗。他统治的时代被认为是佛罗伦萨的黄金时代,可人们还是在为1500年的世纪末而担忧,担忧末日的到来。"

"你在担忧什么,你知道或者感觉到了什么吗?"

绮蜜摇着头:"什么也没有,我只是固执地认为悲剧将会降临在我的身上。这也许很可笑,但我无法摆脱这个念头。"

"什么悲剧,你在担心死亡吗?"

"不,你想错了,我不在乎生死,我所担心的是爱的悲剧。"

维托尼罗馆长亲自冲了两杯咖啡,一杯给自己一杯给警长。此刻他们一起坐在馆长通常接待重要宾客的小会客室里。

"你刚才给我打电话说有急事要对我说,是什么事?"很明显弗朗切斯科不想兜圈子,他要直接进入正题。

"嗯,是这样的。"维托尼罗馆长搓了搓他的手,弗朗切斯科注意到了这一点,他认为这是不安的表现。

"关于发生在乌菲齐的谋杀案。"

弗朗切斯科点点头,好像在说,当然了,否则你找我来干吗。

"这几天我一直都在自责,我在想我们的这次谈话也许一周前就该进行了。这也许无法阻止第二次谋杀的发生,但至少对你们的调查工作会有所帮助。在我们的圈子里,玛丽安·桑托罗是一位非常有名的艺术品和珠宝商人,在纽约她和她的一位合伙人共同经营着一家画廊。"

"这些我们都知道。"

"但恐怕你不知道,她之所以有名还有另外一些原因。她经常不怎么,不怎么,这么说吧,她是一个经常行走在法律边缘的生意人。"

"行走在法律的边缘,那她有没有越过那条界线呢?"

"有的时候,她越过了。就在不久前她还遭到了美国海关和联邦调查局

165　MAJA

的调查,他们认为她在为黑社会以及毒贩子洗钱。"

"怎么洗?"

"通过把一些知名画家,比如莫蒂里阿尼、德加等人的画卖给毒贩来帮助他们洗干净通过贩毒得来的钱。总之,就是通过艺术品交易来洗钱。"

弗朗切斯科思考着这条新线索,然后说道:"你认为这跟桑托罗夫人的被杀有关?"

维托尼罗馆长迟疑了一下,然后继续往下说:"这的确是一种可能性,毕竟那些人可不是好惹的。"

弗朗切斯科摊开双手,微笑了起来,但是他的微笑带着明显的嘲弄意味。

"是有这种可能性。不过,我想你把我找来不只是想对我说这些吧。"

维托尼罗馆长直视着警长的眼睛,他的一只眼球因为过于紧张而颤动了两下。他试着喝一口咖啡,喘了几口气,感觉好些了之后他说道:"我刚才说的当然不是我想说的全部。几年前,在马德里发生了一件名画盗窃案。被盗的名画中最著名的两幅就要数戈雅的《倒地的公驴》和《荡秋千的少女》了,除此之外还有不少布鲁戈尔和毕沙罗的画,和一些古董。我想你也许已经知道,就在前些天《倒地的公驴》出现了。而促使它重归人间的就是桑托罗夫人。并且我听说另外的几幅画也将在不久之后陆续回到失主的手中。"

"不是由警方找回了画,而是由一个中间人找回了画,想必失主一定得付出不小的代价吧。"

"通常有两种方式。一是支付一笔钱用来赎回那些被盗的画,二是把被盗品中的一部分作为找回其余那些的代价。"

"那么这件案子是通过哪种方式呢,并且这与乌菲齐有什么关系?"

"据我所知,双方经由桑托罗夫人的协商,将另一幅戈雅的画《荡秋千的少女》作为画主寻回其余被盗物品的代价。"

"那我可就不明白了,既然窃贼已经得到了那么多的名画,他们还怎么可

能愿意奉还给失主呢?"

"你不明白,被盗走的那些画实在太著名了。除非有一个国际大收藏家愿意把它们买下后深藏不露,否则这些画将很难出手。要么窃贼们就得等上很多年,等风声过去之后再想办法寻找买主。显然,他们等不及了。"

"可是我还是不太明白。我曾经也经手过一些类似的案子,也许被盗品没有如此高的价值。那些窃贼先把画偷到手,然后转头就去勒索画主,这种行为被我们称为'名画绑架'。可是,你刚才说窃贼要《荡秋千的少女》作为代价,难道他们最终的目的不是为了钱吗?他们要画干什么?"

"钱,当然是为了钱。无论是窃贼还是中间人,他们的目的都是为了钱。窃贼得到了他们想要的钱,而中间人也得有所好处。"

"所以?"弗朗切斯科等着馆长把话说到最重要的部分。

"所以桑托罗夫人来找我,问我是否对《荡秋千的少女》感兴趣。"

"她想把这幅画卖给你,她为什么要这样做,为了钱?"

"一部分原因是为了钱,但更重要的原因是她想还我一个人情,我曾经给予她一个她认为很重要的帮助。你看,情况是这样的。保险公司支付一笔钱给窃贼用来赎画,画主作为报答把《荡秋千的少女》送给中间人,也就是桑托罗夫人。而桑托罗夫人再把画转送给乌菲齐美术馆,也许我们会支付一笔费用,但是与画的实际价值相比,简直不值一提,并且这笔费用也不急着支付。"

"如果你接受了这幅画,就不担心外界对你的议论吗?"

"坦白说,确实担心过。可是这幅画对我来说太具有诱惑力了,世界上很多著名的美术馆都想要收藏这幅戈雅的名作。因此我最终决定不放弃这个机会。更重要的是,我不久前刚刚得到一个确凿的消息,意大利文化部已经决定要对乌菲齐美术馆进行扩建,扩建之后我们的美术馆将会超越卢浮宫成为世界上最大的艺术馆。到那时,许多现在我们因为展厅限制而无法展出的藏品将能够展现在世人面前,我也很希望在那时我们的美术馆还能展示一些除了文艺复兴时期之外的藏品。"

"但是显然情况出现了变化，桑托罗夫人死了，你得不到那幅画了。"

"是否能得到那幅画现在对我来说已经不重要了。就在不久前我从桑托罗夫人口中得知，不知道为什么，在得到了第一笔赎金并且交出了《倒地的公驴》后，窃贼们突然反悔了。他们认为自己要求的数目太少了，希望增加赎金。这惹恼了保险公司，他们拒绝加钱，并且希望警方能够通过桑托罗夫人找到那些窃贼。所以当我听到桑托罗夫人的死讯时，我的第一反应就是她被人灭口。而我的另一个大胆的猜测是，窃贼们知道了画主将把另一幅戈雅的画作为报答送给桑托罗夫人，而桑托罗夫人又打算把它卖给乌菲齐，也许出于气愤和报复的心理，他们乘着这个机会在乌菲齐杀死了她。"

"你的意思是怀疑那些窃贼杀死了桑托罗夫人。"

"也许吧。我的确这么想过。也许我该早点把这种想法说出来。"

"现在说也不算太晚。只是，如果没有发生第二起谋杀案的话，你刚才提供的信息几乎让我找到了一条通向光明的道路。但我们怎么解释第二起谋杀案呢，不会还是那些窃贼们没完没了的报复吧。"

"是的，我不明白，所以我刚才说也许我应该早点把这些信息告诉警方。但是被我的愚蠢和犹豫所拖延了。"

"你没有必要自责，恰恰相反，我认为你的行为很高尚。因为你正在拿你的名誉……"

"与乌菲齐相比，我的名誉就像一片羽毛那样轻。"

"好吧，我会对你给予的线索做认真调查的。毕竟我的心里也有一个大胆的猜测。"

"是什么?"

"我觉得，这两起谋杀案也许不是一个人干的。"

"如果是这样的话，那就太可怕了。"

"不管怎样，我都会弄清楚的。再见。"

"再见。"

当警长走出会客室的时候，维托尼罗馆长一直紧皱的眉头终于舒展了开来，他知道这场赌博他已经取得了优势。

第三十九章

绮蜜很惊讶，不是因为她看到了弗朗切斯科在二号展厅里，而是因为她看到他正站在《玛哈》的面前，仔细探究着什么。好像是在寻找除了衣服之外，这两幅画之间还有什么别的不同之处。她觉得他探究的表情实在很是有意思，于是轻轻地朝他走去，以她通常对待游客们的口吻说道："有什么需要帮助的吗，先生。"

弗朗切斯科没有朝她看，只是随口回答："不用，谢谢。"当然，他马上就听出了说话者的声音，他看着绮蜜笑着说："那么，我可以请求你的帮助了。"

"当然了，如果你到这里来的身份是一个参观者的话，那你可以向我提任何要求，我会尽全力来满足你的。"

弗朗切斯科听了她的话开心地舔舔嘴唇说道："我真的可以要求任何事情吗？"

"你倒是说说看呢。"

他盯着绮蜜："我想要一个拥抱，可以吗？"

她喜欢他那样看她，带着真诚的爱慕。他所看的并不只是她美丽的外表，更是她忧郁而又神秘的灵魂。

绮蜜微笑着说："通常，这会被认为是一个过分的要求，但是对你我可以给予优待。"说完，她张开双臂投入了他的怀抱。他们抱得很紧，仿佛是在为两人之间的冷战向对方做无声的忏悔。当他们放开彼此时,绮蜜给了弗朗切斯科一个吻。

"这是今天早晨欠你的。"

弗朗切斯科显得很激动,他像小男孩般紧张又羞涩地笑着。

"告诉我,你怎么来乌菲齐了,来调查案子吗? 需要我的帮助吗?"

他伸出手轻抚着她的秀发说:"不用,亲爱的。我会解决一切的,你不用担心。"

绮蜜满怀感激地看着他说:"那么,对于这两幅画,你有什么需要我帮助的吗,我刚才看见你一直在观察它们。"

"这是你最喜欢的画,我来这里是想看看自己能不能找到和你一样的感觉。"

"你找到了吗?"

"对不起。"

"别说对不起,你没有任何错。"

绮蜜拉起弗朗切斯科的手靠近《玛哈》:"让我来告诉你。这两幅画对于我的人生和事业的影响是显而易见的。具体的原因太复杂也太微妙,我很难用语言讲清楚。但是有一点我可以告诉你,那就是每当我站在她们的面前,看着她们的时候,我的心都会变得非常的温暖,非常的平静,那是一种近乎幸福的感觉。你明白吗? 就像现在,当我们站在她的面前时,就在我们身边的几平方米里,就好像有一个无形的罩子,它隔绝了外界的纷扰,让我得到暂时的宁静。有的人喜欢通过喝酒忘却烦恼,有的人喜欢通过打电子游戏来摆脱苦闷,有的人喜欢听音乐来寻求安宁,而我是通过《玛哈》。"

"绮蜜。"弗朗切斯科温柔而迷惑地唤着她的名字,从后面抱着她:"我来告诉你我的一点感受,在你幸福的时候我也能够感觉到幸福,真希望永远都能这样。"

第四十章

克劳斯的绘画风格有些奇怪,虽然他已经是一个比较出名的画家,他的画也已经被一些世界级的博物馆所收藏,并且大家都公认他的绘画技巧近乎完美。可是多年来他觉得自己始终没能形成一种相对统一的,属于自己的风格。

既然无法形成统一的风格,他就干脆随心所欲地作画,这反而促成了他的成功。在这个时代人们似乎更加喜欢不可琢磨和无法定性的东西。不过在最近他似乎刻意地回归传统,不知是不是因为呆在佛罗伦萨,受到了文艺复兴人文主义精神的影响,还是他主观上想要那么去做,总之他最近几幅关于艾米莉的画都可以看到最精妙的技巧和最细腻的笔触,流动着一种拉斐尔式的敏感和优雅。他认为,作为一名画家最重要的是要有丰富的艺术想象力以及超人的色彩感觉。他的早期作品含蓄中蕴含着激情,现在却更加地追求秀美、优雅、和谐三者的完美统一。他很想知道自己后期的绘画方向会走向何处,当然没人能知道未来会怎样。绘画的风格会随着画家的世界观、人生观甚至爱情观的改变而改变,毫无疑问改变已经来临了。

此外他还有了一个惊奇的发现,那就是,模特就是模特,爱人就是爱人。他原本以为,为所爱的人作画应该更能画出她那最可爱的心灵和表情,但事实却是他为艾米莉作画是那么流畅和轻松(艾米莉是一个实验品,他可以把她画得优美写实,也可以把她画得抽象立体,在她的身上他可以随心所欲地发挥自己的想象力,实践各种新奇的艺术想法)。但为绮蜜却是困难重重。过去的一周他一直在打草稿,一张又一张,始终无法使自己满意。他在心里一遍一遍地回忆着他和绮蜜短暂接触过程中的每一个片段,想要追寻一个极至完美的表情,既幸福又忧伤,眼神既像在微笑又像是马上就要流泪般。他确信绮蜜一定能展露出这样的表情和眼神,只是时机还未到罢了。

如果只是为了作画他今天不该邀请绮蜜来他这里,因为他似乎还没有找到感觉。但他又是那么的想念她,就算不画画两个人安静地坐一会儿也很好。

"克劳斯,衣服换好了。"

艾米莉和绮蜜一起从屏风后面走了出来,克劳斯对她们微微一笑。艾米莉是来拿她的肖像画的,画终于完工了。

"我还想问一遍,请你们别介意,我呆在这里真的没有打搅你们吗?克劳斯,不会影响你工作吧。"

"不,当然没有。"

画家随意而疲倦地说着,然后朝画架走去。

绮蜜没有回答这个问题,她已经对艾米莉说过三遍同画家一样的答案了,懒得再说了,她走到软榻边躺了上去。变换了几个动作之后终于找到了一个比较舒服的姿势。

克劳斯拿起他的画笔在架子上架好一幅草图,这好像是他最先完成,后来又被他自己否定了的草图,可也是目前他惟一能接受的图稿。然后他看见艾米莉在画室里随意走动了一番后终于找了个地方坐了下来,手中看着一本他的画册。室内的气氛有些沉闷和紧张,当然,紧张的只有他和绮蜜,与艾米莉没有关系。躺在软榻上的绮蜜身体僵硬,他轻摇了一下头走了过去。

看见他朝自己走过来,绮蜜更紧张了,身体本能地向后缩。但画家不容置疑地搂住她的肩膀,手指从脖子开始慢慢向下滑动,另一只手则伸向她的后背,顺着她光滑的肌肤依次移动着他的手指,用指腹按压着她的身体,渐渐地他感觉到绮蜜僵硬的身体正在他的手中慢慢软化下来。绮蜜对他微笑着,好像是在对自己的糟糕表现表示歉意。克劳斯反而觉得她现在的表情很真实，如果不是艾米莉也在屋里，他真的很想吻她。

"好些了吗?"他问道。

"我觉得躺在这儿做模特的感觉和坐在照相机前拍照的感觉差不多，我总是紧张，非常的紧张，根本无法表露出自然的表情。所以我讨厌拍照。"

"但愿你不要讨厌做我的模特。"说着克劳斯又回到了画布前，开始准备调色的工作。

艾米莉听见了他们谈话的内容，便好心地给绮蜜一点自己的经验。

"知道吗，绮蜜，在给克劳斯当模特之前我还做过一段时间的平面模特，就是专门给杂志拍摄照片的那种模特。刚开始的时候我也很紧张，只要第一张照片拍得不好，我就会紧张得直发抖。很可怕，是不是。知道后来我是怎么解决这个问题的吗？首先你得有一种忘乎所以的感觉，别在乎别人怎么说你看你，只管按着自己的节奏做。我会在拍摄前先闭上眼睛一小会儿，这很重要。哪怕镜头对着我，我也会那么干的，然后心里想着那些能让你真正高兴和放松的事情。比如，热乎乎的比萨饼又或者香草冰激凌，想象自己正在大口吃着这些东西，然后在感觉自己吃得最开心的一刹那睁开眼睛，效果一定不会错的。"

绮蜜被她的话一下子给逗乐了，她装模作样地闭上眼睛然后说："我该吃点什么呢？也许是一块我很想吃，但却不敢吃的有好多好多奶油和巧克力酱的蛋糕。一放进嘴里就会融化的那种，那种感觉一定很棒。"她突然睁开双眼看着艾米莉，两个人一同哈哈大笑了起来。

"姑娘们，姑娘们，好了，好了。"克劳斯像在面对两个不听话的学生时的老师那般高声说道："我们该开始工作了。"

艾米莉调皮地吐吐舌头，安静地躲到一个角落里去了。

"知道吗？我昨天在报上看到了一则消息。"过了一会儿后，她又按捺不住地开口了。"乌菲齐又发生了谋杀案，报上说是连环谋杀案呢。按照报上的说法，乌菲齐现在是整个佛罗伦萨最危险的地方了。想想吧，一个不知名的凶手在黑夜中肆意行凶，他将被害人的脚趾作为自己的战利品。"

"艾米莉，第二个被害者是在白天死的。"绮蜜不满地纠正她草率的话。

"是吗。也许是我看错了，要不就是报纸写错了，谁在乎呢。关键是两周内接连死了两个人，还有她们奇怪的死法。会不会就像某些恐怖电影的情节那样，凶手在执行某种仪式呢？"

"艾米莉你越说越悬了，我看你受那些电影的蛊惑太严重了。"这次连克劳斯也没有耐心了，他根本不想在自己家里提到任何关于谋杀的事情。

"才没呢，事实是现实比电影情节更加离奇。我在想凶手为什么要切掉被害者的脚趾呢？仅仅是因为想让她们穿上一双不合适的小鞋子吗？肯定不是那么简单。或许凶手对小鞋子对小脚有一种病态的迷恋吧，我知道是有这种人的。不一定是对脚，也可以是人体的任何一个部位，比如舌头、牙齿有特殊的癖好，看到那些不合他们心意的长相或别的什么他们就受不了，当然也有可能正相反，看到了太合他们心意的东西就不顾一切地想要得到。不是还有扒人脸皮的杀人犯吗。也许他们知道自己的行为是错的，可就是管不住自己。"

"听起来像个恋物癖。亲爱的，你有没有发现自己有做犯罪心理学家的天分。"

"是吗？"艾米莉不安地撇撇嘴说，然后她注意到了绮蜜尴尬的神色，想起了她曾对自己说过的话，马上感到内疚起来："哦，对不起，绮蜜，我刚才说的话不是针对你的，我只是被谋杀弄得莫名其妙的兴奋和激动。虽然你就在乌菲齐工作，可是谁能相信你会干出这些可怕的事情来呢。瞧瞧你，多么娇弱啊。如果说你是凶手的目标那我还信。"

咣当一声，艾米莉和绮蜜循声望去，克劳斯正把他的画笔扔进一只水桶，然后闷声喊道："艾米莉。"他不忍斥责她，于是不再说话了。

艾米莉冲着绮蜜扮了个鬼脸,好像在说,他生气了。

绮蜜此刻可没有心情理会她,她柔声问道:"你怎么了。"

"没什么。"他言不由衷地说道。

绮蜜从他的眼神中看到了担忧的感觉,就对着他摇一摇头,好像在说,我会没事的。他也向她摇一摇头,好像在回答说,我很担心你。

而在这时,艾米莉好像突然变得很识趣,她头枕着一个垫子沉沉地睡去了。绮蜜强忍着不安的情绪,努力让自己平静下来,她知道对面的画家也在做着和她一样的努力。

他们终于开始把注意力放在作画上了。从窗外射进来的光线慢慢地围绕着绮蜜的身体转动,一会儿射到她的头部,接着到胸部,最后又照到她的脚上。克劳斯用画笔断断续续地画着,他已经开始进入状态了,所以每一笔都那么深思熟虑,他们两人很享受这种熟悉而又颤动的静默。

画室里安静极了,只听到艾米莉柔和的呼吸声,绮蜜看着她对克劳斯说:"瞧她睡着的样子,像个天使,你真该把她现在的样子画下来。"

"你很喜欢她是吗?"

"是的,难道你不喜欢吗?"

"喜欢,可我更喜欢你。"

绮蜜笑了起来,又开始改变话题:"克劳斯,为什么你会选择画画的道路。"

画家摸着他的头说:"不知道,也许是上帝、或者别的什么神人指引我走了这条道路。"

"你的技艺高超,我在想上帝也许就附在你的手上,可是你不相信有上帝对吗?"

"这有关系吗? 你相信有上帝吗?"

"实际上不信,可我想让自己相信,很矛盾,对吧。"她叹了口气又说:"我的生活充满了矛盾。"

克劳斯俯身看着她的脸,从她的神情中读出一种近乎于绝望的心态。他走向她,在她的身边蹲下来,凝望着她:"告诉我你心里真正的想法,告诉我你所有的痛苦。"

绮蜜把脸转向他,把手放在他的肩膀上,两只脚搭在一起。画家的注意力不由自主地被它们所吸引,接着他听到绮蜜对他说道:"我所说的一切,你都会相信吗?"

"什么!"他愣了一下,然后他迅速做出了反应:"当然,当然喽!"

这时,绮蜜神色黯然地垂下了头,她叹了口气说道:"可能我生性太多疑。我总是很难信任别人,因此也不愿意对别人敞开心扉。我总认为从人们口中说出的言语其可信度还不如脚语。"

"脚语。"

"对,人体中越是远离大脑的部位,其可信度就越大。脸离大脑中枢最近,因而最不诚实。"说着,绮蜜已经把手放在了画家的脸上,轻柔地抚摩着他的脸继续说道:"我们与别人相处,总是最注意他们的脸。而且我们也知道,别人也以相同的方式注意我们。所以,人们都在借着一颦一笑撒谎。再往下看。"她的手顺着他的脸,轻柔地滑过脖子来到胸口,之后,左移至他的肩膀,沿着手臂一直到达手部。"手,位于人体的中间偏下,诚实度只能算是中庸。人们多少利用它说过谎。可是脚远离大脑,绝大多数人都顾不上这个部位,于是,它比脸、手诚实得多。它构成了人们独特的心理泄露——脚语。"

"它可以描述人的内心或稳定或失衡,或恬静或急躁,或安静或失措的状态。人的心情不同,性格各异,走起路来也会有不同的风采。"

克劳斯盯着绮蜜的脚说:"你似乎太悲观了,宁可相信脚也不愿意相信别人的心。但是请你相信我,完完全全地相信我,告诉我你现在的心情是怎样的。我不懂脚语,不知道它们现在在表达怎样的情绪。"

"它们现在正在诉说忧愁、苦闷的心态。你看,它们那么柔软、苍白,摸上去有湿润的感觉,仿佛没有从眼中流出的泪水都汇集到了那里。它们需要呵护。"

"是这样。"画家抬起右手,轻轻落下,先是试探性地把两根手指放在脚面上,感受脚面肌肤的细滑。然后,他的手指沿着她脚底流畅的横弓曲线滑过,又转向由五个脚趾排列而成的纵弓。真切体会到了柔软和温润的触感。感受到了她冰凉的足底和不停颤动的脚趾,仿佛她因为焦虑和恐惧而颤动的心。

"我该怎么做才能让你快乐呢?"他本能地说道,并且以为自己得不到答案,却出乎意外地听到绮蜜说:"给我买双鞋吧。"

"真的,就这么简单。"

绮蜜点点头,带着让人信任的笑容说:"就这么简单。"

"为了让你高兴起来,我们现在就去。告诉我你想要什么样的鞋子。"

"我想要一双白色的或者银色的缎子面鞋子,上面还要有用金丝线绣出的花纹。"

"我已经迫不及待想看你穿上那样的鞋子了。"

他们摇醒了艾米莉,绮蜜问她:"亲爱的,我和克劳斯现在要出去买点东西,你愿意和我们一起去吗?"艾米莉揉着眼睛,一副欲言又止的样子:"我不能再继续打搅你们了,我这就回家去。"

"我们送你吧。"克劳斯向她提议道。

艾米莉点了点头。

克劳斯把车停在离中央邮局不远的共和国广场上,艾米莉拿着她的画转过头看着车里的另外两个人。克劳斯宠溺地看着她,像父亲、像兄长,或者,只是一个经常容忍她错误的好心的主顾。绮蜜的表情则比他要纯真简单得多,艾米莉这才意识到其实他们俩也有十多岁的年龄差距,只不过他们在一起时,那些差距自然而然地消失了。

多么让人羡慕啊。她靠近绮蜜,不知为何一阵伤感涌向心头,她再靠上前去一点,搂住她的肩膀,然后挥一下手笑着说道:"瞧我,弄得像生离死别似的。让我们别再老一套了,今天不说'再见'这两个字,好吗?"

他们三个沉默了一会儿,空气中充满着一种奇怪的气氛——绝望和期待,然后绮蜜说了三个字:"听你的。"

第四十一章

克劳斯对佛罗伦萨的商业街并不熟悉,如果让他带女人逛街,他只能带她们去最大最豪华的商场。好在绮蜜对佛罗伦萨的逛街地图了如指掌。绮蜜认为在佛罗伦萨的名牌商店购物虽然很愉快,不过逛小店也是很让人愉悦的,中央邮局旁边的一条意趣盎然的小路上就有很多可爱的小商店。她过去很少光顾那里,所以今天打算去看看。

他们闲散地漫步在这条小路上,克劳斯拉起绮蜜的手,绮蜜对他微微一笑。这虽然只是他们第一次散步,可是感觉他们已经无数次地这么做过了,并且以后还会有很多次这样的漫步。

"绮蜜,去过费拉加莫的鞋子博物馆吗?"

"去过,如今费拉加莫的鞋子和大卫、维纳斯一样都是这个城市的标志之一。去那里参观的确很好,有那么多各式各样的鞋子,有的古老,有的奇特,有的经典。我自己就有好几双费拉加莫的高跟凉鞋。"

"你想要的那种鞋子应该算是古典式样的吧,你过去在哪里见过?"

"在画上。"

他大笑了起来："我就知道。"然后他又问道："你说想要一双白色的或者银色的缎子面的鞋子，上面还有用金丝线绣出的花纹。这样的鞋子可是不怎么好找的，难道你就没有想过去定做一双吗？"

"想过，但后来又放弃了这种想法。我对这双鞋子有一种特殊的情结，我不想刻意地去拥有它。最理想的情况就是，我们在一个偶然的机会不期而遇。我喜欢这种感觉，尤其是对自己特别渴望想要得到的东西。"

"难道你就没有想过，也许你永远也得不到这样的机会呢？"

"谁说不能，我曾经很长一段时间都不愿意去普拉多美术馆，但我不认为自己永远不能亲眼见到《玛哈》，你看有一天《玛哈》真的就自己跑到我的面前了。"

画家拉起她的手放在唇边，轻吻一下说："那么，就让我们期待你今天有好运吧。"

他们继续往前走，同时欣赏着布置精美的橱窗。不久之后，绮蜜开始感到一点失望，因为这条街上最多的是文具店，甚少有卖服装的店，专卖皮鞋的就更少了。在走了大概二十分钟后才终于看到了一家让他们感兴趣的鞋店。这家店的橱窗面积小得可怜，但主人却把这块弹丸之地布置成了一个奇幻天地。彩虹是这个橱窗的关键词，背景是一道若即若离的彩虹，仿佛用七彩的烟雾制成，根本无法猜出店主用了什么材料制造出如此迷幻的效果。从天花板上悬下的七根透明的丝线下分别挂着一只女式细带高跟凉鞋，正好也是彩虹的七种颜色，呈阶梯状从上至下排列。就好像有一只美丽的脚踩着七彩的步伐正从天堂走向人间。

他们走进店里，发现这是一家专卖女式皮鞋的店，店内展示的样品数量多得惊人，许多双鞋子挤在一起让人无从分辨每一双鞋子的真实面貌。这里总共有三层展示台，摆在最底下那层的鞋子显然都是最不被人关注的，绮蜜随便对着它们扫了一眼，毫无兴趣。她的目光向上，第二层上的鞋子要时髦漂亮很多,颜色也更加丰富多彩。绮蜜多看了几眼,然后她的目光继续向上游走。最上面的那层架子不知为何被放置得很高,需要抬头才能看清楚上面的东西。也许正是这个原因那上面只有零散的几双鞋子,并且看起来得需要再过三十年它们才会被普通人视为可以接受的时髦款式。

等等,有一个声音在绮蜜的大脑中响起,提醒她回忆刚才看到的东西,在第二层的一个角落里。她果断地向那里走去,眼睛因为激动显得异常明亮。果然在几双鞋子的夹击下有一小块白色的东西露在外面,绮蜜拨开其他的鞋子后看到了她期盼中的完美的鞋子,她感到一种不可思议的激动。转过头看着画家,眼中尽是不相信的神色。画家靠过去,似笑非笑地说:"奇迹出现了。"

绮蜜喘息着轻声说道:"是你给我带来了好运。我真喜欢这双鞋的样子,它甚至比我想象中的还要好。"

克劳斯让绮蜜在一边的椅子上坐下,拿起那双和绮蜜的想法高度吻合的鞋子给她穿上。当他的手触到她的脚,把鞋子温柔地套上去时,一种温暖、甜蜜、令人陶醉的感情流过她的全身。绮蜜禁不住颤动了一下身体,这是多么美好的一刻啊!可是,一阵刺耳的电话铃声打断了他们之间美好和谐的气氛。

克劳斯从口袋里取出手机,"你好,哦,是的,我现在住在佛罗伦萨。"他抬起头看了一眼绮蜜,用手指了指门外,示意他要出去接电话。绮蜜点了一下头,他便走出去了。

绮蜜坐在沙发上,前后挪动双脚,看着它们在镜子里的样子。一个上了年纪的店员友好地来到她的身边。"有什么我可以帮您的吗?"

"哦,是的,我喜欢这双鞋子。不过有个问题。"

她稍微抬起一只脚,鞋跟马上就滑落了下来,"看,太大了。你们有小一点的尺码吗?"

店员面露难色：“对不起，我们的鞋子每种式样只有一个尺寸，但是我们可以为您定做。您的脚是多大号的？”

“我很难说得准，三十四号可能小点，三十五号又大了点，买鞋对我来说是件麻烦事。”

“那您就太适合定做鞋子了。别担心，我们做的鞋子会完全适合您的脚型，让我先来替您量一量尺寸。”

首先他让绮蜜赤脚踩在一张白纸上，他蹲下身体麻利地画出了脚型，接着拿出一根皮尺依次量出腿肚、脚踝、脚腕、脚背处的尺寸。他把这些数字一一标注好，然后领着绮蜜去挑选鞋跟。

“鞋跟最好不要超过八厘米，否则会十分吃力的。”

绮蜜微笑着接受了他的建议，她选择了一个六厘米高的鞋跟，最后他说道：“我们会为你定做一个鞋楦，并且保留在店中，如果你下次再来光顾的话就会方便很多的。”

绮蜜点点头，她还有一个小问题，她拿起那只鞋子指着鞋头上绣着的花纹问道：“这朵是什么花？”

“是百合，小姐。”店员十分肯定地说道。

绮蜜微微一笑，“是佛罗伦萨的市花。”

“是的，小姐。”

“很可爱，可惜我不喜欢。”

店员愣了一下问：“那么你喜欢什么呢？我们可以为你更换。”

“莲花，你懂我的意思吗，莲花。”

“我懂，我当然懂，就是这种花。”他拿起一枝铅笔在地上迅速地画出了一朵莲花的草图，还真是有模有样。

“对，对极了。”绮蜜激动地拍起了手掌。“就是这种花，在鞋子的前端绣上这么一朵花，用金色的丝线，真是太美了。”

"是的，美极了，请你先等我一下。"

他在一本记得密密麻麻的笔记本上写好了绮蜜提出的具体要求，然后拿起鞋子和鞋样走了，又过了一会儿他手拿一张收据走了回来。

"小姐，您必须先付 20％ 的订金。"

绮蜜刚想伸手去接，不知何时，克劳斯回到了店里，他一把接过那张收条把钱付给了店员，然后对绮蜜说："到时候我来替你拿鞋。"然后他又问店员道："什么时候可以取鞋？"

"五天以后，先生。"

店员走了以后，克劳斯让绮蜜坐下，自己则在她的身边跪了下来，脸上的笑容完全是为了绮蜜而绽放的，他紧握着她的双手说道："瞧，这几周你是多么幸运啊，先是见到了《玛哈》，然后又找到了中意的鞋子。"

"可是最后还是不得不定做一双，并没有多么幸运。"

"别太吹毛求疵了，小姑娘。"

绮蜜微笑着，把手搭在他的肩膀上，看着他黑漆漆的瞳孔，那里面有一个异常丰富的精神世界，就像她一样。她说道："我觉得这几个星期里最幸运的一件事就是遇到了你。"

第四十二章

午餐时分，弗朗切斯科急急忙忙地冲进警察局，在路过局长办公室的门口时，他看见办公室里的百叶窗拉了下来，这说明局长回来了，并且正在和某人进行着密谈。他用脚趾头也能猜出那个人准是索妮娅。

带着一肚子的怒气回到了自己的地盘里，他开始发号施令……

"卢卡雷利，先放下你手头的案子，我要你去和美国联邦调查局联系一

下，争取让他们把一年前玛丽安·桑托罗在美国接受的，关于她帮黑社会洗钱的调查资料传真给我们。"

他停顿了一下，又看着另一个下属说道："你，万努奇，你去联系西班牙警方，请他们协助把几年前发生在马德里哈瓦那大街别墅盗窃案的线索提供给我们，就说这跟我们现在正在调查的一件谋杀案有关系。有消息之后，马上报告我。"

说完后，他用手敲着自己的头，觉得现在的情况真是越来越复杂了。他走进自己的办公室，关上门，现在他最需要的就是冷静一下，然后看看怎样应付似乎每天都在增加的烦恼。

"局长，我仍然认为最大的嫌疑人是绮蜜。"

莫吉局长摸着自己布满胡楂的下巴，思忖着问："为什么？"莫吉局长过去曾是一个独断的人，一旦拿定了主意，他会非常自信，极少听取别人的意见。但现在，在这种表象之下，他变得越来越圆滑了。他知道适时地听取一些别人的意见是很有好处的，否则他也不会坐在现在的位子上了。

索妮娅一副胸有成竹的表情，她昂着头耐心地解释道："很简单，因为我一直认为凶手只可能是乌菲齐美术馆内部的人，这种想法在发生了第二次谋杀案之后更加坚定了。我们看到两个被害人的抛尸现场都是外人无法接近的管理人员办公区域。"

莫吉局长摇着头，他仍然很不满意："你没有解释清楚原因。绮蜜在美术馆里没有遇到复杂的人际关系，和馆长和乌尔曼小姐也相安无事。我们假设绮蜜出于某种原因杀了人，她完全可以把尸体随便处置，反正早晚是会被发现的。把尸体丢进馆长和乌尔曼小姐的办公室要冒很大的风险，得不偿失。如果说，第一次把尸体放在乌尔曼小姐的办公室，会让我们对乌尔曼小姐产生怀疑的话，第二次选择馆长办公室反而会让我们对她打消怀疑，至少也会减少。"

"可我觉得这正是她对自己采取的保护措施。"

"杀人动机呢?"

"我曾经说过的,我原来以为切掉被害人的脚趾不过是凶手使的障眼法,和案情本身并没有多少关系。但是现在我觉得我错了,如果凶手出于对桑托罗夫人的憎恨而杀她,那么我还可以接受上述的推理,但在看到一个和艺术毫无关系,并且第一次来乌菲齐的女孩也被切掉了脚趾以后,我就再也不能保有原来的想法了。最让我怀疑绮蜜的不是两次在被害人的脚上发现了属于她的鞋子,而是我发现她对自己有一种病态的自恋。记得在桑托罗夫人被杀的第二天早晨,我看见她冲进了二号展厅,想知道她去那里干什么吗?"

莫吉局长不耐烦地点点头。

"当时她跑到二号展厅的门口,目光盯着一个方向,那里挂着两幅画。《玛哈》,戈雅的姐妹名作《着衣的玛哈》和《裸体的玛哈》。"

"你认为这是什么意思呢?"

索妮娅迷人地微笑着,嘴角带着嘲弄的韵味,"您见过绮蜜,她的美貌不逊于任何的经典艺术形象。娇美的身材,天使的脸庞,还有一对小得几乎和身材不成比例的双脚。知道她为什么这么喜欢《玛哈》这两幅画吗?因为画中的女人和她一样也拥有一双极小的脚。这是一种相当微妙的感觉,只有在女人间才能产生的共鸣。"

"你是说你凭的是直觉。"

"我有依据,科学的依据。我拥有很强的观察力,和嫌疑人谈话时我能敏锐地分辨出对方说的是真话还是谎话。人们也许可以编造谎言,可以装模作样,可以在我面前演戏,可是他们的眼神会出卖自己的。尤其是当他们感到得意和恐惧的时候。当绮蜜站在《玛哈》的面前时,我曾经看到她流露出非常怪异的眼神。那是一种奇特的、隐秘着胜利光芒的眼神。我敢说,她是在和画中的人物对话，告诉她自己成功了。"

"索妮娅，我简直不敢相信你的话。"局长停顿了一下，然后他突然想起绮蜜曾对他说过的话，"依我看你们完全没有必要在这一点上过分纠缠，我不认为有人会变态到这种地步，这非常不合逻辑，除非——还有第二、第三，甚至第四次谋杀。"他的大脑因为这些话受到了冲击，因此他转而又说道："可又不得不信。"

他马上就看到索妮娅的眼睛里迅速闪过一丝得意的胜利之光。"你的眼睛里也有这种神气，亲爱的索妮娅。"

这个年轻的女孩简直就是一个做警察的天才，总有一天她会坐到我的位置上，并且会做得比我更好。当然，弗朗切斯科也很能干，但是他没有索妮娅那天才般的敏锐感触。不过他拥有正义感，这很重要，几乎是最重要的。

"我们需要证据。"局长冷冰冰的声音仿佛一盆冷水浇向热气腾腾的索妮娅，他想给她降降温。

可是这对索妮娅没用，她信心十足地说道："很快我就会把凶手揪到您的面前，我保证。"

第四十三章

索妮娅离开了局长幽静、适合说悄悄话的办公室，回到了自己那个嘈杂的办公室中。她看到几乎所有的同事都在紧张有序地忙碌着。其中有一个正在用不怎么熟练的英语与电话那头的人联系着什么重要的事情。她稍微留心听了一会儿，明白了大概的意思，脸上露出一丝不屑的笑意。

然后警长的声音在她耳边响起："索妮娅，你懂西班牙语。过来帮我把这份资料翻译一下。"弗朗切斯科警长指着一张刚刚从传真机上扯下的纸说道。

索妮娅面露难色地说:"我很想帮你,警长,可是我现在有更重要的事情要去做。你可以等一会儿吗,或者去找个翻译来,我们局里有的是。"

弗朗切斯科向来对待下属是温和友善的,即便他们有的时候并没有完全按照自己的意思做事。不过,随着他们对乌菲齐谋杀案的调查越来越深入,他开始对索妮娅产生了很大的反感。倒不是因为她一直都在怀疑绮蜜,警察可以怀疑任何人,何况在这件案子里绮蜜的确无法摆脱怀疑。他对索妮娅的不满在于她似乎太会耍心机了。她认为自己遇到了一个千载难逢的好机会,她想抓住这次机会立一次大功的目的似乎表现得太明显了。他冷漠地看着她,发现她也在毫无顾忌地看着自己,眼神中没有一丝害怕的意味。他故意把手中的那张纸刮了几下,弄出一点声音,然后用上司对待下属时常用的口吻说道:"到我办公室里来,我有话要对你说。"

索妮娅不怎么情愿地跟着他走进了办公室。她已经取得了局长的信任,只要把真正的凶手送到局长面前时,不单是莫吉局长还有整个局里的人们都会对她刮目相看的。到那时,她,索妮娅·莱恩就会成为一个破获三起谋杀案的英雄。没有人能抢走她哪怕一丝一毫的功劳。

三起,对,没错。这是为了破案不得不付出的代价!如果我行动快一点,也许第三起谋杀案只能算谋杀未遂,也许不是。当然了,这并不重要,重要的是能破案。当凶手被拉到阳光下面的时候,没有任何人会在意那一点点的代价。她就怀着这种心情走进了警长办公室。

"现在我们来分析一下案情。"

"案情十分清楚,绮蜜有时间、有条件、有机会,现在我们惟一不能确定的就是动机。我认为动机就在那两幅戈雅的名画身上。"

"《着衣的玛哈》和《裸体的玛哈》?"

"是的。"

"那么你打算怎么找到动机呢?"

"我不需要找什么动机，我只要抓住凶手的把柄就行了。"

"是吗？那我可真的很想听听。"警长的脸上露出了虚假的学生面对自己崇拜的老师时的渴望表情。

索妮娅看到了他的表情，心里突然一阵异样的激动。天呐，这帮男人们，一个也比不上我。她随口就说道："只需要一个小小的手段，就行了。"突然，她大脑里的另一部分思维闯进了她现在的思维区域，提醒着她，可千万不能被臆想中的胜利冲昏了头脑，小心中计了。

她耸耸肩膀，故意表现得有点无奈，"可惜的是，我还没有想出一个很好的办法，毕竟我不怎么懂艺术。"

"你太谦虚了，你是我们局里对艺术最在行的人了。"

"我可比不上你可爱的女朋友。啊，我突然想起了一个人，也许他能对我们破案有所帮助。"

"是谁？"弗朗切斯科感兴趣地问道。

"乔尔瓦尼教授，绮蜜的大学导师。"索妮娅以她难得使用的钦佩口吻说道："我有幸听过他的一堂课，非常的棒。他是绮蜜多年的恩师，比你认识她的时间要长好多。他很懂艺术，也许他能帮助我们分析一下凶手的心理状态呢。"

"听起来有点道理。"

我一向很有道理，索妮娅暗暗想到。她站了起来看了一眼警长办公桌上放着的来自西班牙的传真说道："警长，别为那些无谓的线索忙碌了，那些东西与我们无关。"

弗朗切斯科看着桌上的传真，他自然也不能确定这是否就是一条有用的线索，它充其量不过是一条他最愿意深入调查的线索。如果在过去，他也许会听从索妮娅的意见放弃这条线索的，可是现在他反而对它更有兴趣了。不过，索妮娅有一句话说的有道理。乔尔瓦尼教授，也许他该去拜访一下这位一手把绮蜜送进乌菲齐的亲爱的导师。

第四十四章

弗朗切斯科见过乔尔瓦尼教授很多次，却从来没有机会和他深入地谈谈话。他给教授的定位是一个善良可亲、学识渊博的人。他个子很矮，脖子很短，脸色总是红扑扑的，那对圆圆的眼睛流露出年轻人才有的充满朝气的光芒。他生平最喜欢和年轻人在一起，喜欢看他们年轻的脸庞，听他们好听的声音。这让他感觉自己也很年轻。因此，虽然年过六旬还是坚持每天上很多的课。为了能接待弗朗切斯科，他好不容易才抽出了半个小时的时间。

他坐在学校花园的长椅上看着一些图片资料，等待着弗朗切斯科的到来。

"下午好，教授。"

听到他的声音，教授抬起头对警长微笑了起来。他觉得他英俊正派，所以向来喜欢他。他用手指指自己身边的空座说道："坐下，孩子。"

他并没有把弗朗切斯科看成是前来调查的警察，而是他最宠爱的学生的男朋友，换句话说也就是他的孩子。

弗朗切斯科顺从地坐好，尴尬地微笑着。

教授整理好手头的东西，开门见山地说道："因为你是绮蜜最亲密的人，所以我才对你说。我最近看了不少关于乌菲齐美术馆的报道，当然喽，都是关于谋杀案的报道。有一条报道引起了我的兴趣，两起谋杀案，被害人的脚趾都被切掉了一部分，然后又被穿上了绮蜜的鞋子。"

"是的，虽然我不知道记者们是怎么弄到这些消息的，但那的确都是事实。我来这里就是想寻求您的帮助，帮助我分析一下凶手的行为或者心理。"

"孩子,我不是心理学家。"

"但您通晓艺术。目前,在警察局里有一种看法,就是大家都认为凶手是绮蜜,虽然很难解释理由,可是还有比发现绮蜜的鞋子穿在被害人脚上对她更不利的因素。"他故意停顿一下,想制造一种震撼的效果,"那画,绮蜜最喜欢的那两幅画。"

"你是说《玛哈》。"

"对,现在有一种看法,与那幅名画中的人物一样,绮蜜也拥有一双非常小的脚。所以造成的影响就是,大家不管能不能理解被害人的死因,一致认为她与谋杀案有关。"

乔尔瓦尼教授把他的话在心里面又回味了一遍,然后坚定地说道:"不可能,绮蜜决不会是凶手。我记得上一次,一位女警官来找我时,我也是这么说的。当然我们没有说到绮蜜,因为当时我还不知道被害人脚上穿着绮蜜的鞋子。我认为她应该多多调查桑托罗夫人的背景,因为我觉得那里面可能隐藏着她被害的真正原因。"

一边听着他的话,弗朗切斯科可以感觉到一股激动的暖流正在往喉咙口上涌来,这也许是他听过的最美妙的话了。"您也这么认为吗?教授。"

"只能说当时是这样的。"

弗朗切斯科感到暖流正在急速地消失。

"现在,尤其是当我听说了第二起谋杀案的发生之后,我一直都在做一种尝试。"

"什么尝试?"

"我尝试以一个杀人犯的角度和眼光去看待这整件事。首先,我们可以肯定杀人犯是一个通晓艺术的人,并且他或者她对艺术患有某种偏执症。太过迷恋或者太过关注于某样东西,就会产生臆想中的幻觉,并且由于这种幻觉在大脑中反复出现,所以就渐渐地被认定为现实生活中的景象。"

"您这么说还是让我很迷惑,大家都说,正是因为绮蜜对《玛哈》过于迷恋,因此产生了杀人的臆想。"

"不对。这件事情展现给我们的线索不仅是对某幅画的迷恋,更包含着对脚和鞋的迷恋。知道脚和鞋子之间的关系吗？脚是一种色情器官,鞋则是它的性外套。不用惊讶,这一事实就像人类一样古老。人类的脚具有一种自然的性功能,这种性功能对当今各个时代、各个国家的人都产生了显著的影响。时至今日,脚的性特征和功能仍然在影响我们的日常生活。鞋也是如此,古往今来,它都扮演了一个活泼的性角色。鞋子并不是一种简单的护脚物,也不仅仅是一种想入非非的装饰品。它主要是一种性外套,恰好和具有自然的色情意味的脚相得益彰。各种时髦的鞋子都是脚的色情艺术品。不过,脚的性功能最富戏剧性地表现还是在日常生活之中,人们往往通过鞋子来表达自己的性感觉和性心态。脚和鞋子的性勉励是显而易见的,这种勉励自古以来就在我们的生活中扮演重要角色。赤裸的脚是表现性魅力的一种方式。脚和有关性的事物有着密切的联系。脱掉异性的鞋袜是占有对方的一种信号。如果某个男人被某个女人所吸引,那么他无疑会被她的脚所传达的性魅力所诱惑。"

弗朗切斯科疑惑地看着教授说道:"我不太明白您的意思,您的意思是脚和鞋通常是一个整体。它们相互依存,相互表现对方的性魅力。可那和谋杀案有什么关系呢？难道说凶手是个男人,他被两幅《玛哈》中穿着鞋的脚和赤裸着的脚吸引,因此产生了对不完美的脚的怨恨。但与此同时,他又注意到了绮蜜的脚和鞋,在他看来它们都是近乎于完美的,所以他随便找了两个脚长得不美的女人,给她们穿上了绮蜜的鞋子,其实在心里面是想帮助她们得到完美的脚,或者说是为了帮她们穿上完美的鞋而切掉她们的脚趾？"

乔尔瓦尼教授随意地耸耸肩,"也许吧,但如何把它和案情相联系就是你的任务了,我只是提供一些素材。当然喽,它们都只是我自己的看法,是我对这两起谋杀案的一点肤浅的分析，也许对你破案会有所帮助，也许毫无用处。但是孩子，回去之后你得和绮蜜好好地谈谈。她身处旋涡的中央。记住，当你们之间的交流不再顺畅的时候，那么麻烦就会接踵而来。"

弗朗切斯科回想起了接到第一起报案的那个早晨，似乎就是从那天早晨开始，他和绮蜜之间的交流出现了问题，因此麻烦接踵而来了。

第四十五章

索妮娅在乌菲齐外面把车停下，她的双手握住方向盘，闭上眼睛，长长地呼了口气。终于，她要去做一次勇敢的冒险了。就像第一次一样，她又从口袋里摸出那本小簿子，打开它。里面记载着她第一次独自来乌菲齐调查前写下的感受，她又仔细读了一遍，觉得自己在对待这件案子上最初的想法实在像个莽撞的小女生。当她的目光停留在了绮蜜这页上，看着写有"直觉"两个字时，她再也忍不住了，拿出一支笔，划掉，思索后毫不犹豫地又写上了另外两个——偏见。然后，她把身体向后靠去，满意地看着那本簿子，把它合上，又重新塞进了口袋里。现在，她准备好了。

香味和音乐一样，都是空气里的艺术。在佛教中被认为是人和神之间交流的工具，但是乌尔曼小姐点香却不是为了拜佛。她小的时候生活在意大利南部小城拉维罗。这座位于阿玛尔费海岸的高地上，可以俯瞰大海的小城镇美丽且安静。那儿的空气十分湿润，她在爷爷的屋子里第一次享受到了香的感觉，并从中得到了平静，从此就一发不可收了。她开始渐渐依赖那种安逸的感觉。她最喜欢各种神秘的印度香和澳门的无烟香，当空气中弥漫着香气时，那股子随性、迷幻的感觉让人着迷，像是回到家一样的放松、惬意。

卡罗琳·乌尔曼还喜欢一件事,那就是沉湎于自己的世界,任何时间任何地点,她都可能陷入一种让旁人不可琢磨的状态。多年来;她的内心世界对于别人来说都是一个谜。她喜欢思考,也善于思考。最近,她思考得最多的毫无疑问就是发生在乌菲齐的谋杀案。她思考它们是怎样会发生的,思考着事态走向,评估着这件事情对乌菲齐究竟会造成多大的负面影响。老实说,她并不怎么在乎桑托罗夫人的死,但是对于那个土耳其游客的死确实十分担忧。甚至已经到了心烦意乱的地步。连锁反应,这是她能想到的最糟的结局。

不过,这会儿,她正在思考的可不是这些。刚才,索妮娅·莱恩,那位颐指气使的女警官给她打来电话,从电话里的声音听起来她是那么急切地想要得到她的帮助。帮助,为什么?我能给她提供什么帮助呢?为什么她在电话里不说呢?帮助她找出凶手吗,我能给她提供哪方面的帮助呢?这个年轻的女警官太喜欢故弄玄虚了。不过她也开始急切起来,渴望知道索妮娅的想法,也许她现在确实很紧张,可同时也有那么一点点兴奋。为此她那略显死板的脸上泛起了久违的红晕。

就在这时,有人敲响了她办公室的门。

烟雾缭绕着乌尔曼小姐的办公室,只是嗅觉上,而非视觉上。一种让人放松神经的香味飘荡在卡罗琳·乌尔曼和索妮娅·莱恩的身边。遗憾的是,它并没有起到很好的调节气氛的作用,她们仍然紧绷着神经沉默着。仿佛一场重要的谈判已经到了最后的关头,赤裸裸的讨价还价已经结束,双方正在为这最后的报价估算着自己的利益。

乌尔曼小姐紧盯着坐在面前的索妮娅说道:"好吧,你已经把你的想法都告诉我了。坦白说我很惊讶,在没有确凿的证据之前你就如此直接地告诉我嫌疑犯的名字,难道你就一点不怀疑我,或者馆长先生和美术馆里的其他工作人员吗?为什么偏偏把矛头指向绮蜜呢?"

"原因有很多,但让我确信这一点的是,在和她谈话过程中她的眼睛里某些信息出卖了她自己。我之所以那么直接地告诉你,是想请你帮我分析一下她的心理状态。你非常懂得艺术、理解艺术,换句话说你们是同一类人,我想听听你对她的心理分析,希望找到一个比较好的突破口。"

乌尔曼小姐不自然地笑了起来,"你的要求很奇怪,也很有意思。如果事实真像你说的那样,那可真是太糟糕了。它关系到乌菲齐的声誉,还有,还有绮蜜,她是那么的……我该怎么说呢。"

"怎么想就怎么说。"

"她是那么的——,"乌尔曼小姐搜肠刮肚地想找出一个比美丽、迷人更加适合的词汇,"恬静。"

"你是说她与世无争。"

"这正是我想说的。"

"根据我的经验,很多杀人犯都是性格内向,喜欢隐藏自己内心世界的人。案发后,他们的亲朋好友都不相信这是事实。"

"这不过都是些毫无意义的数据分析。"

索妮娅突然毫无征兆地把身体朝前倾去,双眼紧紧地盯住乌尔曼小姐的脸,呈现出一种渴求的样子。"你我都很清楚那是什么,只不过无法用语言来描述这种感觉,那就是一种心理状态,属于绮蜜的,也是病态的。"

乌尔曼小姐流露出一种孩子般的迷茫感,"她的脚……也许《玛哈》的到来促使了她的行为,即便她真的做了什么,她也是被动的,身不由己的。"她叹了口气,继续说:"我想你也许并不太了解我们这类人,也许是毫不了解。你刚说过她与世无争,用这个词来形容她实在太适合了。这不仅能用来形容她,也可以用来形容所有在乌菲齐美术馆里工作的人,如果你不是一个与世无争的人,那你最好就不要来这里工作。在这里工作,特别是长期在这里工作,你需要一颗充满热情,对艺术的热情,但同时又是无欲无求的心。我们都是这样的人。我、维托尼罗馆长还有绮蜜。但是，绮蜜又是那么的不同，她身上充满着矛盾。并不是她自己在制造矛盾，有的时候是被动的。比如，比如她的外表。她长得就像是个光彩夺目的明星，无论走到哪里人们都会注意到她。可那却偏偏不是她想要的，她是那种喜欢过隐居生活的人。隐匿在这个城市中，不惹人注目，活在大家的视线之外。就好像她在这里工作。"

乌尔曼小姐抬起手挥动了一下，"这座美丽的建筑成功隐藏了她，她躲在艺术品的后面，发挥着自己的聪明才智，燃烧着对艺术的热爱。然而有一天，她美好平静的生活被打破了。一个她多年的梦想，在她毫无准备的情况下就实现了，她甚至都还没来得及去品味一下喜悦的味道就实现了。"

乌尔曼小姐流露出一种谆谆教导的表情，"这是好事吗？我认为不是。她很脆弱，一如她的外表，她无法适应突然而来的改变，无法适应那些一直以来只在心里构建的情节有朝一日居然成真了，她需要时间去适应，并且过程非常的慢。在这个过程中她会变得敏感，极端的敏感。任何一句话，一个小动作都会刺激她，让她失去理智，失去她遵从多年的生活准则。

这个时候索妮娅把头略微转动了一下，唇边露出一丝淡漠的微笑。

"我不认为我无法理解，事实是，我越来越能理解了。她不喜欢被人当面评价，她会为此感到尴尬，她更不喜欢被人当面赞美，她会认为对方十分虚伪。玛哈是她最热爱的，但并不表明她就要占有或者想要真正地面对她，也许她更愿意把这种感觉放在自己的心里，独自一个人慢慢品味。可是有一天，玛哈突然来到了她的身边，她会感到高兴吗，应该不会，那破坏了她心中最美丽的幻想。可她又无力抗拒她的魅力不去看她，但也无法适应亲眼看到她之后那种强烈的心理撞击。你没有办法简单地说那种感觉是痛苦还是幸福，也许没人能说得清楚，可一切就是发生了。"

"那么，这就是原因了。"

"也许吧。"

"我们能为她做什么呢?"

"帮助她,挽救她,不要让她继续错下去。她正在向着地狱滑去,我们得拉住她,不能让她掉下去。"然后索妮娅沉默了一会儿,仿佛在做一个困难的决定,"其实她已经开始察觉有人在怀疑她了。"

"你是怎么知道的。"

"她正在试图把目标转移到别人的身上。"

"谁的身上?"

"你。"

乌尔曼小姐无语,她等着索妮娅的解释。

"还记得招待会那晚绮蜜穿的礼服裙吗?"

"当然,还是我帮她拉上的拉链呢,非常漂亮的裙子。"

"是很漂亮,我也见过,当时我还发现裙子上面有一摊很大的污迹,你知道那是什么吗?"

"是酒,我们撞了一下,我们两个都把酒洒在了自己的身上。"

"是不小心弄的?"

"当然了。"

"可是前几天她却突然告诉我,她说她本不想说的,但又觉得应该把事实真相说出来。她说她一直都觉得那天晚上的事情并不是不小心发生的,而是你故意制造的。"

"我不明白她这么说是什么意思。"

"当然是有很深刻的意思的。想想看,那天晚上当桑托罗夫人起身离开大家去洗手间之后就失踪了,直到第二天早晨在你的办公室里被发现已经死去了。如果凶手当时想要下手,就必须尽快动手,否则她很可能在去过洗手间之后就回家了。但是为了避免过于唐突,也为了拉上一个用来混淆警方视线的替死鬼,所以她说你故意撞了她一下,好让你们两个人都不得不去洗手间。可问题是她去过洗手间之后又回过一次二号展厅，而你却一去不复返了。"

"那么你相信她的话喽。"

"如果相信，我就不对你说这些话了，可问题是——"她故意停顿了一下似乎想要强调问题的严重性，"有人会相信的……"

第四十六章

绮蜜和菲奥雷吃过午餐后一起走回美术馆，午餐太美好了，因此两人心情都不错。菲奥雷舔着嘴唇，回味着刚才吃过的鲑鱼味道，抬头看着美术馆外面的天空上积聚的越来越厚的云层，嘴里有一搭没一搭地闲聊着："看起来下午要下雨了。"

绮蜜也跟着看看天空，"没错，准会下一场大雨的。"

"会有人来接你下班吧？"菲奥雷满怀好意却又嬉皮笑脸地问道。

"弗朗切斯科会来接我的，他是一个称职的司机。"

"是啊，最近你的工作很辛苦吧！"

绮蜜看着他的胖肚皮开心地笑笑说道："谈不上辛苦，虽然每天起码要在二号展厅里站上六七个小时，但我还是很高兴能面对着委拉斯开兹和戈雅的那些美妙的画。"

"那些画真的都那么出色，比我们美术馆的还要棒？"

"你不能这样比较，它们是不同时代里的顶尖作品。"

"是吗，我也想去看看了。"

"怎么，你难道从没看过那些画吗？"

"没有。"

"那你可千万不能错过啊，来吧，我带你去参观，你身边就有一个专职讲解员。"

"天呐，那可太棒了。"

"别太得意了，快跟我来吧。"

他们一起快步走入了二号展厅，菲奥雷瞪着大眼睛东张西望，觉得什么都很美妙。绮蜜站在他的身边，观察着他，为了他的兴奋而高兴。有些人很容易满足，很容易感到幸福，有些人却相反，他们就是相反的两种人，好在她正在学习从别人的幸福中获得满足。给他介绍的绘画自然也都是应该充满欢快气氛的。

"来，你看，从这往右的四幅绘画，名字分别叫做《春》、《夏》、《秋》、《冬》。这只是一种简称，其实它们还可以分别被称为《花季少女》、《收割》、《葡萄收获》、《暴风雪》。分别用那个季节的特性来命名画的名称，这几幅绘画都可以算做是戈雅的中期作品，当时的戈雅刚刚成为宫廷画家，他开始画一些反映宫廷生活的画作。但他也很喜欢画普通人的生活，表现他们生活中的细节。也许你觉得《暴风雪》不能算，但那也是自然的气候状态。你仔细看《春》、《夏》、《秋》中的人物的面貌，脸型圆润脸色都是红红的，非常健康美好的感觉。"

菲奥雷仔细看着，突然笑着说道："看起来和我有点像。"

绮蜜的脸上也挂满了欢快的笑容，"不是有点，是非常像。再来看看这幅画《被蒙着眼睛人的撞击》，明显带有贵族意味。这幅画描绘的是一群贵族年轻人围成一圈正在玩一种很有意思的游戏。一个人被蒙上了眼睛，手中拿着一根长长的木勺，去撞击把他围起来的人，围着他的人则不时蹲下身体，躲避他的木勺。"

"看起来很有意思，让我数数，一、二、三、四……九，算上当中的那个人一共有九个人。"菲奥雷开心地看着绮蜜说："如果我们有九个人，也能在这个大厅里玩这种游戏了。哦,天呐,快看这幅画,多么可爱啊。"

"可爱至极。这幅画名叫《小大力士》,瞧,正前方的那个低着头的孩子,多么强壮啊。再看骑在他头顶的那个红衣孩子,表情实在太天真可爱了。这幅画很有意思,通过两组孩子,分别表现出一个孩子骑在另一个孩子脖子上的正反两种姿态。"

她的话被手机打断了,"你好。"

"绮蜜,是我。"

"弗朗切斯科。"绮蜜有点意外,他通常不在这个时间给她打电话。

"没什么特别重要的事,只不过有点担心你,想听听你的声音,在干什么呢?"

"现在是休息时间,我正带着菲奥雷参观呢,真希望你也在,我正好给你们两个一起上一堂艺术扫盲课。"

弗朗切斯科咯咯地大笑了起来,"宝贝,我们都是无可救药的家伙,别在我们身上浪费时间了。"接着,他的笑声瞬间消失了,电话里再次传来的声音听起来既严肃又紧张:"听着,索妮娅……"

一听到这个名字绮蜜就感到胃抽紧了,她神经兮兮地问道:"索妮娅,她怎么了?"

"她一直都怀疑你,并且不断把她的这种思想灌输给局长。她刚才好像又去乌菲齐了,我不知道她这一次要玩什么把戏,但我对她很不放心。所以,亲爱的,如果可能的话,也许你该请几天假,在家好好休息。你说呢?"

绮蜜咬着嘴唇说道:"好吧,我会考虑的,再见。"

她挂上电话,问菲奥雷:"今天你看到那个女警官来过乌菲齐了吗?"

"那个好打听的女人吧,是的,我看见她进来,她可真是个烦人的家伙。天哪。"

"怎么了?"

菲奥雷把脑袋朝门外歪歪，"她来了。"

绮蜜抬起头正好看见刚从楼梯上走出来的索妮娅。她一开始并没有看见他们两个，但是像她那样敏感的人同时被两个人注视着是不会察觉不到的。她本可以装作没有看见他们转身离开，但是她做了一生当中最错误的一件事。她故意停下脚步凝望着展厅里的绮蜜和菲奥雷。心里被好奇心占满了，这两个人怎么会呆在一块儿呢？有意思。她朝他们走去。

"你好，索妮娅警官，今天有什么收获吗？"

"每次来乌菲齐我总是会有收获的。"

"看起来你已经有了自己的调查方向了，和弗朗切斯科分道扬镳了？"

"还不至于那样，可是我们对这件案子的看法的确有一点分歧。"

"这么说你有新的进展了？"

"我有，可是我不能对你透露半个字。"

绮蜜冷漠地一笑，"别担心，索妮娅，我不会在乎你透不透露半个字的。"

"两位，不知道你们是否有新线索可以提供给我？"

绮蜜看了一眼菲奥雷，说道："我们都是迟钝的人，恐怕不能给你任何帮助了。"

索妮娅突然露出一丝让人恐惧的得意笑容，"也许你能的。"然后她把头轻蔑地扫了一眼菲奥雷对他说道："你是她的保镖吧，我建议你从现在开始，睁大眼睛好好地保护好这位美丽的小姐。"

"为什么？"菲奥雷问道。

"不为什么，如果你不想失去她的话，就照我的话去做。"说完，她转身走开了。

"你去哪儿？"他在她身后喊道。

索妮娅又转了回来，"我，要去参观文艺复兴的杰作了。"她故意抬起手臂看了看表，"还有半天呢，时间足够了。"

她走了，留下一个大大的疑问给了他们两个。

"她到底什么意思？"菲奥雷不解地问。

"我也不知道。"

绮蜜眯缝起眼睛开始思索了起来，从一开始索妮娅似乎就把矛头指向了我。她单独跟我谈，一点点地把事实告诉我，目的无疑就是为了看我的反应如何。从她的表情来看她似乎已经知道真凶了，可是为什么她要菲奥雷保护我呢？又一个圈套吗？不，不会的。像她那么聪明的人，如果知道了真正的凶手是决不会告诉别人的。她到处说我就是凶手不过是把我当成了一个诱饵，目的是引诱出真凶来。她知道那样做我会很危险，所以故意以那种开玩笑的口吻要菲奥雷保护我。那不是一句无意义的话，而是很有道理的。可问题是，我为什么要容忍她的行为呢？

"抱歉，菲奥雷，我不能再陪你了。"

她似乎暗暗下定了某种决心，脸上透露出难得的坚毅表情。

"你要去哪儿？也许那个女警官没说错，你需要保护。我可不想看到下一个受害者是你。"

"菲奥雷，我亲爱的朋友。你来看这幅画，充满悲情主义的《1808.5.3》。这整幅画面中的一切色彩都是暗淡的，惟有一个人，一个人。他处于画面的中央，身穿雪白的衣服和浅黄色的裤子。他的身边躺满了尸体，许多支枪口正对着他，他脸上恐惧的表情告诉我们他是多么的绝望和害怕，没有人能救他，他的命运已经决定了，惟有死亡。我不想像他那样，做个绝望的人。"

"你不是一个绝望的人，绮蜜。我，还有很多人都可以帮助你。"

"是的，只要我伸出双手，有很多人可以帮我。但是我已经不是孩子了，我不能像那些孩子那样总是高举起双手等着别人的帮助，生命中总有一些问题你得依靠自己来解决。"

"你打算怎么解决呢？"

绮蜜从牙缝里轻轻吐出四个字："以牙还牙。"

回到办公室里,绮蜜首先给馆长打了电话,"你好,馆长先生,我是绮蜜。"

"你好,亲爱的。有事吗?"

"不,我只是想问问,索妮娅·莱恩的警官,今天来找过你吗?"

"不,没有啊,有什么问题吗?"

"没事,我刚才在展厅里看见她了,也许她是来参观的。"

馆长先生自嘲地笑了起来,"我也但愿她是来参观的,但那根本不可能。让她去吧。"

"恐怕也只能这样了,抱歉打搅了你,再见。"

她放下电话,把双手并拢,食指相贴放在嘴唇上,这是她认真思考某个难题时最喜欢的动作。

如果索妮娅不是来找馆长先生的,那么无疑她就是来找她的了。索妮娅想利用我,我也想利用她。一个绝妙的主意,也许我可以向索妮娅学习,让我们看看到底谁会赢。

她在脑子里盘算了几个还算说得过去的借口,选了一个自认为最合适的,准备好了道具,探险地就在隔壁,太近了。

"绮蜜,你是来找我的吗?"

刚出门,乌尔曼小姐的声音便在她身后突然响起,这可把绮蜜吓了一大跳,她手里的东西也撒了一地。

"对不起,我吓着你了。"乌尔曼小姐微笑着说,但在她怡然自得的外表下面隐藏着警惕。然后她蹲下身帮她捡起掉在地上的东西,"这些是什么,是谁画的?"

"我的一个朋友,我其实,其实不太认识他……嗯,他是一个本地画家,非常年轻,我,我想让你看看他的画,如果你有空的话。"绮蜜结结巴巴地说着。

乌尔曼小姐拿起一张看了看,"是抽象派的。"

"是的,有重金属的感觉,对吗? 朋克味,或者他们怎么说的来着,哥特味,这种艺术在纽约街头到处都是,可在这儿并不多见。"

"那就进去说吧。"

乌尔曼小姐打开了办公室的门,绮蜜犹豫了一下,走了进去,探险的感觉又涌上心头。这间办公室仍然是那么的干净整洁,整理得井井有条,空气中散发着一种让人昏昏欲睡的香味。

乌尔曼小姐把所有的画稿都摊在了办公桌上,认真看着,她并没有发表任何的意见,但不时能从她的嘴里听到"啧、啧"的赞叹声。

这让绮蜜很高兴。她确实想帮助这个年轻的画家,他的画是非主流的,因此很难引起大多数人的共鸣。如果说人们在十五世纪时称佛罗伦萨为新雅典的话,那么现在,当人们谈起她时,想到的总是文艺复兴,古老的建筑和艺术,这座城市似乎正在失去接受新新艺术的宽广胸怀。她不认为自己有能力去改变这一点,只是希望那个年轻画家不用再呆在街头了。如果乌尔曼小姐能给他做一些引见的话(毫无疑问,她的引见会比绮蜜的有分量得多),那么那个画家就有希望了。

"很不错的作品。"

"相当不错,很有个性。"绮蜜用推销员的口吻附和着说。

"你是怎么认识这个人的?"

"很简单,当时我在街上随便走着,他跑过来说要为我画张画,并且不收钱。就这样我们一边画画一边聊天,熟识了起来,我喜欢他的画。坦白说,也喜欢他的性格,他的气质很纯净。不像人们通常认为的这类画家,衣着和发

型都很怪异,脸上总是挂满了环,好像在那上面开了个五金铺子似的。"

"你想让我为你或者他做点什么呢?"

"把他的画介绍给一些现代画廊,看看能不能有某个画廊愿意为他举办一次画展什么的。"

乌尔曼小姐沉默了一会儿后又拿起一张画,那是一张极其吸引人的画。上面画着两张脸,但只各画出了一半,一半是东方的,另一半是西方的。东方的脸笔触细腻,西方的脸线条夸张。她看着这两张脸,笑了,"也许我可以试试,但你可别抱太大的希望。"

她的话足以让绮蜜兴高采烈了,她的脸上露出动人的、表达诚恳谢意的表情,然后她突然把手放在鼻子上,嗅了嗅空气中的气味问道:"今天你的办公室里味道很特别,你点了什么香?"

乌尔曼小姐沉默地注视了一会儿绮蜜,然后说道:"是檀香。"

"光是檀香吗,不是吧。"

"对,还加入了一些迷迭香。"

绮蜜得意地笑了起来:"我的鼻子不错吧。"

乌尔曼小姐好奇地看着她,"你是什么时候对香味如此敏感了。"

"我有吗? 没有吧,只是最近有点好奇罢了。"

"过去你来我办公室时可没有这么好奇啊!"乌尔曼小姐意味深长地说道。

"这种好奇并不是我主动产生的,而是在别人的提醒下产生的。"

"那个人是谁?"

"索妮娅。"

"这真有意思,我本以为你们谈不来。"乌尔曼小姐不动声色地看着她说。

"我们是谈不到一块儿。不过,为了案子的事,我们不得不谈谈,就好像她曾经给我看过一种香,还问我过去是否见过闻过呢。"

乌尔曼小姐警惕地盯着绮蜜问道:"是怎么样的香?"

"样子很普通,我觉得那像是从一整段香上折下的一小块,它的颜色是红色的。"

"是吗?那么你过去见过这种香吗?"

"索妮娅一定是问错人了,我怎么会见过呢。"绮蜜孩子般地撇起了小嘴,这个时候,她敏锐地注意到乌尔曼小姐紧张的身体好像放松了下来,就继续往下说道:"其实,她应该来请教你,你是专家,也许她已经问过你了,是吗?"

乌尔曼小姐淡漠地一笑,"不,她没有问过我。"

绮蜜瞪着无辜的大眼睛说道:"真是奇怪,我弄不懂她为什么要问我那个问题,难道那段香和案子有关系吗?说真的,它的味道一点也不好。我把它放在鼻子下闻的时候,那种感觉。"绮蜜做了一个夸张的怪样,"简直让我想要冲进厕所把早饭吐出来,更奇怪的是,它的味道几乎让我晕厥过去。"

也许出乎意外,也许不合时宜,电话铃响了。

"你好。"乌尔曼小姐接起电话沉稳地说。"是的,是的,哦,那样可不行。好吧,我这就来。"她放下电话,用抱歉的表情看着绮蜜,"我要去展厅一趟,有点紧急的事情,我会很快回来的。"

绮蜜点点头说道:"也许我们以后再谈吧。"

"哦,不,不。"乌尔曼小姐突然紧紧抓住她的手腕,力道十足让绮蜜几乎没有一丝反抗的机会。"我很快就回来,等我一会儿。"

随着一下关门声,屋里就只剩下绮蜜一个人了。绮蜜看着桌上的画稿,伸出手,拿起两张随便看看,又放下。她不知道自己的话是否起了作用。她又开始担心自己的演技是否过于拙劣,让她起了疑心。就这样,时间一分一秒地过去了,乌尔曼小姐似乎出去很长时间了,也不知道什么时候才能回来。她思忖着该不该先回自己的办公室,但又怕自己刚离开她就回来了。她突然觉得很困,也许是昨晚没有睡好,也许是中午吃得太饱了,也许……

第四十八章

　　绮蜜坐在椅子上突然抽动了一下小腿,就好像睡着了的人被意外惊醒了过来,害怕极了。天呐,我的头。她捧住自己的脑袋,觉得头疼欲裂。我怎么了,为什么会这样。她下意识地把脚放在了地面上,冰凉的地面刺激着脚上的神经,让她触电般地又缩了回来。我的鞋呢? 她把脚又放下去,无意识地在地上搜索着鞋子。可是没有找到。她只能站起来,低下头去找。没有,哪里都没有。上帝,她的心突然收紧了,恐惧降低了疼痛的感觉,让她迅速清醒。她没有穿袜子,现在她的双脚就光溜溜地踩在地面上,提醒着她危险的逼近。

　　她环顾四周,心中尽是迷茫的思绪。等她终于看清楚周围的环境后,她更困惑了。此刻,她正呆在自己的办公室里,而非乌尔曼小姐的办公室。

　　鞋子去哪儿了? 一股从胸口涌上来的热气堵在了喉咙口,绮蜜急得几乎要哭出来了。这一刻,几周以来积聚的委屈和苦恼一起向她袭来,这可能是有生以来上帝给她脆弱的神经最大的一次考验了。她的眼泪哗啦哗啦地流了下来。突然她滋生一种奇怪的感觉,一种指引她的力量。更衣室的门虚掩着,与其说是有光线从里面透出来,不如说是那扇门已经抵挡不住里面的阵阵寒意了,即使你在外面,也可以感觉到。

　　突然之间,她不知哪来的勇气,站了起来。两只脚踩在地面上,平平的,没有任何的弯曲,像是要最大限度地吸收地面上的冷气。她挪动着脚步,就像过了一个世纪那么长终于挪到了更衣室的门口。站在门口,她可以呼吸到从里面吹来的带着死亡气息的空气,她没有用手,而是用脚推开了房门。首先看到的,就是她的鞋子。她今天早晨出门时穿着的,那双平淡无奇的黑色高跟鞋。

　　但是这双鞋子摆放的样子很奇怪,它不是平放在地板上,而是歪着的,鞋头朝下鞋跟朝上。就好像,好像穿在什么人的脚上。她又向前挪动了一点点。毫无疑问了,鞋子的确是穿在了某个人的脚上,并且是一双不适合的脚上。因为她已经看到从脚趾头上流出的鲜血,渗透到脚面上和鞋面上。

　　她向尸体走去,蹲下身,靠进它。

　　她甚至已经可以感觉到这具尸体身上还未散尽的热气,这只能说明她死去的时间还非常短。尸体的头发胡乱地披散着,挡住了她的脸。而绮蜜想看清她的脸,非常想看。她伸出手,掠去了几丝挡住脸部的头发,一看见那张脸,绮蜜的身体就重重地向后弹了出去。她的肩膀紧紧靠在墙壁上,不住地抖动着,甚至连她的牙齿也跟随身体一起抖动了起来,在她的抖动至少持续了五分钟,泪水才姗姗来迟地造访她的眼睛。她哆嗦着嘴唇,自言自语道:"这是报应,我知道,是报应。是我害了她,不是我,不是我,没有人会相信我的话,所有人都认为我是凶手,不是我,不是我,索妮娅。"她终于大声痛哭了起来,她颤抖不已的双手紧紧抓住自己的裙子,把头埋在双腿之中。

　　此刻,在美术馆的外面,已经开始有大片的乌云聚集了起来,随着一声响彻天空的雷声,暴风雨终于降临了。大滴大滴的雨水夹杂着狂风袭击着这座古老的城市。如果说几百年前的那场暴雨让阿诺河泛滥,几乎毁灭了整个佛罗伦萨的话,那么今天的暴雨摧毁了绮蜜最后的一点理智。她已经完全失去了判断力,她不知道该做什么,怎么去做。脑子里只有一个念头,那就是赶快离开这里,离开可怕的乌菲齐。不管外面在下着什么,她都不在乎了,只要能离开这里,她愿意去死。

　　她用尽所有剩余的力气从地上爬起来,手扶着墙壁,尽可能远离尸体,眼睛半闭着不去看她。她挨过了更衣室的门,又挨过了办公室的门,一到外面的走廊上,就感到自己马上又能呼吸了。她往走廊前后看看,空无一人,就撒开腿疯了似的往外跑去。穿过走廊,到大展厅区域时人多了起来,但她一刻也不愿意停留下来,她只顾往前跑,根本不注意自己撞到了什么人。在她跑的时候可以听见人们对她的冒失举动而发出的抱怨声,可她却充耳不闻。没有人来阻止她,也没有人能阻止她。直到……

"天呐,绮蜜,出什么事了。"

菲奥雷瞪着他本已经很圆的眼睛,神情茫然又焦急地看着披头散发,满脸泪痕的绮蜜。他伸出手拦住她的去路,想要帮助她。

绮蜜咬着嘴唇哆嗦着说:"让开,菲奥雷。"

"不,你得告诉我出了什么事,让我帮你。"说这话时,他因为太过着急眼睛充血了。

"你帮不了我,让开。"绮蜜哭着说道。

"为什么你不能相信我呢。"菲奥雷真的着急了,仿佛也要哭了起来。

"你给我让开。"绮蜜大喊一声,身体绕过他双臂围成的包围圈,向外跑去。

菲奥雷伸手过去抓她,却没有抓住。他跟着她一起跑了出去,在她身后大喊:"你回来,外面正在下雨呢,你会被淋湿的。"他跑到门口,看见绮蜜正沿着长廊往外面跑去,他不顾瓢泼的大雨跟着一起跑了出去。雨确实很大,雷声也确实很响,菲奥雷知道这个时候无论他怎样的大喊大叫,恐怕绮蜜都已经听不见了,他的脚步不知不觉地慢了下来。在狂风暴雨中,他看见绮蜜跳上了一辆计程车,绝尘而去了。

突然,一道闪电打向阿诺河的河面,伴随着一声震耳欲聋的雷声,阿诺河就像一面被突然击碎了的镜子,发出刺耳的声音,让菲奥雷感到了恐怖和绝望。

第四十九章

"去哪儿,小姐。"开车的司机戴着一顶压得很低的帽子,他并没有转过头,只是一边往前开车一边问,就像对待他每天都要遇见的许许多多的客人中的任何一位。

"去……"

绮蜜张开嘴,不知该说些什么,她突然觉得自己其实无处可去,好像被整个世界在瞬间抛弃的感觉。只有在这个时刻她才感到其实自己在这个城市中真的一无所有,也许除了弗朗切斯科。可是现在,在这种情况下她该怎么去找他呢,她已经给他带去太多的烦恼了,她甚至已经在感情上背叛了他。更何况现在去警察局,是多么具有讥刺意味啊!去自首呢,还是去报案呢,告诉他们我刚刚在自己的办公室里发现了一具死尸,并且这个人就是正在调查我的警察。上帝,这是多么可怕的事啊。她的泪水慢慢滑落在了脸庞上。

"小姐!"

"去列奥波多广场,在老区的郊外。"

"是的,我知道那个地方。那可是个漂亮地方,能住在那里的一定都是有钱人,你住在那里吗?"这时他把头瞬间转了过去,却惊讶地发现一个浑身湿透的年轻女人正坐在后座上哭泣。显然,她根本没有听见他的话。

"小姐。"这一次他的声音轻极了,然后他把注意力放回到了开车上,告诫自己要闭紧嘴巴。

雨似乎越下越大,雨水不停敲打着车窗,绮蜜渐渐停止了哭泣开始陷入了沉思。她觉得自己正被许多种无法言语的情感所困扰。它们交杂在一起,像一根根的丝线把她牢牢地困在中间,她无法破茧而出。一方面和克劳斯所产生的爱意让她十分地满足和快乐,可另一方面她却又不得不忍受在感情上背叛弗朗切斯科的痛苦。单单这两种感情的夹杂就已经够让人心烦的了。可是,还有谋杀,一桩又一桩的谋杀案,把她折磨得几乎要窒息了。她一直都在考虑着一个问题,差不多从第一起谋杀案开始时就时刻在想着,这一切和玛哈有关吗?她有时会认为当然是有关系的,但过了一会儿又觉得自己太可笑了,简直是疯了,毫无疑问,这之间没有任何的关联。

但是她还是忍不住地经常要揣测为什么凶手要给那些被害的女人穿上她的鞋子呢?猜测这中间的疑问是最让她头疼的,她感到自己的心就快被揉碎了。不过,从头至尾,在她所有产生过的情绪中惟一没有出现过的,但确实应该出现的就是恐惧。谋杀在她身边一再发生,她身在其中却没有害怕的感觉,甚至压根就没想过也许下一个被害人就是她自己。所以,当绮蜜突然意识到这一点的时候,觉得很奇怪。

"我们到了,小姐。"

司机的说话声打断了她的思绪,她向车外看去,确实到了。她在城中的另一个避风港,克劳斯的家,也许是她惟一可以并且愿意呆的地方了。

计价器上显示着她该支付的车费,她知道自己身无分文,如果克劳斯这会儿不在家她该怎么办呢?下意识地,她把手伸向了自己的脖子,感觉到了戴在上面的金项链,她做出了要解下它的动作。

"千万不要,小姐。"司机马上阻止了她的行为,"如果你没有钱,那就算了。"司机又深深看了看绮蜜红肿的双眼,"这项链还是留着吧,毕竟它对我没有用。"

"但是请你等一会儿,如果我的朋友在家,也许他可以替我付钱给你。"

"好吧,我等着。"

绮蜜下了车,走到门前,按响了门铃。大约过了两三分钟后,克劳斯·菲尼克斯打开了门。他看见绮蜜后稍微愣了一下,随后把她拉向自己,一直拉进自己的怀抱。绮蜜木然地把脸紧贴在他的胸口,感受着他温暖的胸膛带给她的勇气。可是她又哭了起来,她抬起头看着画家说:"替我把车钱付了吧,我从美术馆出来时什么也没带。"

画家看看停在外面的计程车,跑出去替绮蜜付了车钱,在他跑回来的时候,他这才注意到绮蜜赤着脚。他惊异地看着她问:"发生了什么事,你的鞋子呢?"

随着他的提问,绮蜜哭得更加厉害了,她像孩子般上气不接下气地说道:"我把,把鞋子,我把鞋子……弄丢了。"

她无须再多加解释了,这句话意味着一切,画家什么都明白了。他沉重地叹了口气,穿过花园一直把绮蜜抱进画室,放在软榻上,他看着浑身湿透正在发抖的绮蜜很长一段时间,眼睛里有一种欲言又止的神情。后来,他找来一条浴巾放在绮蜜的身边,然后像是有事般地走到法式落地窗前呆呆地注视着外面的雨景,眼神尽可能地与她相避开。

绮蜜看看浴巾,又看看克劳斯,突然悲从心起,她感到一阵后悔和羞辱的感觉。就连他也不相信自己是清白的。半天前她的确还可以毫无愧疚地宣布自己是清白的,不过现在一切都改变了。她没有杀人,但是她的心却因为自己的行为而套上了枷锁。

她挣扎着站起来,可是疲惫和失落让她很虚弱,刚站直,脚一软又摔倒了。克劳斯急忙跑过去扶住她,看着她不怎么健康的绯红的脸颊,柔声说道:"你病了,把身体擦干,然后躺下休息一会儿。"说着,他拿起那块浴巾帮她擦干了身体,又找来了绮蜜曾经穿过的那条白裙子交给她,在她换裙子的时候,他在他常用的那个酒杯里倒了半杯白兰地,又从一个小药瓶中倒出两颗药丸,走回来把它放在惊魂未定的绮蜜的手中,严肃地说道:"把这些吃下去。"

绮蜜看着他,表情有点怪异,但是没有要吃的打算。

"来吧,对你有好处。"他加重了语气。

绮蜜咬咬嘴唇,接过了杯子,把药丸往口中送去。可是克劳斯马上就发现,不知是太虚弱还是太紧张,绮蜜甚至不能自己握住杯子。她的身体已经不再颤抖了,可是双手还是不住地颤抖着,酒洒在了她的手臂上。他看着她叹了口气,走到她的身边坐下来,一手接过酒杯,一手搂住她,把酒慢慢地喂到她的口中。

　　"咳,咳。"

　　白兰地滑入了绮蜜的气管中,她的身体弯成了虾,急促地咳嗽着。"绮蜜。"克劳斯的口中发出一声含糊不清但却满含着某种温情的叫喊。绮蜜觉得他似乎想要吻她,不知出于何种原因她把头掉开了一些。

　　"我害死了一个人。"她也不知道自己为什么要说,可是如果不找个人说出来她就要疯了。

　　"一个?"

　　绮蜜抬起疑惑的眼睛看着他,"当然是一个,你认为是几个?"

　　"我不相信,绮蜜,我不相信你会伤害任何人。"

　　"不。"绮蜜突然紧紧抓住他的手臂,"上帝会惩罚我的,会的。"

　　"不,不会的。你太紧张了,你需要休息。任何事都不会发生的,我向你保证。"

　　然后,他的吻不偏不倚地落在了她的额头上,当他的双臂紧紧地将她环抱住的时候,所有的心理挣扎都消失了,毫无疑问这是此刻她最该留下的地方。她那素来敏捷的思维停止了,就像一个傻瓜般什么都不想了,都不想了,至少在这里她不再想了,他的怀抱就是她的伊甸园。

　　又过了几分钟,她开始清楚自己刚才吃的是什么药了,她觉得困了,不同寻常的困。她感到克劳斯慢慢地把她平放在软榻上,又为她盖上毯子,接着她睡着了,什么也不记得了。

　　醒来的时候,外面虽然还是黑漆漆的,但是已经能看出一丝曙光就要到来的迹象了。她推算应该是第二天的清晨了,天就快亮了。借着那惟一的一点点亮光,绮蜜感觉到画室里没有人,克劳斯并不在这里。但是有一样她所渴望的东西在——她的画。就在画室的中央,她不记得昨天曾看到过它,好像是克劳斯在她睡着的时候有意放在那里的。

她走过去,拉开那块长长的白布,看到了自己的画像。她的脸,恬静中显得那么优美端丽,转瞬间又显现出一种异样的好奇、不解和傲慢。她眯缝起眼睛,好像在回忆什么。

然后,她感到身后有两条手臂抱住了她的身体,她一动不动。她已经熟悉这种拥抱了,那是和弗朗切斯科所不同的拥抱,她能够区分出来。

沉默良久后,她平静地说道:"克劳斯,你的画证明了你是一个写实的画家,也证明了你是一个诚实的人。至少,你不愿意对艺术撒谎。这幅画中的我没有任何生命力,就像一具睁着眼睛的死尸。"

画家说道:"我原来设想画你的模样应该是,在你微笑上翘的嘴角上含着沉思,似笑非笑的笑意的样子,可又像是随时就要落泪般。但是你真的这么微笑过吗?没有,这只是我想象中你最美丽的一副表情。可惜你几乎从来有表露过这样的表情。不,虽然很渴望,但这太虚假了。如果我这么做了,画中的你将没有灵魂,只是一个美丽的摆设。"

"也许,我真的已经失去了一些最珍贵的东西了。"

突然间,绮蜜迅速转过身把滚烫的脸颊贴在克劳斯的胸膛上,双臂向上伸去挽住他的脖子,无助地哭喊着:"我快不行了,我就快要死了,我现在就像一条绷紧了的线,越绷越紧,越绷越紧,就快断了。"

她说完长叹了一声。立刻,她的脸上呈现出严肃的神情,好像石化了。时间也仿佛在那一刻静止了下来,就连她脸上的泪珠也停留在了原地,不再下滑。带着这副表情,她的面孔变得比以前任何时候更加妩媚动人了。但是这是一种新奇的神色,完全不在画家描绘在那幅画像里的那种失魂落魄、心不在焉的神情范畴以内。

"绮蜜。"他喃喃地自言自语般地唤着她的名字,此时此刻他知道任何的语言都是多余的了。

第五十章

绮蜜没有答应克劳斯想要送她回家的请求,而是拿着他给她的钱在清晨的朝雾中坐上了一辆出租车。汽车经过德波米托大街来到了斯特罗齐广场,又拐到了弗拉泰利罗塞利大道上,准备渡过阿诺河向新城驶去。街道上空荡荡的。小酒馆和甜品店都还没有开门,金器铺子和门面很小的服装店也不知道要到何时才会迎接客人。只有清扫马路的工人偶尔在她眼前掠过。她观察着这一切,竭力让自己不去想将要出现的局面。克劳斯的家无疑是一个避风港,在那里谋杀与他们俩人毫无关系。可是无论这个避风港有多么令人留恋,她终究还是要走出去面对一切的。索妮娅死在了她的办公室里,大家会怎么说,会认为她是凶手并且把她抓起来吗?她突然牵动一下嘴角,露出一丝苦笑。就在这时,出租车在家门前停了下来,绮蜜走下车,深深吸了口清晨微凉的空气,和面带诧异的看门人打了招呼,走进门去。她发现自己越往里走心情反而越发平静了,弗朗切斯科,还是值得她信赖的。她几乎可以确信无论别人怎么看,她的男朋友是不会怀疑她的。或者说无论发生了什么,在他的面前,她都可以泰然处之。

绮蜜打开房门,一眼就看到弗朗切斯科坐在屋子里面。他跟平时显得非常不同,甚至跟一天前也有着巨大的差别,他的脸色蜡黄,高大的身型蜷缩着坐在沙发上,一头卷发蓬乱地覆盖在头上。她觉得鼻子发酸,心疼异常。刚想开口和他说话,就注意到还有另外一个人也在屋里。凭直觉,她感到这个人一定也是一个警察。他们已经不再相信弗朗切斯科了，所以派了一个人来监督他，也许是怕他把我给放跑了吧。

弗朗切斯科看到了她，但没有说话，他站了起来，眼睛里含着泪水。绮蜜注意到之后，心像被烙铁烫过般的疼。上帝，如果他知道我的心已经不在了，他还会为我着急吗？她向他慢慢走过去，拉起他的手，用手指仔细地触摸着他的掌心，她已经很久没有认真做过这个动作了，真的很粗糙，这都是我的错。这时，传来了另一位警员职业性冷酷的声音。

"我们得请你去警察局一趟，小姐，你现在是一起谋杀案的嫌疑犯。"

绮蜜没有搭理他，就好像屋里根本没有他这个人存在似的。她充满温情地看着弗朗切斯科说："我想去换身衣服，洗洗脸，化个妆，行吗？"

弗朗切斯科拉起她的手朝卧室走去，他为她打开房门，看着她往里走，但是没有跟进去的意思。现在，那道门仿佛正要举行某种重要的分别仪式。绮蜜的心脏急切地跳动着，她依依不舍地回过头看着弗朗切斯科，用眼神渴望着他能进来，但是他没有，他只是僵立在原地看着她，犹豫着……最终他还是为她关上了门，他已经没有和她单独相处的权利了，这就是局长派来另一个警员的真正目的，他太清楚这一点了。当房门关上的那一刻，他们看到彼此都落泪了。

绮蜜在床上呆坐了一会儿，然后站起来迅速脱掉衣服，洗了洗脸，走到衣橱前挑选衣服。当她从衣橱里抽出一套黑色衣裤时，她发觉自己的衣橱正呈现出两种景象。一部分是色彩绚烂的时髦服饰，另一部分是简洁低调的朴素衣服。就像她复杂矛盾的生活，永远都不知道哪一种更适合自己。当她受到诱惑的时候，她愿意把自己打扮得花枝招展，以赢得所有人的赞美，但那之后，她会带着不知从何而来的奇怪负罪感，穿上朴素的衣服随和地淹没在人群中。

虽然有整整一橱美丽的衣服，可是现在符合她心情的却只有黑色。她随便找出一套，穿上裤子又套上上衣，在梳妆台前坐下来。镜子里的她双眼浮肿着，毫无美感，并且那双水汪汪的大眼睛，像是随时都会流出大量的眼泪，她可不想这样，她不喜欢在别人的面前流泪，那是多么尴尬和痛苦的事情。

穿好了衣服，绮蜜拉开抽屉，那里面有不下二十种颜色的眼影，平日里讨人喜欢的粉色系今天看起来却是十分刺眼。她仿佛在一夜之间成熟了，不再适合那种属于小女孩的色彩了。她的眼睛挑剔地扫过排列整齐的一个个小盒子，最后考虑到遮掩浮肿眼皮的需要，她选择了浅棕和深褐色。又描画上了最深的纯黑色眼线，涂上接近唇色的唇膏，在她为自己扫上最后定妆的蜜粉时，她感觉自己似乎已经不再是自己了。浓黑色系的冷酷妆容真的可以掩饰一个人的面目，也许还能掩饰一个人内心的脆弱。她站起来，最后审视一下镜子中的自己，一身的漆黑。她明白这是一种防护，一种自我掩饰。她已经没有什么勇气了，只能努力地掩饰脆弱，只有这样了。

她又一次拉开抽屉，随手一下，把桌面上所有的化妆品都拨弄进了抽屉里，然后站起来。她没有要带上包的打算，她不知道自己今天晚上还能不能回到这间卧室里，又何必带上一堆累赘呢。她只带了一块手帕，也许在接下去的几个小时里，随时都有用上它的可能性。

她走出卧室，外面依然是令人窒息的沉默气氛。

另一位警员先站起来，手下意识地摸了一下挂在身上的手铐，但他马上就注意到警长正严厉地瞪着自己，也就放弃了原来的企图。

"请吧，小姐，我们已经耽搁的太久了。"他机械地说道。

弗朗切斯科拉起绮蜜的手，毫无生气地微微一笑，像是宽慰又像是无奈。他感觉到绮蜜的手心滚烫滚烫的，这太不合常理。通常，她的手总是那么冰凉。可他已经不愿意去深究那里面的原因了，就让一切都顺其自然吧。

他们一起走下楼上了警车，就和电影里那些逮捕罪犯的场景没什么区别,除了嫌疑人没有戴手铐。警员发动了汽车朝中央警局的方向驶去,而在马路的对面有一辆车也刚好发动了起来。这辆车的行驶的方向和前面的警车正好相反,司机打亮了转向灯,车子拐了个弯驶向了另一条街,克劳斯·菲尼克斯手握着方向盘感到自己的心正被一种既新奇又复杂的痛苦感觉所占据。

第五十一章

这一定是佛罗伦萨警察局有史以来的第一次,警长牵着嫌疑犯的手走进警察局。不是用手铐铐住,而是真真正正地手牵手,手指交叉着连在一起。如果不是他们两个的脸色看起来实在不令人愉快,任何人都会以为他们是一对幸福的情侣。

和他们一起走进来的警员远远地跟在后面,从心底里暗暗后悔接了这么一个苦差使。即便今天早晨他中了彩票,但在和这两位呆在一起半个小时后,他也有了愿意用彩票去换取新鲜空气的愿望。

而绮蜜,从走进警察局的一刻,便感觉有无数双眼睛落在自己的身上。若是在平日,她一定会感觉十分的尴尬和难受。但是今天,在情况已经糟到不能再糟的时候,她倒反而坦然起来了。她抬起头,与那些盯着她的眼光一一做着交流。她发觉他们的眼光大多很相似,几乎都带着同一种信息——好奇。好奇的神色几乎布满每一张面孔。就好像她是松下电器公司最新研制出的机器人娃娃,大家都争着跑来一睹芳容。过道上那些看似正匆匆走过的人们,其实都在用眼角的余光审视着她——这个有可能犯下三桩命案的凶手究竟是何方神圣。更有一些人假装手里在忙着自己的事情,可眼睛却肆无忌惮地一直跟随着她的脚步移动。

和她走在一起的弗朗切斯科当然注意到了这些苛刻的目光。他感到罪犯这顶帽子正在他们的头顶无限地扩大。他加快步伐把绮蜜直接领到一间安静的办公室前，说道："莫吉局长在里面，进去吧，他想和你谈一谈。"

　　"你进来吗？"绮蜜急切地盼望着问道。

　　"不。"弗朗切斯科无奈地摇着头，"他——想要单独谈。去吧，勇敢点。"说完他紧紧地捏了一下她的小手，随即又松开。

　　看着她打开门走了进去，弗朗切斯科无奈地叹息了一声，他又想起了乔尔瓦尼教授的话，"你得和她好好谈谈，她处于旋涡的中央，应该比任何人都要更加理解事情的真相。"我们的确得好好谈谈，等莫吉局长和绮蜜谈完了之后，也许我该找个机会和她深谈一次。如果还有机会的话。

　　一秒钟之前，绮蜜还把莫吉局长将要和她谈话的地方想象成一间阴暗狭小的审讯室，可是走进来以后发现完全不是这么回事。整个屋子空间宽敞，里面的陈设十分简单。一张桌子，几把椅子，靠墙摆着几排文件柜。

　　莫吉局长就坐在自己的办公桌后面，虽然室内的光线并不太充足，并且大致让人感觉他外表平静，但是绮蜜还是可以看到莫吉局长眼中燃烧的熊熊火焰。是愤怒？还是仇恨？绮蜜揣测着局长此刻的心情。似乎他们两个从认识的那一刻起就不喜欢彼此，或者说是不信任彼此。他们就是那些人们常说的没有缘分的人，彼此永远也不会喜欢上对方的性格。如果不是因为索妮娅死了，恐怕莫吉局长是不会愿意亲自召见她的。

　　"请您坐下。"

　　她听见莫吉局长在对她说话，语气与其说是严厉不如说是霸道。她心中暗暗发笑，我们的战争还没有开始，就已经充满火药味了。虽然我现在在他手里，但是他也别想对我为所欲为。想到这里她的腰挺得更加笔直了。

　　她朝他走过去，拉开椅子，以一种中性化的姿势优雅地坐好。她开始庆幸自己今天的装扮,实在太适合现在这种场面了。

莫吉局长眯起眼睛,向着朝他款款走来的绮蜜投去一种玩味和赞赏的眼光,他发现自己今天要重新认识一下这个女孩了。就像不久前他重新认识了一下索妮娅一样,现在该轮到绮蜜了。因为,今天带给他焕然一新感觉的不仅是她的打扮,还有她的神情和气质,与他在乌菲齐美术馆见到的那个美丽娇柔的女孩是多么的不同啊!

第五十二章

终于,好戏开场了!

"绮蜜小姐,我想我不必解释把你带到这里来的原因了吧。"

"是的,我很清楚原因。"

"这很好。"

"我不是个拐弯抹角的人。"

"这很好。"莫吉局长指了指桌上的几张照片,虽然是从相反的方向看过去,但是依然能认出那是几张尸体的照片。毫无疑问,上面的人一定是索妮娅。"你本来应该是发现索妮娅死亡的第一报案人,可是昨天你却选择了从乌菲齐逃跑,淋着大雨,失魂落魄,能告诉我这是为什么吗?"

"因为我害怕。"

"害怕就该找人来帮忙,害怕就该打电话报警,而不是逃跑,你的行为令人感到奇怪。"

"还有呢?"

"什么还有?"

"除了奇怪,还有什么?"

"还有疑惑。你把自己推到了一个危险的境地,想要摆脱就得说真话。"他突然把身体凑了上去,好像故意要让绮蜜看到他眼睛里愤怒的火焰,随后加重语气又说道:"说得更明白一些,你,现在就是乌菲齐美术馆谋杀案的头号嫌疑人……"他把剩下的话吞回了肚子里,她是个聪明姑娘,应该懂得他的意思和他没有说出口的下文。

绮蜜的脸色没有一点改变,反而露出了一种纯真的清白。他很欣赏,但不相信。

"我没有杀她。"她的回答十分简洁。

"好吧。"莫吉局长的身体退了回去,他舔舔嘴唇,不明白自己为什么才开始就感到胸口的怒火已经有些压抑不住了。他用了大约一两分钟的时间,重新准备好了接下去的说词。

"让我们先把这些可怕的事情放下,说说你感兴趣的事情吧。你很喜欢戈雅的名画《玛哈》是吗?"

局长突然地改变话题,让绮蜜感到惊讶,但是她知道他不会无缘无故地提起《玛哈》,一定有某种原因。

她以一种不置可否的语气说道:"是谁告诉你的。维托尼罗馆长?乌尔曼小姐?"

"都不是,是索妮娅。"

"索妮娅告诉你的。"她咀嚼着这句话,然后多少有点唐突地问道:"关于《玛哈》她都说了些什么呢?"

"说了不少,但最主要的是,她认为这两幅画和发生在乌菲齐的谋杀案有很大的关系。"

"也许她是对的。"

"你真的那么认为吗?"

绮蜜流露出了不耐烦的神色,"我早就说过了,局长先生,如何找到罪犯

是你们的工作,不是我的。我不一定非得要跟你们配合。我知道你怀疑我就是凶手,就像索妮娅活着时一样。我的态度是——要么你拿出证据逮捕我,要么就放我走。"

莫吉局长狠狠地咬着牙齿说道:"你真的以为我不敢逮捕你吗?"

绮蜜并没有被局长这句威胁性的话吓倒,反倒是渐渐陷入了沉思之中。她在思索该不该把事实告诉莫吉局长,她知道谁杀了索妮娅,但是她没有证据。她还不知道警方昨天在美术馆做了怎样的调查,也不知道美术馆的同事们都是怎样描述她的。何况,昨天她从美术馆逃跑的举动确实引人怀疑。他不会相信我的话,除非我能拿出证据,绮蜜做出这样的结论。可问题是如果今天她无法离开警察局,她又该怎么去找证明自己清白的证据呢?

"绮蜜小姐。"莫吉局长的声音中带着一丝不耐烦的情绪,他已经开始无法忍受绮蜜长时间的沉默了。他的看法是,沉默的时间越长,说明对方越有问题,她是在编造谎言和借口。

"《玛哈》。"绮蜜无奈地叹了口气,接着以一种双关语的方式继续说道:"不知道是为什么,似乎从第一桩谋杀发生开始,她就被非常无辜地牵扯到了案件里来。如果你真心想要知道我对此事的看法,那就是我认为是有人故意那么做的,我是说故意把《玛哈》牵扯到案子里来的。你呢,你也认为那有关系吗?"

"我不是一个关注艺术的人,也无法理解为什么凶杀案会和名画牵扯上关系,通常正常情况下,只有牵扯到经济利益时才会发生谋杀。但是在乌菲齐美术馆发生的三起谋杀案很不寻常,所以我必须尝试以一个不同的角度去看待问题。小姐,我想您是这座城市里对这幅画最了解,嗯,或者说关注的人了,更何况三次谋杀案的发生你的鞋子都被发现穿在被害人的脚上,难道这一切和您真的就一点关系也没有吗?即便像您刚才暗示的那样,您是被人故意牵扯到案子里来的,也不能否定您是一个特别粗心的人,粗心得让人不得不产生怀疑。"

"是您的心底里希望我同这一切有所关系吧。"绮蜜不客气地说道。

绮蜜刚说完这句话，就从莫吉局长的眼底里看到了一丝凶光，她明白他不喜欢自己受到质疑和挑衅。可是绮蜜目前急于想要知道的是，警方目前究竟掌握了多少消息。她开始明白那个被派到家里来的警察的真正作用，倒不是怕弗朗切斯科把她放跑了，而是防止他给自己提供某些讯息。

"是谁发现尸体的。"绮蜜尝试着问道。

莫吉局长感到他们两人的谈话似乎注定无法让对方满意，他们都在按照自己的思路谈论案子，而且显然他们的想法并没有一个交接点。

"是乌尔曼小姐吗？"

他又听见她在问他了，所以决定尝试着以她的思路继续下去。

"不是乌尔曼小姐，是一名美术馆的保安，名字叫菲奥雷。"

"菲奥雷，昨天离开时，我们在美术馆门口碰见了。"

"他说你当时的样子让他很担心。"

莫吉局长的话让她想起了昨天的事，身体禁不住打了个冷战。局长注意到了，但他不动声色地继续说下去："他不知道您出了什么事，就跑去您的办公室看看，结果——轮到他惊慌失措了。"接着他的语气加重了："他发现索妮娅就躺在你的办公室地板上，脚上穿着你的鞋子，并且被切掉了脚趾。更让人无法容忍的是，被切掉的脚趾和切割的工具就随随便便地扔在了尸体的旁边。您没有带走它们，小姐。"说到最后一句的时候，他的声音轻了下来，可脸上的皮肤却因为激动显得异常光亮。

此时，绮蜜已经完完全全地回到了昨天下午时的情景，她清楚地记得发现索妮娅尸体的时刻，那是多么可怕和震惊的时刻。可是……

她扬起头，脸上带着绝望的神情："可是我没有看见脚趾和刀啊。"

莫吉局长猛然从座位上站起来，他巨大的身影笼罩着绮蜜娇小的身躯，失声吼道："那您就告诉我，昨天索妮娅到您那里究竟干什么了，她找您摊牌了对不对？她揭穿你的罪行了对不对？她让您无地自容了对不对？"

"没有，她根本就没有来找过我。"绮蜜被激怒了，也许是觉得自己的声音还不够响亮，她也蹭地一下站了起来，她的嘴唇因为太用力，被牙齿咬破了。她用舌头舔了一下嘴唇，感觉到了血腥味。

莫吉局长也感到自己刚才的失态，坐了下来，声音多少带点尴尬，"没有？"

绮蜜也坐了下来，慢慢地用她惯用的声调往下说："昨天下午，索妮娅确实来过乌菲齐，我们也确实在美术馆里打了个照面。但是我们之间没有谈论关于谋杀案的事情。我认为你应该去调查一下昨天下午她去乌菲齐究竟干了些什么，和什么人谈过话。那才是真正重要的事情，而不是坐在这里对着我大吼大叫。"

莫吉局长点头说："那好吧，看来我们都需要退一步，先放松一下，然后再看看如何解决问题。"

绮蜜当然听得出莫吉局长话里面的意思，他仍认为她是凶手。绮蜜不想解释，也觉得没有必要解释，除非有了十足的把握，否则她不愿意浪费时间和精力去做一些盲目的事。好吧，她想，既然你根本就不信我的话，那我就不再说了，我倒要看看你有什么证据能把我送进监狱。她的这种想法马上就在眉目间显现了出来，对于莫吉局长这样一个善于分析犯人面部表情的行家来说，实在是小菜一碟。他字斟句酌地说道："那么，您再没有可说的了吗？"

绮蜜的回答既不带怒意，也不带歉意，却有一种斩钉截铁的口气："再没有了。"

莫吉局长冷酷地说道："好吧，那么我只能把你送到一个地方去呆上几天，希望那个地方可以帮助你真正明白一点道理。"他摁了桌上某个按钮，一个穿着制服的警察走了进来，莫吉局长对他说道："带她去办手续，记住，要单间。"

"是。"他看了一眼冷漠的绮蜜,脸上的表情多少有些吃惊。

绮蜜站起来跟随着那个警察出去了。他先把她带到一个大房间里,拿出两张合同式样的纸让绮蜜签字,她看也没看就签了。那些无非也就是拘留证书之类的东西。接着他又把她领到一间审讯室,里面已经站了一个女警。她的样子和绮蜜在电视上看到的那些女警的样子没什么差别,态度严肃并且身强体壮。

她看着绮蜜程序化地说道:"把身上所有的东西都拿出来放在桌上,包括首饰、手表、笔、香烟、打火机、腰带,所有的东西。"她又深深地看了她一眼,"如果你合作,我就不搜你的身了。"

绮蜜一脸麻木地开始解下项链和手表,她没有佩带耳环和戒指的习惯,所以再没什么可拿的了。

女警看着这两件东西问:"没别的了?"

绮蜜摇了摇头。

"那个。"女警指指她的头。

绮蜜伸出手去一摸,这才想起她的头发上别着一个发卡,那是一个缀着一排珍珠的小发卡。她把它从头发上取了下来,扔到桌上然后拉出两个裤子口袋说:"我还有一块手帕,这个要交出来吗?"

"不用了,现在我们出去吧。等等,昨天下午你确实见到索妮娅了,是吗?"

绮蜜看着这个长着一双凹陷的倒三角眼的女人,沉默了一会儿,然后回答说:"是的,我见到她了。"

"她不是个讨人喜欢的姑娘,可是在这个年纪就死了,很可惜。"说着她的眼睛里流露出一种怜悯的神色。

"确实令人遗憾。"

女警又叹了口气，似乎很高兴任务结束了，"出去吧。"她把绮蜜又交还给了那个警察。他领着绮蜜绕了几个弯，又穿过了一条长长的走道，到了一个装着大铁门的地方。一个坐在铁门后面的警察看到有人来了，赶忙站起来打开门。他吩咐说："局长说了，要个单间。"

那人点一下头，同时好奇地瞥了一眼绮蜜，似乎找不出她身上有什么邪恶的气质。

他拽着她的手臂一路走了好几米远，然后打开了一间狱室，把绮蜜轻轻推了进去，随着铁门发出的哐啷一声，这间昏暗阴冷的牢房就只剩下绮蜜一个人了。就像莫吉局长说的，这可真是一个适合思考和回忆的好地方，应该不会有任何的打搅。

这只是绮蜜的想法，因为打搅很快就来了。

牢房的门又一次被打开了，弗朗切斯科走了进来。他高大的身材因为沮丧和痛苦缩了起来，使他看起来比平时要矮一些。

"亲爱的，你还好吗？"不等绮蜜反应他就说了起来，"我真没想到他会把你拘捕起来。"

绮蜜跳了起来，扑进了他的怀里。她其实并不是特别的害怕，挫折让她比以往任何时候都坚强。但在这么个困难的时刻，她的确需要一个熟悉的怀抱，好驱散这间牢房里的寒意。

当他们分开时，她看见他哭了，他像孩子般愧疚地说道："我是个无能的白痴。"

"弗朗切斯科。"绮蜜温柔地看着他微笑着，像个母亲般替他抹去眼泪，"别这么说，你没做错什么。"

"绮蜜。"他拉起她的手一起坐下，"听我说，我现在正在调查关于桑托罗夫人过去的档案，我们发现她参与了许多倒卖艺术品的活动，并且从中谋了不少利。并且我还查出她最近有几桩并不合法的生意牵涉到了本地的黑社会和毒品贩子，我想这才是她回到意大利的主要原因。还有，我从一个线人那里得到可靠的情报，桑托罗夫人其实还和不少专业的艺术品窃贼有着工作上的联系。她不是刚找回了一幅被盗的戈雅名画吗？亲爱的，给我一点时间，我一定会找到其中的阴谋，你不会在这里呆太久的。"

他本来还有话要说，但是绮蜜却对着他微微一笑，那神气就像人们看见心爱的人的弱点一样，"你怎么了，弗朗切斯科，你被什么东西迷住了双眼。我不否认她从事着非法的艺术品交易，也不否认当她走进美术馆或者博物馆的时候脑子里想的也许是把那里面的某件艺术品弄出去，然后卖个好价钱。但是她的死应该与此无关，否则又怎么解释之后的谋杀呢？"

她停了下来，她感到自己的思绪正在渐渐地明朗起来，那始终让她迷惑的第二起谋杀案的原因也开始清晰了。

弗朗切斯科也紧张了起来，他抓住她的身体问道："怎么了，绮蜜，你想到什么了，赶快告诉我。"

"我不知道，只是刚才的一刹那，我有一种奇怪的想法，我不能肯定。"

"没关系，告诉我，好让我去调查啊。"

绮蜜流露出一种痛苦的表情，"我说不出来，不知道该怎么表达，我得想想，你让我想想。"

弗朗切斯科搂着她说："好，好，你想吧。别着急。"

绮蜜刚把头靠进他的怀里，他们头顶上的吊灯忽然闪烁了一下，他们两个都不由自主地抬起头，接着马上又传来一声牢房门被打开的声音。进来了一个秘密警察般的人物，看守则紧紧地跟在他的身后。警长站起来走向他们："马利奥，你来干什么？"

对方公事公办地说道："我奉局长的命令，正式接替你调查乌菲齐美术馆的谋杀案。对不起，警长。我想你比我要清楚，鉴于你和重要嫌疑人的特殊

关系,从现在起你和她不能再见面了,直到案子调查结束。"

"可……"

弗朗切斯科刚想说话,就被对方给打断了,"警长,你有任何异议都不该对我说。请走吧。"

"我可以再呆几分钟吗?"

"不。"对方无情地拒绝了他的要求。"你懂规矩的。"

弗朗切斯科无可奈何地看着绮蜜,发现她正在向自己传递一个坚强而又失望的眼神。然后她问那个新来的警员:"警官先生,请问我还要在这里呆多久?"

"我不知道小姐,也许一天,也许——"他选择了一个比永远听起来更顺耳一点的词,"很久,很久。"

第五十三章

所有的人都走了,绮蜜和衣躺在又冷又硬的床上,双眼注视着天花板。她的脑子里不停滚动着许多的事情,有最近发生的、有以前发生的,甚至还有小时候的事情。当她关掉头顶上的灯,一切都真正安静下来的时候,她意外地感受到一丝恬静的幸福。过去一段日子折磨着她的各种痛苦现在幸运地朝各种各样的方向分散开了。她的思绪首先落到想象中的普拉多美术馆门前委拉斯开兹和戈雅的雕像上。然后,突然转了个弯,飞向她的童年,和小伙伴们在草地上抓蚂蚱,把它们放进玻璃小瓶里偷偷带回教室的情景。接着,她勾勒起弗朗切斯科中年、老年时的样子,他深栗色的头发会渐渐变白,失去光泽。他白皙光滑的皮肤会长出皱纹,还会长出老年斑,而我呢? 我会怎样。出于对年老的恐惧,她不敢想象。她突然十分惊慌地自问道,为什么会是弗朗切斯科,而不是克劳斯呢?我爱他,我想成为他的妻子而不是模特。但我的心却不认可这种想法,它只认可弗朗切斯科,为什么?这真奇怪啊!接着,她又想到了父母,如果他们见到了弗朗切斯科和画家,会更喜欢谁呢?他们的身体还好吗?也许我该回去看他们了,给他们买点什么礼物呢……她在心里罗列出一长串礼物单子,并且随着单子的不断延长而睡着了。弗朗切斯科和画家被抛到了意识之外,似乎,睡眠才是最好的逃避方式。

在天刚蒙蒙亮的时候,牢房的门又开了,她的第一反应是弗朗切斯科又想办法来看她了,可是进来的只是送饭的人。又不知过了多少个小时,牢房的门又打开了,她以为又是送饭的人来了,可这次却是弗朗切斯科走了进来,她感到惊讶,无比的惊讶。为什么他们又让他来了呢。她不认为这是一个好兆头,相反,她有一种不祥的预感。

"弗朗切斯科。"她站了起来。

他一脸疲惫,眼睛充血,看起来一夜未睡的样子。他看着她,既尴尬又开心,十分温柔地说道:"我来带你出去。"

"出去?你是说我可以回家了?"

"对。"

"可是为什么?"

"没什么,局长他们既没有站得住脚的法医证据,也没有牢靠的人证。即便他们硬是要凭借你的几双鞋子起诉你,控诉方也会以证据不足为由拒绝他们的。任何一个有点经验的律师都能轻而易举地驳倒他们。来吧,我们走。"

绮蜜迟疑地跟着他往外走。可是她的心里却并没有高兴的感觉。事情不对,莫吉局长怎么可能那么轻易就把她给放了,一定发生了什么。

"你等等。"当他们走到走廊上靠近电梯的一扇大窗户时,绮蜜突然快走两步上去拉住弗朗切斯科的手,"究竟发生了什么,你瞒不了我的。"

"没什么大不了的,一切都由我来替你解决。"他的话让绮蜜更加不安了。

"你一定得告诉我，否则我是不离开这儿。"她固执地说道。

弗朗切斯科这才停下脚步，转过身，拉起了她的一只手，沉重并且坦率地说道："今天早上，在乌菲齐，又发现了一具女尸。"他的话外音是，你瞧，在你被拘留的时间里又发生了一起相同形式的谋杀案，所以你暂时没事了。他还是补充了一句话，"你被拘留是秘密进行的，没有任何人知道。新闻界没有报道任何关于你的消息。"

绮蜜半张开嘴，仿佛呆住了。她缓缓地问道："是谁，该不会是乌尔曼小姐吧。"

"不是她，被害人不是乌菲齐美术馆的工作人员。我们做了调查，她是佛罗伦萨本地人，名字叫艾米莉·贝特加。"

"艾米莉·贝特加。"她重复了一遍这个名字，向身后伸出一只手，仿佛在盲目地找个支撑。她摸到一个铁窗的把手，拉住它眼泪开始夺眶而出，顺着两颊流下来，"这不可能，艾米莉不会去美术馆的。"

"很遗憾，她去了，她也许是去找你的，就像她以前做过的一样。"

"你知道她?"

"是的，上次我去美术馆找你时看到过她和你在一起。"

"艾米莉。"她胡乱地抹着脸上的眼泪。"艾米莉，这不可能，她为什么要去找我。"

"也许她只想去看看你，你们不是朋友吗?"

绮蜜手扶着墙壁跟跟跄跄地走向电梯，弗朗切斯科在她的身后追赶她，深怕她受不了打击摔倒在地。

"绮蜜，别跑。"

当他追到她的时候，电梯正好打开了，绮蜜快速地冲了进去，纤瘦的身躯缩成了一团，哭喊着对弗朗切斯科说："请让我安静一会儿，求你了。"说完，电梯门被关上了。

弗朗切斯科面对着关上的电梯门,沮丧地垂下了头。活像一只被蜘蛛网粘住了的昆虫,充满了挫败感。他感到了绮蜜的疏远,越来越远。在这段困难的时期,弗朗切斯科一直都想以一种平静的让人放心的姿态让他们的爱情之河永远流淌。但现在他开始怀疑他们之间的感情根基是否遭到了毁灭性的打击。就在他想着这些让人心痛的事情时,电梯门又打开了,绮蜜双手放在身后,整个身体靠在墙壁上,仿佛是在使劲挤压着什么。眼睛上的妆容因为流了过多的泪水,终于开始化了,两道黑色的泪珠挂在她的脸上,她走到电梯口,一只手按住开门键。弗朗切斯科向她靠去,她用另一只手拉住他的西服领子,艰难地说道:"我,我想起一件事。美术馆在办公区域和展厅区域的中间装着一个摄像装置,我不能确定那有没有用,但你可以去查一查。看看昨天艾米莉有没有出入过那个地方,也许对你破案会有所帮助的。"

　　"好的,我会去查的,现在你去哪儿,回美术馆吗?"

　　绮蜜摇摇头,"不,我要回家去,我哪儿也不想去。"说完,她放开了按住开门键的手,几秒钟后,电梯门在他们之间缓缓地关上了。弗朗切斯科屏住呼吸,心中一阵战栗。

第五十四章

　　弗朗切斯科在八点多钟的时候走出了警察局,初秋的佛罗伦萨总是多雨,刚下过一场雨后的夜晚让人感觉更凉了。弗朗切斯科吸着夜里让人头脑清醒的空气沿着街道慢慢走在回家的路上。这个世界有时平淡无奇,有时却又无比奇妙。就在一天前,他还在为了绮蜜的处境日夜担忧着,可是经过让人苦闷的一夜之后,他所有的烦恼顷刻间都消失了。绮蜜不再像过去那样充满嫌疑了。当然,她失去了一个朋友,可是她总会恢复过来的。也许不久之后他们又能回到过去那种平淡无奇却又无忧无虑的生活中过去。想到这儿，他不禁微笑了起来。今天一天够他受的，他和他的手下像一群疯子般从一个地方扑到另一个地方去调查。与前三起谋杀案相比，这一次他干得特别带劲。过去那个干劲十足、头脑敏锐的他又回来了。他的头脑中甚至出现了一个邪恶的念头，无论是谁杀了那个可怜的女孩，他都想感谢他或者是她。

不过，这会儿，当他朝着家的方向越来越近的时候，他又产生了一种奇怪的念头。他开始思索绮蜜，她究竟是一个怎样的女人？过去，他总认为她是一个拥有稚气眼神性格温柔善良的女性。但是，在经历了乌菲齐的连环谋杀案之后，他开始隐约感觉自己错了。她的性格是双重的，在平静的外表下面，她的内心深处还有一个完全不同的世界。他无法判断那是美好的还是狂乱的，但无疑是特殊的。

他又笑了起来，这一次多少带点苦涩。他想到了死去的索妮娅，他曾为她担忧过，现在那不祥的预感灵验了。她不讨人喜欢，但是，这不能说明她就该死。在多年的刑事警察生涯中，他得出的经验是，每一件谋杀案的发生都是有原因的。就拿发生在乌菲齐的四起谋杀案来说，以他的经验判断，这四起谋杀案的原因都是各不相同的，尤其是索妮娅的死。虽然说不出具体的原因，但他就是能肯定她的死因是最复杂的。或许这其中还有她自己的力量在起作用。他肯定绮蜜必定了解到了什么内幕，但不知何故不愿意告诉他，也许她在保护什么人。

而莫吉局长，简直气急败坏到了极点，就在他自以为抓到凶手之后居然还会碰上这么奇怪的事情。他仍不肯相信绮蜜是完全清白的，并且开始考虑她是有帮手的，又觉得可能是有人进行了一次模仿犯罪。但就连他自己也清楚这种猜测是说不通的，因为被害人和绮蜜是相识的，她去乌菲齐的目的就是找她，为她送一样东西。这一切都由一位名叫托马斯·菲奥雷的保安证实了，他证实说看见艾米莉拿着一个大盒子走进了美术馆，并且还向他打听了绮蜜办公室的方向,但是他没再见到她出来。实际上似乎从艾米莉进入美术馆之后,就再也没有人看见过她了。她仿佛消失了,直到第二天早晨被清洁工发现躺在乌菲齐外面的走廊上,已经冰冷了。

不过这一切在弗朗切斯科看来已经不重要了,他对绮蜜从来就不曾消失过的信心,今天早晨局长又把案子交还他负责。

他用钥匙自己打开了门,在开门的一瞬间他又想起一件难事。这件案子实在太过复杂了。每一次当他自以为找到一条光明之路时,结果总是撞上一堵墙。

今天上午,他和手下赶到乌菲齐要求见保安队长,那人匆匆忙忙地跑到他的跟前。这个人体格强壮威猛,看起来的确是干这行的好材料。弗朗切斯科和他握握手问道:"你叫什么名字?"

"我叫菲奥雷,警长。"

"菲奥雷!"弗朗切斯科愣住了,"我还以为你个子很矮呢。"

"那你一定把我和另一个菲奥雷弄混了。我们这儿还有一个菲奥雷,他的个子很矮,专门负责在门口站岗的。他的全名叫托马斯·菲奥雷,而我叫马赛罗·菲奥雷。"

弗朗切斯科挥一下手,表示自己对这个不介意:"好的,马赛罗。听我说,我现在要你帮我个忙。"

"请说吧,警长。"

"我要你把昨天中午到晚上美术馆办公区域和展厅区域间的那个摄像头拍摄的录像带给我拿来。"

"好的,跟我来吧。"他把警长带到了专门用来值班和监看的办公室里,里面有两个专门负责监看屏幕的保安。弗朗切斯科凑上去看着屏幕上来回走动的人们,保安队长说道:"让我来找找昨天的录像资料,应该都在这里。"他的手指灵巧地滑过一盘又一盘录像带。"咦,昨天的录像资料都在这里吗?"

"是的,队长,都在这里。是我把它们整理好放在这里的,少了哪一盘?"

"办公区域和展厅区域间的那盘。"

"应该有,我记得有。让我来看看。"说着,他走过来又仔仔细细地看了一遍,仍然一无所获。他们一起茫然地对着警长,表情很遗憾。

弗朗切斯科严肃地思索着录像带失踪的问题,然后果断说道:"你们的录像资料要保留多久?"

"至少半年。"

"那好,现在你们查一查10.12号那天同样地方的录像资料。"

"好。"保安队长带着手下又埋头去找了,大约十多分钟之后他们又一次沮丧地回来了,"没有,我们没有找到那盘录像带,它失踪了。"

"10.16号的呢?"

保安队长又去搜索了,但结果是相同的。他满头大汗地跑回来时说道:"没有,警长。10.16号的录像带也不见了,我还查看了10.29的录像资料,也不见了。真奇怪,所有发生谋杀案那天的、那个地方的录像资料都不见了。"

弗朗切斯科暗暗钦佩起这个保安队长的职业敏锐度,但是录像带没有了也意味着又一条线索被掐断了。

"平时这间办公室都有谁能够出入?"

"通常只有保安人员才行。"

"外人呢? 游客有可能进来吗?"

"不可能,这决不可能?"

"美术馆里的人呢? 我指其他的管理人员。"

"偶尔会发生工作人员进来的情况,但是想要进来而不被人注意是根本不可能的。"

"这么说,要想轻易地进来拿走录像带并且毫不引起怀疑的人,就只可能是保安人员了。"

"是。"保安队长肯定地回答道:"只可能是那样的。"

第五十五章

门开了,屋里一片漆黑,但他知道她在家,这个他能感觉出来。他先去了卧室,但在里面没有找到她,接着他去了浴室,里面同样一片漆黑。他顺手打开浴室里的灯,被吓了一跳。

绮蜜只穿着内衣,身体蜷缩着坐在浴缸里。并且看起来她保持那个姿势已经很久了。他向她走过去,把手放在她的身上抚摩着她的脖子上问道:"绮蜜,亲爱的,你怎么了?"

绮蜜从双腿间把头抬起来,她仍未卸妆,所以脸看上去有些恐怖。她把手放在他的手上,冰凉冰凉的。

"我想不明白,为什么艾米莉会死。"

"你从回家以后就一直这样吗?"

"嗯。"

"你先别动。"

说完,弗朗切斯科打开了水龙头,让热水渐渐地填满整个浴缸,当水淹没过了绮蜜的大半个身体之后,他关掉了龙头。然后脱下外套,卷起衬衫的袖子,把手臂伸进水里搂住她。

"我今天去乌菲齐调查了你跟我说的录像带的事。"

"怎么样,找到线索了吗?"

"没有,所有摄录下谋杀案发生那天的录像带都不见了,有人偷走了他们。"

绮蜜红肿的双眼瞪着他,"怎么会这样,你知道是谁拿走了它们吗?"

"不知道,你有怀疑的对象吗?"

"我,我怎么会有。"绮蜜的脸不自然地羞愧了起来。

"索妮娅死的那天,你见过她。"

"对,当时我刚挂了你给我的电话,她就向我走了过来。"

"你们都说了些什么?"

"没什么,只是随便打了一下招呼。"

"打招呼？我记得你在电话里对我说你正在给那个保安菲奥雷讲解绘画。"

"是的。"

"他也在场。"弗朗切斯科自言自语了一句,却引起了绮蜜极大的反应,"天呐,你该不是在怀疑菲奥雷是凶手吧,这决不可能。"

"为什么不可能?"弗朗切斯科流露出了公事公办的冷静气质,他已经感情用事太久了,再也不能这样了。

"就是不可能。"绮蜜带着哭腔说道。

"你知道的,能够不引人怀疑地拿走四盘录像带的人只可能是美术馆内部的保安人员,还有谁会比菲奥雷更有可能呢?"

"你在怀疑我的朋友,他是好人。"

"绮蜜,你知道些什么对吗?"他用手扳住她的双肩,强迫她看着自己的眼睛,"告诉我,是什么,你心里在怀疑谁?"

"我没有,你放开我。"绮蜜拼命挣扎着想要推开他,但在他强有力的臂弯中无能为力。"你弄疼我了,你放开。"随着她又一次热泪满眶,弗朗切斯科还是心软了,他放松了力道。

"好了,好了。"他抚慰着她。"那就什么都不要说了,绮蜜,也许我不能非常好的理解你的心,但是请你相信我非常爱你。"

"我知道,弗朗切斯科,我知道。"泪水弄花了她眼睛上的妆容,深褐色夹杂着青色的泪水滚落到脸颊上,她那张已经哭了许久的脸完全肿起来了,失去了往日的风采。她不停地哭泣着,显得那么无助那么没有自制力。她想起了自己一天前也曾经这样在克劳斯面前哭泣过,她发现自己终于找到了一个共同点——那就是在他们两个人的面前她都不需要任何的掩饰,无论是外表上的还是内在的。她无须刻意地装扮来赢得他们的赞美,更重要的是无须掩饰自己的情绪,想哭就哭想笑就笑,这种感觉她在其他人身上从未曾有过,一切都是自然而然的。这让她非常的感动,因此也就哭得更加厉害了。

弗朗切斯科搂着她沉默了好一会儿后说道:"我有一件东西送给你。"他从西服口袋里拿出了一个橡皮做的黄色小鸭子,把它放在绮蜜的面前用力地捏了两下,小鸭子发出了两声"嘎嘎"的叫声,他感到怀里的绮蜜也随之发出了一丝微弱的笑声。他吻着她的额头问:"喜欢吗?"

绮蜜伸出手摸摸小鸭子的小脑袋说:"谢谢。"然后她把手放下搭在浴缸的边缘。

"克……"她突然之间说不下去了,她意识到自己错了,她把手放在自己的嘴唇上就像以前很多次当他们亲吻之后她做的那样。

弗朗切斯科什么都没有注意到也许只是他不愿意注意到,他把小鸭子放进了浴缸,然后他们一起看着它在盛满水的浴缸里游动了起来……

"绮蜜,我想让你看一样东西。"

"是什么?还有礼物。"她抬起头看着他。

"这个。"弗朗切斯科从口袋里摸出了那本他在索妮娅的尸体上找到了的小本子,交给了绮蜜。

绮蜜打开本子,认真地看了一遍,然后仔仔细细地又看了一遍,接着问道:"你觉得,这说明什么?"

"你说呢?她死前曾来找过你。"

"直觉——偏见。"她突然苦笑了一声,"这至少说明在她来找我谈话的时候,她已经相信我不是凶手了。偏见,就是偏见,把我们都毁了。"

刚说完这句话,她就因为羞愧不得不停了下来。虽然弗朗切斯科什么也看不出来,她现在活像一只蝴蝶在草丛中被缠住,正准备展开彩虹般的翅膀飞走,心却被可怕的若有似无的绝望刺痛了。

她急需转移话题来掩盖羞愧感和刺痛感,"可是,我还是不明白,为什么艾米莉也会。弗朗切斯科,鞋子,如果莫吉局长肯放了我,说明艾米莉死时穿的一定也是我的鞋子,但这怎么可能呢?"

"鞋子,你是说她死时脚上穿的鞋子。"

"对,前三起谋杀发生时,被害人的脚上都穿着我的鞋子,那么这一次呢,我在美术馆里已经没有鞋子了,第二起凶案发生后,我把所有过去放在那里的鞋子都带回家了。"

"这就是让我们弄不明白的地方了,艾米莉死时脚上的确是穿着一双特别小的鞋子。但是没有人能证明那是你的,它看起来似乎是一双新鞋。很像……"他皱起眉头思考着,"很像有一次,你给我描述过的那种样子,一双白色缎子面的鞋子,上面有用金丝线绣出的花纹。不过,根据你那位保安朋友的话,这双鞋子似乎是她自己带来的。他看见她拿着一个鞋盒走进美术馆。"

就在这时,绮蜜的嘴唇哆嗦了起来,"这不可能,决不可能。"

"绮蜜你怎么了,这鞋子难道真的是你的吗?"

"是我的,是我定做的。"

弗朗切斯科张开嘴,似乎无法接受她的话。

"我应该跟她说'再见'的。"

"说'再见',你想要去参加她的葬礼吗?"

"不,我不是要去参加她的葬礼,我是说最后一次我们分手的时候我应该跟她说再见的,以前我们总是说会再见的,可是那次没有,这都是我的错。我不该听她的话。我应该说再见的,应该说的。"

"绮蜜,别这样自责了,这不是你的错。你的朋友也许很不幸,但至少她的死证明了你是清白的。别再这样喋喋不休了,你的精神会崩溃的。"

"不,弗朗切斯科,你不明白。这是我的错,全都是因为我。都是我的错,都是我的错……"

她一直不停地重复着这句话,仿佛在说过一千遍一万遍之后,灵魂才能得到救赎。

第五十六章

弗朗切斯科把车停稳,转过头,不无担忧地看着绮蜜,"你真的不想再休息几天吗?"

绮蜜茫然地摇着头走下车,所有的告别仪式都被取消了,她径直朝美术馆走去。她不肯定同事是否已经知道了她被捕过的消息,但是毫无疑问都知道第四起谋杀案的发生。第四起,和她那无心的可怕预言吻合了。她的眼前浮现起了艾米莉充满朝气总是笑意盈盈的脸庞。多可爱的姑娘,却为了她一句愚蠢的话付出了生命的代价。

她沿着回廊走向菲奥雷,从他身上她感受到了真正的情谊。她异常柔美地站在他的面前,微笑而疲惫地看着他:"嗨,早上好。"

"早上好,绮蜜。"菲奥雷同往常一样热情友好地回应着她,从她身上感应到一种他不熟悉的、冷酷的感觉。

才两天没见面,他们却都感觉恍如隔世。她认真地注视着他,体会着他们之间的情谊,是真正的友谊,这一点他们两个都很清楚。友情也需要一见钟情,从见到彼此的第一眼起,他们就体会到了那种不用太多言语的默契感觉。也许他们可以很久不联系不见面,但是他们都相信一点,互相之间美好的亲切感觉不会消失。但她得确定,菲奥雷是否为了帮助自己而做错了事。

"菲奥雷,我要你答应我,以一个真正的朋友的名义对我说实话。昨天你告诉警察的话,你说你没有看见艾米莉走出乌菲齐,这究竟是不是真的。"

菲奥雷的目光与她相接,然后又紧张地躲开了,他并不善于撒谎。所以,他的样子就像是被揭穿谎言的孩子。在绮蜜严厉的目光注视下他低下了头轻声说道:"对不起。"然后他又像孩子般恐惧地偷看着她的脸色,似乎没有他想象中那么糟,她没有生气,只不过似乎僵住了。她像个机器人般地瞪着眼睛,痛苦地问道:"那么是你拿走了所有的录像带?"这不是一句问话,她不需要菲奥雷的回答,她早已清楚。

菲奥雷点点头,不知所措地站在那里。他的尴尬并不来自于谎言被揭穿,而是出于对绮蜜的担忧,他很想帮她,却又为自己的能力有限而失落。

"那么你看过那些带子上的内容了吗?"

"看了。"

"都看到了什么?"

"毫无特别之处,我只指那前三盘录像带。"

"你看到了桑托罗夫人、那个土耳其女孩和索妮娅警官了。"

"都看到了。我看见她们都走进了办公室区域,但没有看见她们再出来。"

"那么艾米莉呢?你看见她了吗?"

菲奥雷顿了一下又说道:"是的,我在录像带上也看见了她,不仅看见她走了进去,并且,并且看见她又走了出来。"

"她的手里还拿着那只盒子吗?"

"是的。"

绮蜜几乎是绝望地闭上了双眼,然后突然睁开露出真诚期盼的眼神,"你

没有骗我,对吗?"

"当然没有。"他瞪着圆滚滚的大眼睛看着她,绮蜜从中看到了孩子般的纯真。他当然不会骗她。她身边的每一个人都有可能撒谎,除了菲奥雷。当然,那个为了她而向警察撒的谎不能算。再没有比他更可爱的人,再没有比他更忠诚的朋友了。她突然扑到他的怀里紧紧抱住他。

"谢谢。"

这不是一句简单的礼貌性质的话,而是满含情谊的感谢,代表了他们两人之间最真挚的友情。

"你会把我拿走录像带的事告诉警长吗?"菲奥雷怯生生地问道。然后,站在他对面的年轻女郎怀着一副极富说服力的柔情向他伸出一只手,目不转睛地看着他,重复说道:"不,不,当然不会。任何事情都不会改变的,忘了录像带吧,它已经不重要了。"

办公室里很暗,绮蜜走进去时首先打开了灯,又走到窗前拉动了百叶窗的转轴,百叶窗嗡嗡开启。日光射了进来。她的双臂支撑着窗台朝外望去,可以看到远处百花圣母大教堂那举世闻名的大穹顶,市政广场上的雕像,还有正在不断向乌菲齐涌来的游客。不远处阿诺河波光粼粼,像一面巨大的镜子折射出五光十色的影像。还有悠闲地正在河边吃早餐的人们。

又是一个美好的早晨。

桌上电话答录机闪烁着红色的小眼睛,提示有留言。她打开了答录机,一共只有一条留言,是艾米莉留下的。

她年轻、俏皮、略带兴奋的声音在办公室里响了起来:"嗨,是我,不用做自我介绍了吧。你没接电话,我猜你一定在展厅里。下午我来给你送鞋,是克劳斯给我派的这个任务。他这两天要去一次罗马,所以让我去给你拿鞋,然后再给你送来,我很高兴完成这件任务,我们下午见。"

答录机咔嗒一声，自动关闭了。

绮蜜重重叹了口气，一屁股坐了下来，有一种无所适从的感觉。

一整天，她大部分时间都呆在自己的办公室里，奇怪的是也没有人来找她或者看她，似乎大家都不知道她曾被捕。她并不害怕别人是否介意她的行为，只是心里有点七上八下的。下班时间快到之前她去了馆长办公室和他交谈了一会儿，她对他做了一些解释，对方表示理解。就在她想要和馆长做深谈的时候，乌尔曼小姐突然闯了进来。她们两人像是在互相躲避瘟疫般地避免着目光的交流。

走出馆长办公室时，美术馆里的人已经不多了。绮蜜与那些正在向外走的人流逆行，在这座文艺复兴的宫殿里闲逛着。

她走进二号展厅，保安人员已经清空了这里的游客。展厅里空空荡荡的，充满着一股辉煌过后落寞的气氛。绮蜜站在展厅的中央环抱着自己，她从没想到过有一天居然可以独自拥有她们。多么美好的时刻，可是她又能拥有她们多长时间呢——她把头转向了《玛哈》。

过去的很多年间她曾一次又一次地看着玛哈的脸解读自己的命运，从未考虑过画中的女人是谁，虽然她的身份一直都是一个谜，可是绮蜜并不在意这一点。她为什么要在意呢？对她而言重要的只是站在玛哈的面前，欣赏她那种平静看待生活中所有苦恼的能力。

她的身后传来了脚步声，绮蜜把头转了过去。

维托尼罗馆长苍白的脸上显出一种病态的青色，他仍然很英俊，只是苍老了很多。他像个慈父般地对着绮蜜笑笑问道："来看《玛哈》？"

"独自欣赏的机会并不会太多，一个月就快要过去了。"

维托尼罗馆长从她的神情中读出了疑惑、忧愁和痛苦的心境。

"怎样才能让你快乐？"他收敛起了笑容，说话的语气像是在问自己。

绮蜜回答他的语气也像是在对自己说话："只要能和她在一起就行了。"

"但愿我能理解你的心情,如果真是这样,似乎并不难办。"

绮蜜笑了起来,"一个月时间快到了,一切都要恢复原样。"

"也许能够不用完全恢复原样。"

"我不明白,馆长先生。"

"让她永远,不,这恐怕不行,让她和你在一起很久一些,也许我能办到。"

"真的吗?"绮蜜猛然抬起头,浸满泪水的眼睛充满期盼地望着他。

维托尼罗馆长坚定地点着头,脸上带着苦笑:"我们总能想出点什么办法的。比如——交换。"

"交换?"绮蜜并不懂他的意思。

"这并不是没有先例的,用一幅我们美术馆的珍藏去和他们做交换,约定一个时间,我们可以把时间定得尽可能长一些。"

"我们的珍藏,也许只有《维纳斯的诞生》才配去做筹码。"绮蜜努力地向他微笑着,可是激动让她更想哭泣。

维托尼罗馆长看着绮蜜紧紧抓住他手臂的小手,轻轻地拍了拍,说道:"绮蜜,一个男人最想要的不是让一个女人为他微笑——而是为他哭泣。"

绮蜜的眼泪随着他的话瞬间流了下来,不知如何表达自己的感激之情。

维托尼罗馆长抓起她的手,紧紧攥住,这一次不再是苦笑,而是自信的笑容,"相信我,我一定会为你办到的。"

第五十七章

夜已经很深了,所有的人都回家去了,维托尼罗馆长也离开了。现在,除了值夜班的警卫,整座美术馆里也许就只剩绮蜜了。她仍舍不得离开,沿着展厅外的走廊慢慢地走动着,就像是个在巡逻的夜警。几乎所有的光源都关闭了,只有安装在低处的夜灯散发出暗淡的光线,照亮绮蜜的脚下的道路。空气中回荡着白天不易察觉的干燥剂、除湿剂所带有的碳的味道,它们都是用来维持展厅里的湿度的,从而保护墙壁上的那些绘画免受人们呼出的二氧化碳所产生的腐蚀侵害。绮蜜很喜欢闻这种味道,她暂时停下脚步深吸了两口气。不知从何处传来了一些沙沙的声音,听起来像是风吹动纸张或者塑料袋的声音。总之,不会是人弄出来的声音。美术馆的地面全都是大理石铺成的,她能清楚地听到自己的鞋跟踩在上面发出的响亮的嗒嗒声。她咽了一口口水,感到一丝紧张。这时她注意到自己已经走到了十三号和十四号展厅的中间,这两间展厅都是属于波堤切利的。她已经好久没有看过他的画了,她迟疑了一下,走进了展厅。里面光线很暗,她几乎看不清任何东西,只能凭感觉走过一幅幅她也许能说出也许不能说出名字的绘画。最后,当她停在一幅画前面时,奇怪的事发生了,她几乎闭着眼睛就知道面前挂着的是《诽谤》。是谁说过真正的绘画是有生命的,这话真是不错。即便是她并不熟知的《诽谤》,当她站在它的面前时,仍能感觉到画中那些栩栩如生的形象。

就像创作这幅画时的波堤切利受到了狂热修道士萨伏那罗拉的蛊惑一样,画中的人物似乎也受到了蛊惑。她看不清,但却仍在看。她看到了在罗马式的法庭上,审判台上坐着法官米达斯,他长着一对巨大的驴耳朵,却听不到真相的声音。他的身边簇拥着一帮罪恶之徒。最靠近他的两个女人,一个是愚蠢,一个是多疑。在他的面前站着一个凶狠老头,他叫仇恨。他手拉着一个貌似美丽善良的少女,她就是诽谤。少女揪着一个赤裸的青年男子的头发,他是无辜的受害者。他向身旁那位象征正义和真理的女神求援,但是,女神在恶势力的面前也显得无能为力。在她面前的黑衣老者叫悔罪,但他的忏悔也没有感动真理。这幅充斥着人世间欺诈、诽谤、仇恨和专制的人间地狱图让绮蜜突然之间感慨万千。所有的这一切她都感受到了,她是画中的谁呢?那个被诽谤揪住头发的受害者?是,又不全是。

我是受害者,但同时我也是愚蠢、多疑、仇恨、诽谤、悔罪的复合体。我们大家,这个世界上的所有人都是这样的。她垂下了头。

伟大的波堤切利因为受到了艺术是罪恶的蛊惑,焚烧了自己的绘画,最终令人遗憾地放下了画笔。即便是在几百年之后的今天,遗憾仍然深深埋在绮蜜的心中。上帝,幸好他没有毁掉《维纳斯的诞生》。"《维纳斯的诞生》——"她在嘴里轻轻地念叨了一下,忽然感到一只强而有力的手带着风声向她的脖子袭来,立刻就让她感到窒息。她伸出手拼命地想要拉开它,但是那只手太有力了。那不是一般的有力,而是带着仇恨和信仰的能量。她的力量根本就无法起作用。她狂乱地挣扎、抽噎,但是肺部的空气正在逐渐减少,她已经力不从心了。她觉得自己就快要死了,她知道想要杀她的人是谁,也知道为什么,但是她万万没有想到对方会用如此直接的方式。这会儿,恐惧就像冰墙一样包围住她。但是那只卡住她脖子的手在她年轻的心脏即将停止跳动的最后一刻松开了一点,空气又流入了她的口鼻之中。但这仍不够,她昏了过去。

夜更深了,那些脚灯倒显得明亮了些。卡罗琳·乌尔曼拖着绮蜜向前移动着,离开了波堤切利的十三号展厅,她带着绮蜜向瓦萨里长廊走去。她赤着脚,因此没有发出任何声音,只有绮蜜的身体在大理石地面上拖过时弄出了轻微的摩擦声。她对美术馆太熟悉了,知道如何躲避那些真正的摄像头。到达了事先想好的目的地后,乌尔曼小姐把绮蜜放在了地板上,打开了一扇窗户。凉风吹进来,让她感到异常的兴奋。结束了,这一切终于将随着绮蜜的死——结束了。

畏罪自杀,多么好的告别啊(因此她不能掐死她)!没有拖沓,没有烦恼。她转过身看着躺在地上的绮蜜,痛快的解脱感消失了,取而代之的是遗憾和心痛。她并不想让她死,她甚至是喜欢她的。她们是同一类人,从见到她的第一眼起她就知道了。可是她对《玛哈》太过迷恋了，所以破坏了乌菲齐原有的平静和平衡。那些普拉多的藏品不该来乌菲齐展出，《玛哈》更不该来到乌菲齐，正是因为她的到来才不得已让《维纳斯的诞生》离开，绮蜜甚至还想让馆长先生用《维纳斯的诞生》去交换《玛哈》。这是她不能容忍的，她必须得死。

她走过去，蹲下身，把绮蜜从地上抱起来，一直向窗口抱去。把她的身体放在窗沿上，然后托起她的双脚要把她推下去。她停顿了一下，屏息凝望着她的双脚，好像第一次看见一件精美艺术品时的样子。多美的双脚啊，与之相比绮蜜的双手似乎太过平庸了。她歪着头从另一个角度继续欣赏着，然后把她脚上的鞋子脱了下来。脚底那弯曲的 S 形弧线让她无比兴奋。那曾给予她极大的启迪，把警察们玩得团团转，并且至今也弄不明白真相。那位美国画家，他叫什么名字来着，对了，是菲尼克斯先生，他可真是具有过人的观察力。他只看了《玛哈》几眼，就能找出她和绮蜜之间那几乎令人无法察觉的相似点。这需要的不仅是观察力，还有无比的艺术想象力。但不管怎么说，正是她无意之间听到了他的那句话，才令她想出了那么一个给被害人穿上一双小鞋子的绝妙主意。唉，如果不是女警官索妮娅，她根本就不用杀第二个人，也许今天也不用杀死绮蜜。不过就像程序启动了一样，就连她自己也无法预测结局。

她把手放在了绮蜜的脚踝上，抓紧，把她往窗外推出去一点，又拉了回来。就像一个短跑运动员在比赛开始之前总要做几次模拟起跑的热身运动。然后，她终于要开始了……

"把她放下。"从走廊的阴影处传来一个男人响亮坚定的声音。接着，乌尔曼小姐看到一只枪口正对着自己的眉心。

她微微张开嘴，仿佛不能相信眼前的境况，也好像没有理解自己的处境。她甚至把绮蜜又往外推了一点。

"我说了，把她放下，否则我就要开枪了。"弗朗切斯科终于完完全全地从他隐藏着的地方走了出来。他的双手稳定地举着枪，目光冷酷地看着她的脸说："你现在没有必要把她推下去了。"

"可她想要用《维纳斯的诞生》……上帝，"这时，她的身体向前倾着，面孔抽搐，眼露惊恐之色，"根本没有什么交换的意图，这是一场演给我一个人看的戏。"

"是的，是绮蜜和馆长事先安排好的，为了让你走到台前来。"

乌尔曼小姐的鼻腔里发出一声"哼"，她又把面孔朝向了窗外。有那么一会儿弗朗切斯科以为她会抱着绮蜜一起跳下去的，他稳定的双手也因此紧张地抖动了起来。但是最后，她还是把绮蜜拉了进来，放在了地板上。

随后乌尔曼小姐向他转过身，脸上带着一种既辛辣又凄凉的微笑："看来她和我真是同一类人，我们互相了解，知道对方的心思。她比起那个聪明的女警官要更加不可捉摸。"

"你说索妮娅，你为什么要杀她。"

"为什么，因为她已经知道了我就是杀死桑托罗夫人和那个土耳其女孩的人。但是她没有证据，因此她跑到我这里来想和我玩个花样，让我自己把证据交到她的手上。"

"那你为什么又要杀死桑托罗夫人和那个游客呢？我一直弄不明白，我需要一个理由。"

然后他看见乌尔曼小姐的双唇被一个狞笑扭曲了，她嘟囔着说："你当然不能理解。玛丽安·桑托罗是一个艺术界的败类，一条蛀虫。她蚕食着世界各地的艺术品，为了那些有钱的买主。每当她走进美术馆或者博物馆的时候，当她罪恶的眼睛盯着那里面的藏品时，她眼中放射出的光芒可不是出于对那些艺术品的欣赏，而是在估量着它们能给她带来多少美元。警长，你应该很清楚，近年来在全世界范围内出现了很多起的艺术品偷盗案件，我敢说就是玛丽安·桑托罗这样的人在后面起了推波助澜的作用。他们表面上是一个个衣冠楚楚的艺术品商人,实则为道貌岸然的骗子和窃贼。当然,这仍不是我要杀她的理由,我遵循着自己的原则,人不犯我,我不犯人。但是她还是来了,当她充满罪恶的眼睛盯着乌菲齐的藏品时,我能够感觉得到她的心里在想什么。她在打乌菲齐的主意,我确信。我可不想被动地等待着发生什么事,然后再悔恨不已。”

“她没有。”弗朗切斯科冷冷地说道。

乌尔曼小姐愣了一下,然后问道:“你怎么知道?”

“这你不用管,桑托罗夫人来乌菲齐其实有另外一个原因——她想送给乌菲齐一幅名画。”

乌尔曼小姐皱起了眉毛,显得一片茫然,因此警长继续解释道:“她来这里是想把几年前在马德里被盗的一幅戈雅的名画《荡秋千的少女》赠送给乌菲齐。”

“她,送给乌菲齐。我没有听错吧!”她的脸上露出了全神贯注但又极度厌烦的表情。

“这是维托尼罗馆长亲口对我说的。”

“警长,我想你太过单纯了。像玛丽安·桑托罗这样的人是不会随便送东西给别人的,即便她这次回佛罗伦萨的目的是想把那幅画给乌菲齐,那也必定是有条件的。天下没有免费的午餐。更何况,这午餐是她那样利欲熏心的人赠送的。”

听完她的话,轮到警长发愣了,他意识到乌尔曼小姐的话是有道理的,也许馆长先生没有说出所有的实情,但是那已经不重要了。“无论如何杀人是不对的。”

“我不觉得有什么不对,玛丽安·桑托罗不配活在这个世界上。也许,那个土耳其女孩的死有些冤枉。可是那都得怪你的搭档,那个讨人厌的警察。

不错，我承认她很聪明。也许在案子刚开始调查的时候，她就已经开始怀疑我了。她知道了我是怎么把桑托罗夫人弄晕的。"

"用致人昏迷的香熏。"

"是的，当时在我的办公室里有两种不同的香。一种红色，一种绿色，当它们各自点燃的时候，它们不过就是一种普通的香。但是当它们被同时点起的时候就有了让人眩晕的作用，索妮娅第一次来我的办公室就注意到了这一点，并且偷偷地各自拿走了一支。我当时非常害怕，只想把警方的注意力从我身上转移开，所以就策划了第二次谋杀。一来想让你们认为这是一起心理有问题的连环谋杀犯作的案，另外想通过给被害人喝下带有安眠药成分的饮料转移索妮娅对香料的注意力。"

"但是你并没有成功，索妮娅还是认定了你就是凶手。她表面上做出一副怀疑绮蜜的样子，其实一直在暗地里默默关注着你的一举一动。"

"是的，当她来找我，向我暗示绮蜜已经知道了我就是凶手，并且把证据告诉你的时候，我就知道坏了。当然我也不知道是怎么了，就是百分之百地确定，这一定是一场骗局，一个设计好了让我钻进去的圈套。她表面上说怀疑绮蜜，认为我和谋杀案没有关系，实则是在利用绮蜜给我设下陷阱。所以我就将计就计地杀了索妮娅。和那个土耳其女孩一样，那并不是我的本意。不过，请原谅我的冷酷，她是在找死。"

"为什么要在一开始就把绮蜜牵连进去？"

"这也不是我的本意，我是说陷害绮蜜。只是随着事情的进程，我也开始身不由己了。招待会举行的那天晚上，就是我决定要干掉桑托罗夫人，我并没有想过要把绮蜜牵连进来。但是，那个时候我听到绮蜜和菲尼克斯先生谈论着《玛哈》，谈论着她的小脚的时候，我突发奇想。为什么不把整件事弄成是一个变态杀人犯的行径呢，这样你们就很难查清楚了。所以我决定在杀人之后切掉她的脚趾，再给她穿上绮蜜的小鞋子，好混淆视觉。我把桑托罗夫人的尸体留在了自己的办公室，也是怕万一你们在她身上找到了什么对我不利的法医证据，我可以有很好的辩解理由。唉，我没想到来调查的警察里会有一个女人，她太敏锐了。"

"不如说你太自信了。否则也不会轻易就中了绮蜜给你设下的圈套啊。"

"当然，也许我低估她了。她对很多问题想法都很简单，但是在某些细节问题上她敏锐得让人恐怖。她也许从来都没想过我是隐藏在乌菲齐里的凶手，但是当她来找我，告诉我警方已经开始注意香熏的问题，并且把这种注意力和索妮娅联系在一起的时候，我也已经对她的想法了解得清清楚楚了。谁都不是圣人，她可以大部分时间都很善良，但却无法容忍别人对她的不公待遇和被别人利用。所以索妮娅和绮蜜，这两个女孩都来找了我，以相同的方式希望我帮她们解决各自的难题。我想，为什么不呢？为什么不利用这个机会解决我自己的问题？杀掉一个，然后把罪责推到另一个人身上。因此，索妮娅必须死，而绮蜜只不过是又杀了一个人罢了。"她看了一眼昏睡在地上的绮蜜，"对于她爱的人，她是最善良单纯的女人。可是对于她厌恶的人，她同样也是一个冷酷的女神。警长，你想过没有，你现在在她的心里是一个什么样的角色呢？是她爱的，还是令她厌恶的呢？"

"够了，我不想再听了。卡罗琳·乌尔曼，你被捕了。"他觉得她的话乍听起来有些莫名其妙，但却足以在他的背上掠过一道恐怖的寒流了。

"被捕了。"她突然大笑了起来，半嘲笑半神经质地看着他说："我属于这儿，我属于这里。没有人能把我们分开。"她突然沉默了一会儿，表情像是在思索人生的最后一个问题，"我们，我和绮蜜本是两个在这座混合着唯美主义和自由主义鬼魅气息宫殿中的精灵，心中只追求独特个性的美和自由。为了满足心中的欲望，我们都得付出沉重的代价，我不知道绮蜜付出的是什么，但是我……"她看了一眼仍处在昏迷之中的绮蜜，又看了看窗外。

弗朗切斯科突然意识到她想干什么，但是他做什么都来不及了，乌尔曼小姐没有继续她未说完的话,她用行动继续了下去,在弗朗切斯科震惊的目光下,她突然用强有力的双臂支撑住窗台,毫无犹豫地纵身跃出了……

第五十八章

"我们在对乌尔曼小姐办公室的搜查中发现了一个秘密摄像装置,它很高级,是警用的。看来是索妮娅安装的,她本想设下一个圈套,好录下她对你下手的过程,结果却录下了自己被害的全过程。"

"这么说她早就猜出了乌尔曼小姐为什么要杀那个土耳其女孩,原因再简单不过了,就是为了转移视线。"

"是的,她已经知道索妮娅察觉出了香里有问题。像她那样的杀人犯是最糟糕的那种,他们自认为自己没有做错什么,甚至认为自己的行为是在替上帝惩罚有罪的人,比起那些鲁莽之徒和心理变态的家伙来,他们更加可悲。他们总是诚惶诚恐,深怕自己露出什么破绽。乌尔曼小姐就是这种罪犯,糊涂地利用药物进行了第二次谋杀。那样做反而让索妮娅确认了她就是凶手,只是索妮娅太想要独揽功绩了,最后害了自己。乌尔曼小姐不是笨蛋,不会轻易上当的。对吗?"

"也许吧!"绮蜜冷漠地回答他,不想再继续这个话题。

弗朗切斯科没有追问关于索妮娅的死因,他们都心知肚明,因此无需多言。他爱她,他不在乎。

绮蜜把一只手放在自己的脖子上,回味着昨天夜里乌尔曼小姐向她袭击的那一时刻。也许突然,但并非意想不到。乌尔曼小姐自杀了,她选择了一个特殊的方式永远地留了下来。一切似乎都尘埃落定了。这是她和弗朗切斯科紧密合作的一次胜利,是他们多年来相互信任的一次回报。

"艾米莉的死发生在索妮娅之后，摄像装置录下她被杀的过程了吗?"

"不，电池的电力只能维持二十四小时，没有拍摄到之后发生在那间办公室里的情况。而且，艾米莉与前三起谋杀案有所不同，她的尸体是在美术馆外面的走廊上被发现的。然而，遗憾的是，乌尔曼小姐至死也没有说出为什么要杀死艾米莉。"

"也许是艾米莉在给我送鞋子的过程中发现了什么秘密呢！她一直都对乌菲齐的谋杀案充满了好奇，她曾经在我的面前分析过案情。在她的心目中就是把凶手确定为一个有恋足癖或者恋物癖倾向的人。可是，现在我们已经没有办法再去弄清事实的真相了。弗朗切斯科，你在想什么?"她看着他，他的双眼似乎朦胧地滑入了梦境。

"你爱我吗?"他的问题很令人意外，可是绮蜜听过之后的反应却并不显得意外。她抬起头看着他的眼睛，流露出一种令人不安的平静，她说道："我把这个世界上的人分成三类。我喜欢的、我讨厌的和我不感兴趣的。我喜欢的人和我讨厌的人都非常少。但是，弗朗切斯科，毫无疑问你是我心目中的第一类人。"

她的话音刚落下，病房的门被打开了。克劳斯·菲尼克斯走了进来，他的手中拿着一束简朴的小花。当他看到弗朗切斯科也在时，表情显得有点尴尬。他们过去只见过一次面，但又似乎像是老朋友那样彼此知晓。弗朗切斯科注意到了绮蜜的不安，看到了她在刻意掩饰自己的情绪。他马上就明白了，在这间屋子里，他是多余的那个人。他走到绮蜜身边，想要和她吻别，却又心虚地缩了回来。他拍拍她的手背说："我要去工作了，让你的朋友陪你吧。刚才的问题，我们以后再谈。"随后，他和画家彼此之间心照不宣地点点头，就离开了。

绮蜜和克劳斯在弗朗切斯科留下的安静中对望着，"克劳斯。"她伸出了双臂，就像一个溺水之人向正在赶来的施救者伸出双臂一样。

他向她扑来,拥抱住她颤抖的身体,把一连串的亲吻落在她的脸上和身上。然后,他把那束花拿了出来,"这是给你的。"

绮蜜把那束小小的花束放在鼻子边上嗅了嗅,然后挣扎着坐起来。克劳斯赶快抱住她,不让她的身体轻易地向后倒去。

"从哪儿弄来的?"

"在我的花园里采的。"

然后,她突然哭了起来,她紧紧地抱着他,用浸满泪水的眼睛看着他说:"克劳斯,你来了真好,你不知道我有多想在你怀里大哭一场。"

"我来了,亲爱的,那就哭吧,一切都结束了。"

可是她并没有大哭,她用紧攥着那束花的手勾住他的脖子,仰起头,以一种探究的眼神仔仔细细地凝望着他的脸,她的凝望持续了很久后,她又伸出另一只手把他的头拉向自己,亲吻他的嘴唇,这是一次完完全全没有杂念的亲吻,所有的一切在那一刻都和他们两人无关,他们的世界里只有彼此。当他们分开时,绮蜜迷茫而幸福地伸出手把她的手指放在他的嘴唇上,眼睛里噙着泪水微笑地看着他。她把这一刻想象成为他们的婚礼,他们在上帝面前的一吻。可是,她还需要一件爱的礼物。

"克劳斯,我能向你要求一件东西吗?"

"你想要什么?"他的眼睛里带着一种释怀的笑意。

"那双鞋子,那双绣着金丝线的鞋子。"

克劳斯向后退去,那种笑意不见了,变成了一种极度的认真:"你真的想要?"

"那是我多年的梦想,一个我并不刻意追寻的梦想,我希望由你来为我实现。"

"当然。"他又一次靠上前去紧紧抱着她,"为你,什么都行。"

"别再去原来那家店了,我想要一双费拉加莫的鞋子,去费拉加莫为我做一双好吗？你还记得那双鞋子的样子吗?"

"记得,我记得很清楚。"

"谢谢。"

"别对我说谢谢,我想听的不是这个。"

"好吧,我不再说了。"说着这句话的时候绮蜜又流泪了。克劳斯捧起她的脸满怀爱意地再次亲吻着她,然后,在他们的亲吻达到最甜蜜的一刻时,他轻轻放开了她,离开了病房。

绮蜜又一次躺下,看着手中那束小花,脸上露出了幸福的笑容,可是不知为何泪水却又一次滑落脸庞。

第五十九章

伴随着弗朗切斯科重重踩下的一脚刹车,菲亚特汽车嘎吱一声停了下来,停在了乌菲齐的前面。弗朗切斯科转过身,看着也正在凝望他的女友。他伸出手,用笔直细长的手指抚摩着她的脸,感受到一种令人窒息的爱的感觉,仿佛一道转瞬即逝的微弱的光,渐渐地,也许永远地消失了。

他喜欢看她的眼睛,喜欢听她走路的脚步声,每当这声音响起,他就能感觉到幸福的降临。而她看着他那双明亮诚实的眼睛,像他的内心一样,洋溢着又喜又怕的爱情光芒。

"晚上,还要我来接你吗?"他终于鼓足勇气说出了这个似乎再平常不过的问题。

绮蜜舔舔嘴唇,把眼光移到方向盘上,好让他能毫无顾忌地看着自己,"当然了。"她立刻感觉到了他兴奋的呼吸,可她又马上改口说道:"也许,不必了。"兴奋的呼吸消失了,取而代之的是巨大的失望,但绮蜜接下来的话没有

让他绝望,她说道:"也许我该学着自己找到回家的路。过去总是你在照顾我,其实我该学着长大了。从现在开始,我们应该公平地对待彼此,不是吗?"

不等他回答,她便闭上眼睛等待着吻别,她感觉到他向她靠过来,感受到熟悉的呼吸和气味。当他在她的嘴唇上温柔地亲吻了一下后,她立即睁开眼睛,打开车门,离开了。

克劳斯推开绮蜜办公室的门时,她正坐在办公桌前等着他,她的脸上挂着迷人的嫣红。看见他进来,露出了略带点羞涩又很兴奋的笑容。

"你来了。"她说道。

克劳斯也微笑着在她的面前坐下。他的手里拿着两件东西。一个纸盒和一张卷起来的纸。他把纸盒放在桌上,把卷起来的纸放在了地上。然后他深情款款地注视着绮蜜说道:"我打扰你了吗?"

"当然没有,不过这两天确实很忙,乌尔曼小姐不在了,很多事情都落在了我的身上,我得为维托尼罗馆长分忧。"

"你看来好多了。"

"是的。"

他们沉默了下来互望着对方,好像是在用眼神交流。然后过了很久,绮蜜突然笑了起来,克劳斯也笑了起来。

"你为什么笑?"绮蜜问他。

"你为什么?"

"你先说。"

"我笑是因为我能坐在这里看着你。"

绮蜜点点头,笑着说:"我也是,克劳斯。"

"展览就要结束了吧。"

"是的,工人们正在整理那些画。明天它们就要被送回西班牙了。"

"好的。"克劳斯看了看他带来的盒子,把它往前推了推,略微紧张地说道:"这是你要的。"

绮蜜脸上的笑容正在慢慢地往回收:"谢谢。"她说着,然后恭恭敬敬地把盒子端到自己的面前,双手紧紧地按着盒盖。有那么一刹那,克劳斯觉得绮蜜似乎并不想打开那个盒盖,而是想要永远地盖住它。

"不想打开吗?"

"打开?"绮蜜诧异地看着他,"哦,是的,当然要打开,必须要打开。"

她的双手向盒子的两边移动,移到了盒子的下方。在她闭上眼睛的那一刻,她打开了盒盖。他们两人就像期待潘多拉魔盒中的东西一样,同时充满期待地看着盒子里的东西。可就在绮蜜的眼睛和盒子里的东西接触到的那一刹那,她脸上的紧张消失了,转而变成了一种怪异的激动。她取出一只鞋子,眼睛里泪光闪动着。

"谢谢。"她慢慢地、似乎是在用自己整个的身心说出这两个字,又像是有某种巨大的压力在压迫着她,这让克劳斯感到害怕。

"绮蜜,我说过的,你不用对我说谢谢,想试试吗。"

"不。"她非常坚决地摇摇头,又环顾一下四周,但就是不愿把目光停留在画家的身上。

"绮蜜。"克劳斯说道,他看来既迟疑又紧张,"你看,自从我们相识以来相处得一直很好,我们对很多事物都有共同的看法,并不止是对绘画艺术。我认为我们都在彼此的身上找到了终生的幸福。"

"是的,克劳斯,你说得对。"

"你瞧,这一个月来发生了很多让人不愉快的事,可是与能够认识你相比这一切都算不了什么。所以我想说——"他停了下来,表情十分尴尬。

"想说你爱我吗?"

"是的。"他终于平静了下来。

"其实我知道,也许过去我还不能肯定,可是当我看见这双鞋子时我还能够怀疑这一点吗?克劳斯,在你亲吻和拥抱我的时候我一直在考虑是不是要去探询事实的真相。我害怕知道我不想要的结果,但是我体内渴望获得真相的细胞刺激着我,你已经给了我答案,非常遗憾,你给我的结果让我伤心和失望。这种失望远远胜过七年前我错过《玛哈》时的心情。我宁可再经历十次那样的失望也不想面对现在这样的结局。我一直盼望着出现奇迹,盼望你给我送来的鞋子上,"她停了下来,声音变得很轻很轻,"并没有绣着这朵莲花。"

"克劳斯,不要试图对我撒谎,那没有用。在我试穿那双鞋子的时候你正在接电话,根本不可能听见我对鞋匠说过我要换掉鞋子上的花样,更不可能知道后来换上去的新图样。我要你再为我做一双同样的鞋子,你应该照着你最初看到的样子定做的,可你不是,原因只有一个,你见过鞋子的成品,是你为艾米莉穿上那双鞋子的。没错,是你让艾米莉去拿的鞋子,是你让她给我送来的,你知道我不在美术馆,可是你还是让她那么做了。目的就是,杀了她,是你。"绮蜜的声音越来越颤抖了,几乎到了泣不成声的地步。

克劳斯的脸色陡变,十分颓丧,仿佛受到了沉重的打击,他一直盯着那双鞋看着,好半天才说话:"是的,绮蜜,是我为艾米莉穿上的鞋。可是,你知道我为什么要这么做吗?当我看到你被警察带走的时候,我体会到一种莫名的恐惧,它是对你所关心的人所遭受的困境的想象……是的,恐怖的想象。"

"我当然知道。"绮蜜震惊地抬起她布满泪痕的脸庞看着克劳斯说:"你是为了我。"

克劳斯无语,他不用再说什么了,他们俩都再明白不过了。

接着又是沉默,很长一阵沉默,然后画家平静地说道:"好吧,你决定怎么做呢,告诉你的警长吗?"

"不。"绮蜜摇着头,"不,不,不,我做不到。"

"绮蜜。"克劳斯动情地喊着她的名字,"你知道我有多爱你,我愿意为你做任何事。"

绮蜜痛苦地用手掩住自己的脸哭喊着:"我也是,克劳斯。我要你知道我不去告发你,不是因为你爱我——而是因为……"她停住了,眼睛不去看他,咬着自己的嘴唇,一字一字地说道:"我爱你。"

"绮蜜。"克劳斯再也控制不住自己的感情,他激动地向她走去,想要把她揽入怀里。可是绮蜜却一直往后退,她伸出一只手,掌心对着他,"不要,不要过来。"她再次痛苦地闭上眼睛,害怕自己被克劳斯拥抱时身体融化的感觉,害怕自己失去所有的理智。

终于,她缓缓说道,声音听起来精疲力竭,"克劳斯,任何一种事物,只要被有悟性的人看到,它就比其他东西更接近事物的本来面目。而我们那双如饥似渴地寻求事物本质的眼睛所看到的内容是不尽相同的,所以,我们渴望得到救赎的灵魂的饥渴度也相差悬殊。你,是我有生以来遇见过的和我最接近的人。可是现在,除了放开彼此,再也没有别的办法可以使我们享受到心灵自由的乐趣了。"

克劳斯的双眼中也闪动着泪花,他看着面前这个他深爱的女人痛苦的样子,心里不知是后悔还是绝望,也许两者都有吧。他意识到只有他的离开才能让她得到解脱。就像她刚才说的,放开彼此,才能得到自由的平静。他慢慢地走到桌子旁,拾起地上的东西,他把它放在她的办公桌上。

"这是一件礼物,我本来想……算了吧,就把它当做一件分别礼物吧。"

说完他走到门口,转过身,最后一次看了绮蜜一眼,打开门轻轻地走出去,又轻轻地关上门。

直到听到门上发出的咔嗒声,绮蜜这才抬起头。她看着书桌上的东西,拆开外面包裹的牛皮纸,慢慢地打开它,就像打开记忆中的一道门。那是一幅画,画面中记载着她和克劳斯短暂交往中最美好的一幕:她穿着白色的麻布裙,披着闪动着含蓄而妩媚光泽的黑色披肩,正坐在克劳斯家的草地上。

她的头发看起来湿漉漉的,赤裸的小脚踏在绿色的草地上,手中拿着一颗草莓。"克劳斯。"她轻声念着这个名字,"克劳斯。"她又念了一遍,这一次声音大多了,然后她大声说道:"克劳斯,别离开我。"她的身体突然之间像装了弹簧般地弹了出去,发疯似的冲出了办公室。穿过走廊,来到外面的大厅,她看见画家正在慢慢地往前走着,他低着头,步履艰难,仿佛是在丈量自己的步子。

可就在看到他背影的一瞬间,绮蜜停下了她疯狂的脚步。她把脸转向二号展厅的入口处,这时,克劳斯转过身,向她走来。她看着他,又看着他的身后,在那里《玛哈》高高悬挂着,他们两个一起带给她一种犹如扫荡心灵般的感觉,多么美好和熟悉。

她被这种魔力般的幻觉引领着朝二号展厅走去,展厅里工人们正在忙着拆卸墙上的绘画。绮蜜站在这间看起来异常圣洁美丽的展厅中间,环视着四周绝美的艺术品。

天哪,过去一个月我的生活中充斥着什么东西。艺术?凶杀?爱情?还是信仰?是痛苦,还是幸福?

《着衣的玛哈》已经被拆了下来,随意而孤独地靠在墙壁上,《裸体的玛哈》仍然高挂在墙上。绮蜜朝放在地上的那幅画走了过去,蹲下身子看着她,随后做了一件她长久以来一直想做而没有做的事情。她的手指轻轻地触碰了一下玛哈的脸。这时,她的身后传来维托尼罗馆长熟悉的声音:

"明天,她就要离开了,你一定很难过吧。"

绮蜜站了起来,看着她,挂满泪水的脸上绽露出一丝淡淡的荡漾着遥远幸福的笑容。她慢慢地说着,那种声音里没有感情的色彩,仿佛一片云彩飘荡在展厅的上空,"是的,我很难过。"然后她闭上了眼睛接着说道:"不过没关系,因为她(他)已经在我心里了。"

乌菲齐的大门口,在佛罗伦萨金灿灿的落日余晖照耀下,克劳斯·菲尼克斯的最后一丝身影消失在了门后。

后　记

　　第一次看见玛哈的那年我 20 岁,现在想来第一次见面时的状况并不算太好。首先我只看到了这两幅著名的姐妹画作中的一幅——《着衣的玛哈》,她被印在一本印刷质量很糟糕的书里面,很小很模糊,几乎看不清细节的处理。好在旁边配的讲解十分详尽,在那儿我了解到了除了《着衣的玛哈》,戈雅还画了另一幅《裸体的玛哈》,知道了围绕在她们身边的神秘故事。我几乎是在瞬间被吸引。接着我在网络上搜索到这两幅画的原貌,说实话,真是太美了! 我终于看清楚了那些色彩的变化和细节的精致。但是很快我就淡忘了她们,她们在我生命中扮演的角色只是一个美好的回忆而已。

　　对于侦探小说、惊悚故事的喜欢则可以追溯到更远,细细回想起来也许是从十五六岁开始的。我相信世界上许许多多和我爱好相同的人也应该是从这个年纪开始自己的神秘之旅的吧! 或许,比我更早。也许人的本性就是在不断探索神秘的、未知的东西,而阅读侦探惊悚小说正好是满足或者说慰藉这种心理最简单的方法。所以我也和大多数有此爱好的人一样阅读了大量的侦探小说,观看了许多的惊悚电影。随着时光的流逝我不再单单满足于这些东西,我渴望对世界了解得更多更深刻,我的兴趣转向了对所有未知神秘事物的迷恋,每当在电视上看到关于神秘事件的节目时,不管是法制频道的探案节目,还是纪实频道的科学或者考古纪录片,我的好奇心都会立刻像被吹的气球那样迅速膨胀起来。我甚至可以感觉到自己身体里的每一个细胞为了这些未知的事物而蠢蠢欲动起来。我为自己能够拥有这种感觉而觉得幸运和骄傲。

　　瞧，这就是我生命中两条看起来并不怎么相关的直线，谁能想到几年后的某一天它们突然会有相交的一刻呢？当我再次关注玛哈的时候，不知为何我注意到了她的脚，我注意到她的脚是多么的美丽，在那一刻我萌发了围绕这个美丽的女人写一本小说的愿望。当然形式必须是我所钟爱的侦探惊悚小说的类型。我不认为自己是挖掘人性的作家，也不觉得自己肩负着某种使命。只是当我拿起笔开始写《玛哈》这本小说，直到我终于完成它的时候，我可以很骄傲地低下头俯视我的劳动成果，俯视我的梦想和爱好，这确实是一种很令人愉快的感觉。

　　也许当这一切都结束的时候，我又可以抬起头寻觅这个偌大的世界中的另一个神秘的故事，开始另一次的神秘之旅！

波　波

2006.9

图书在版编目（ＣＩＰ）数据

玛哈/波波著.—上海：上海人民出版社,2006
ISBN 7 - 208 - 06549 - 7

Ⅰ.玛... Ⅱ.波... Ⅲ.长篇小说–中国–当代
Ⅳ. I247.5

中国版本图书馆 CIP 数据核字(2006)第 120157 号

责任编辑　赵蔚华
装帧设计　画儿＋晴天

玛　　哈

波波 著

世 纪 出 版 集 团
上海人民出版社出版

(200001　上海福建中路 193 号　www.ewen.cc)

世纪出版集团发行中心发行
上海华成印刷装帧有限公司印刷
开本 890×1240　1/32　印张 8.25　插页 4　字数 209,000
2006 年 10 月第 1 版　2006 年 10 月第 1 次印刷
ISBN 7 - 208 - 06549 - 7/I·325
定价 20.00 元